顾我 著

男神来自
NANSHENLAIZI

天庭9处
TIANTINGJIUCHU

广东旅游出版社
GUANGDONG TRAVEL & TOURISM PRESS
悦读书·悦旅行·悦享人生

中国·广州

图书在版编目（CIP）数据

男神来自天庭9处 / 顾我著. — 广州：广东旅游出版社，
2017.1

ISBN 978-7-5570-0478-1

Ⅰ．①男… Ⅱ．①顾… Ⅲ．①言情小说－中国－当代
Ⅳ．① I247.5

中国版本图书馆 CIP 数据核字（2016）第 221079 号

出 版 人：刘志松
总 策 划：邹立勋
责任编辑：梅哲坤
责任校队：李瑞苑
责任技编：刘振华

广东旅游出版社出版发行
（广州市越秀区环市东路 338 号银政大厦西楼 12 楼）
邮编：510030
邮购电话：020-87348243
广东旅游出版社图书网
www.tourpress.cn
湖南凌宇纸品有限公司印刷
（湖南省长沙县黄花镇黄垅新村二业园财富大道 16 号）
880 毫米 ×1230 毫米　　　　32 开
9印张　　　　　　　219 千字
2017 年 1 月第 1 版第 1 次印刷
印数：10000 册
定价：26.80 元

男神来自天庭9处

目录

CONTENTS

001 楔 子 ▶ 福神还债去

003 第一章 ▶ 寻找倒霉鬼

016 第二章 ▶ 送我上天去

029 第三章 ▶ 我当皇上了

042 第四章 ▶ 帝、后冷战中

060 第五章 ▶ 瘫痪进行时

070 第六章 ▶ 好像喜欢你

083 第七章 ▶ 盗梦界中界

096 第八章 ▶ 真假他的她

111 第九章 ▶ 意乱又情迷

121 第十章 ▶ 连缀要成亲

134 第十一章 ▶ "狗血"抢亲记

1

男神来自天庭9处

目录 CONTENTS

149 第十二章 ▶ 穿越新世界

162 第十三章 ▶ 你叫"杰克苏"

174 第十四章 ▶ 游乐园惊魂

185 第十五章 ▶ 他们的身份

199 第十六章 ▶ 彩虹"玛丽苏"

212 第十七章 ▶ 我说我爱你

223 第十八章 ▶ 我想要你死

235 第十九章 ▶ 末日新世界

246 第二十章 ▶ 机器人青楼

259 第二十一章 ▶ 青楼派对

274 第二十二章 ▶ 终　章

276 番　外　▶ 七年之痒

传说天庭有九重，神仙也分三六九等。玉皇第一，老君第二，而掌管福、禄、寿、喜、财这五运的五神尊，在天庭也算是得天独厚，万人敬仰。因此当福神连缀被天帝老儿从书堆里拽出来，唾沫横飞地逼他接受一个残酷的事实的时候，他的心情是复杂的。

万万没想到，福神连缀生来就欠了别人债。

作为福神，连缀天生就有着绝佳的好运，刮彩票百发百中，令众仙望洋兴叹。然而，天帝说万物归于混沌本无阴阳，说白了就是物质守恒总和为零，你占的便宜总得有别人来还，他有绝佳的运气，其实是挪了别人的好运，而那个可怜的因为他而无比倒霉的人，则是他的债，他得去偿还。

连缀才熬了三十年的夜，不吃不睡看完了一本千万字的经典巨著《天庭——上下五十万年》。虽然表面上他仍旧玉树临风，英俊而白皙的面容一如既往引得无数少女倾倒，可脑筋早就转不过来了，反应迟缓，呆得像只大白鹅，一看就十分好忽悠。他说："所以，陛下需要臣怎么做？"

天帝心想，我帮你们福禄寿喜财五个仙挨着拉红线也是很拼的，眼看你就要和书白头到老然后同归于尽了，实在于心不忍，必须给你一个接触女人的机会。但天帝面上分毫不露，他淡定地微笑道："世界上最倒霉的人，只知道她叫露露，在人间华夏国桑花市，你去完成她一个愿望。"

连绥点头点得十分不解风情："哦，完成了我就可以回来继续看书了吗？"

天帝的心虽在滴血，但仍咬着牙微笑道："是的。"

于是，连绥下凡去了。

◄第一章►
寻找倒霉鬼

　　桑花市作为华夏国的经济枢纽，人称全国最"土豪"的城市，必须熙熙攘攘，必须人情冷漠，因此也必须……不好找人……

　　从千万人口大都市找一个倒霉蛋，这对"读书破万卷，找人如有神"的连缀来说，根本不是问题。

　　"人间一点通"连缀先生的经验是：在人间，能用钱解决的问题，都不是问题。

　　于是，一张巨幅寻人海报，在拥挤的地铁站内，在繁华的市中心广告牌上，甚至在电线杆的"牛皮癣"上，轰轰烈烈地挂出来了！

　　——二十万元重金悬赏，寻找那个隐没在桑花的她。

　　"她叫露露。

　　"她似乎总是运气很差，总是很倒霉，然而，正是她倒霉的样子引起了我的关注，我发现，我想认识她。

　　"露露，你愿意出现在我面前吗？我想为你实现一个愿望，不计报酬。

　　"寻找'最倒霉'的露露小姐，如果您有线索，我会支付三万至五万元；如果您能带来她，我会支付您二十万元作为酬谢。

　　"露露，二月十四日，我们千达广场见。"

　　——二十万一出，必定能火！

"不差钱哥"连绶火了。

正当全城都在为这位痴情又多金，癖好还独特的神秘男子倾倒时，这位神秘男子却无忧无虑吃喝玩乐了二十天，情人节当日已经顺利发福六斤，他剔着牙来到了千达广场。

一个倒霉蛋能提出什么为难的要求？人嘛，不过就是要钱要名之类的。想得十分简单的连绶愉快地计划着，再用一个小时找到露露，十分钟完成她的愿望，一个半小时之后他就可以回到天庭，回到书的爱琴海追新的连载了！真的好开心！

情人节那天正值周末，千达广场上人山人海，连绶从广场边往中心前进十米就用了一个小时，他的好心情被无数碾过他鞋的脚弄得荡然无存。他郁闷地随手拍了拍旁边一个人的肩膀："朋友，平常这里有这么多人吗？好挤啊！"

那人兴奋道："有个笨蛋用二十万元巨额招亲啊！大家都是来排队的！你看我老婆就叫露露，所以我带她来试一下啦，哈哈哈！"

笨蛋连绶无语凝噎。

连绶脸色铁青，费了好大的工夫挤到广场看台上，极目远眺。

哇，竟然看不到尽头！

主办方递来话筒，连绶问："请问，今天现场这么多人，想必露露小姐也到了，那么最倒霉的露露小姐是哪位？"

三分之一的人马上举手："我我我！"

连绶无语。

他没有办法，只好一个一个面试。三天后，筋疲力尽瘦了六斤的连绶想，天帝不愧是天帝，很有先见之明。下凡前天帝说在他身上下了一个咒，等他见到真的露露时，咒语就会解开，身体上的表现有心跳加速、面色潮红、盗汗虚汗、尿频尿急……

当时不屑一顾，现在他却如此盼望这一刻的到来！

而面试的人流还在不断壮大着。

3008 号："人家真的很倒霉啊，明明是个人民教师，却总是被怀疑做了什么不好的事情，人家今年三十一岁了，连男人的小手都没有拉过，人家爸爸姓甘啊，我姓甘有错吗？我叫甘露露也不是我能决定的啊！对了帅哥，我看你仪表堂堂、十分好嫁的样子，你能不能给我留个电话……"

连绶："下一个。"

连绶疲惫地揉了揉太阳穴。这时，他听见斜后方有道弱弱的声音："唉，露露，好想也带你试一下，二十万呢。"

连绶无意回头看了一眼，看见一个女孩。那个女孩一袭白裙，长发及腰，手里抱着一条瘸腿的小京巴，十分文静可爱的样子。

连绶心里"咯噔"一下，脸上温度骤升，汗水不由自主地渗出，他的小心脏就像脱了缰的野马，在看到女孩的瞬间，再也不受他控制……

是她？！

他又惊又喜，忍住想要上厕所的冲动，红着脸就要跳下看台，向目标靠近。

然而，令人惊叹的一幕发生了，他眼睁睁看着白裙女孩失落地摇摇头，对怀里的瘸腿小京巴说："可惜了，露露，如果是你多好，二十万可以给你买好多狗粮。"

连绶表情僵硬，硬生生地拐了个弯，飞奔去上了个厕所。

厕所里的连绶欲哭无泪。

万万没想到啊，露露竟然是条狗！

不过仔细想想，这才符合"世界上最倒霉的她"的标准嘛。从他这几日的经验看，人的倒霉往往各有千秋，不能排个先后。如果露露是从人沦落为狗，还是条瘸狗，那的确倒霉到家了……

想通了的连缀回去的时候，左顾右盼，发现抱狗女孩已经在广场上消失了踪影。他焦急地拉了好几个人问，才终于问到抱狗女孩往立交桥那边去了。

连缀急忙追去，终于看到了女孩的倩影，然后，电光石火之间，就看到女孩走路不看路，被一辆疾驰而来的电瓶车撞了个正着。

连缀一惊。

女孩躺在地上，狗已经脱手而出，落在了一边。连缀心里有不好的预感，尤其是看到女孩好像只是擦伤之后，他的步子便急促地迈向那条受到惊吓，正往马路中间狂奔的瘸腿京巴……

"砰！"京巴被一辆疾驰而来的大货车撞了个正着。

仅仅半米外的连缀伸着"尔康手"，目瞪口呆。

"救不活了。"围观市民里有一个兽医，遗憾地对着一把鼻涕一把眼泪，腿上还挂着彩的女孩说，"这狗看着年纪也不小了，埋了吧。"

女孩大哭："虽然我养了它之后就很倒霉，可它陪伴了我十五年啊！我舍不得！"

连缀此时挺身而出："朋友，我出二十万元，你把它交给我吧。"

女孩和众人像看神经病一样地看着他。

女孩迅速把狗往他怀里一放："就这么说定了。"

连缀抱着一条血染的京巴狗，步伐快得几乎要飞起来。

天地有规则，重伤可医，死却不能复生，连缀来不及回到住所，随便找了个僻静无人的角落就连连施展仙法，灵力充沛，又顺手施展了个说人话的仙咒。

于是痊愈的京巴狗急切地开口，说出了第一句人话。

"大师，赶紧的，趁赵小丽伤了腿走不快，去她家把我的狗粮提上！"

连绥哭笑不得。

后来，连绥左手抱着狗，右手抱着狗粮，在回家的路上搞清了露露那无比倒霉的往事。

"四百年前，我本来是一个单纯可爱的农家女，天天上山采蘑菇，不想有一天遇到了一个仙人，他眉目如画，却邪气极盛……"

连绥插话："那是邪修。"

"好吧，随便什么修，我只是看了他一眼，他就把我变成了一条狗。变狗就算了，我想着二十年后重入轮回，地府前我要伸冤，来世再做人，可那邪修不知道用了什么法术，我不老不死，一转眼就是四百年……"

"原来如此。"连绥感慨地品评了片刻，在露露期待的目光中实事求是道，"看来那个兽医看得很准，你的确年纪不小了。"

露露一口咬在他的肩膀上。

连绥忍着痛摸摸京巴的毛。小京巴身上的血迹被他抹去了，白色蓬松的毛发看起来其实很可爱也很好摸，他忍不住摸了又摸，露露不爽地扭了扭："大师，你是来救我的吗？"

连绥很慈祥地说："不错，你运气这么差，我特地来帮你改运，你说吧，有什么愿望？"

露露认真地说："我的愿望……就是你帮我实现三个愿望。"

连绥沉默了。不愧是条老狗，竟如此有心计！

然而说出去的话如同泼出去的水，连绥咬牙："你……说。"

"第一个愿望很简单。"露露一抬头，狗眼中燃烧着熊熊火焰，"四百年了……我要变回人的样子！"

万万没想到，得天独厚、品学兼优的福神连绶读过很多道理，却依旧没办法把京巴变成一个完整的人。

　　"时限十二小时，从中午十二点到晚上十二点可以人、狗自由切换，剩下时间只能当狗。"露露点头，讽刺道，"大师你真棒，把我变成了一个准点变身的灰姑娘。"

　　"第一，你不是灰姑娘，你是狗姑娘。"连绶正儿八经地纠正道，在露露扑上来咬他之前识趣地换了个话题，"第二，不是我不能，实在是人间材料匮乏。"

　　此时此刻两人正待在桑花市连绶租来的房子里，他皱着眉坐在沙发上，露露盯着他的面容，看到阳光从玻璃窗透进来照在他的脸上，显得他白皙得几近透明。露露虽然早就肯定他非同一般，可直到此时此刻，她才恍然发现，面前这人看起来真有几分缥缈的仙气。不知怎么，她就不敢再看，匆匆移开了目光。

　　她听见连绶轻声说："别的可以替代，可终究差了一味十分关键的梼杌之眼。"

　　"梼杌？"此时此刻京巴变成了个有着蓬松白色短发的少女，她赤脚盘腿坐着，身上只裹了一条浴巾，故意学着电视中的女人微微弯腰露出一点儿"事业线"，可连绶看都不看她一眼，她心中郁闷，噘嘴道，"四百年前我就听过，梼杌乃四大凶兽之一，不是早就粉身碎骨了吗？去哪里找它的眼？"

　　"梼杌之眼只是一种像眼睛的草本植物。"连绶好脾气地解释，"我知道在华夏国的首都贝京，明天的拍卖会上即将拍卖一株梼杌之眼。"

　　"既然如此，那你到底在愁眉苦脸什么？"

　　"那么问题来了。"连绶自顾自地撑着下巴困扰道，"明天的拍卖会，我们今天出发势必要坐飞机，你没有身份证，怎么买票呢？"

露露一个飞扑，上前掐住连绶的脖子："书呆子，你是不是读书读傻了？你不能坐午夜航班吗？狗需要买票吗？需要吗？啊？你用个仙法把我揣口袋里带上飞机不行吗？"

连绶被她掐得咳嗽了一声，轻描淡写地扫了她一眼，一直岿然不动的表情突然有了裂缝，欲言又止，还红了耳朵。

露露还在磨牙："你有什么话要说？"

连绶故作镇定地朝天上看去："你浴巾掉了。"

露露低头一看，半晌无言。

狗脸看不出表情和脸色，露露从裸女骤然变身，小京巴一落地就躲进了沙发底下，之后直至到了贝京，她都没有再变回来过。

连绶无所谓，对于一个"书中自有颜如玉"的男人，坐怀不乱是他的优秀品德。尤其姿色平平的露露无论是人还是狗对他来说都差不多，但在拍卖会的入口，他被保安拦住了。

保安彬彬有礼地说："先生不好意思，拍卖场不能带宠物进入。"

连绶离开拍卖场入口，拐进一个无人的公厕里，把京巴放到地上，说："我给你买了新衣服，你变回来吧。"

露露看了看周围，拼命摇头。

连绶冷静道："我不能进女厕所，所以你只能在男厕所变身，不变也得变。"

露露身体僵直了。

连绶转过身去，不一会儿，窸窸窣窣的穿衣声响起，露露嘟囔着抱怨道："哪里买的衣服？真是紧。"

"买西服时售货小姐推荐的，说这种礼服很适合去……"连绶说着话转过身去，看到露露的一瞬间，竟不由自主地停顿了一下，"正式的场合。"

连缀没想到，一条狗的身材竟然也这么有料。

贴身的小礼服勾勒出露露诱人的身体曲线，纱制领子收得很高，若隐若现的修长脖颈和性感锁骨比最闪亮的钻石项链更让人挪不开眼。他目光灼灼，即使迟钝如露露也感觉有点儿不自在，她不自然地拉了拉披在肩头的黑色假发，没话找话："这手感比我的毛差远了。"

连缀盯着她的脖子看了几秒，硬生生地移开视线："换好了就走。"

这是贝京最豪华的拍卖场，在一座罗马斗兽场一样的圆形建筑里。拍卖场里面灯火通明，觥筹交错，男人们的袖口和女人们耳朵上的钻石混合着顶级年份红酒的芬芳，就像一个巨型的高级酒会。

宾客们可以自由走动——除了靠近会场最中央的圆形展台。展台有三米多高，周围站着高大英俊的服务生，他们手里没有托盘。大家都知道，这些服务生背后裤子口袋里鼓鼓囊囊的，别着的可是要人命的东西。

连缀挽着露露，像每一对携手进入会场的男女一样，穿行在自助餐区和酒饮区，不时低声交谈着。

连缀说："吃牛排的时候不要把舌头伸出来吐气，待会儿你看我怎么用刀叉，你跟着学。

"现在你没有尾巴了，请一定要克制你对任何人摇尾巴的冲动。

"现在你跟我姓连，你叫连露露……嗯，不要在我叫你名字的时候你就试图原地坐下。"

露露郁闷道："有些时候是本能，毕竟我做狗的时间比做人的时间长多了。"

连缀面无表情道："如果被别人发现，你就说你身体娇弱，总是头晕。"

"哦。"

于是连绥和露露风卷残云般走过自助餐区，连绥拿甜点，露露拿肉，两人好不默契。等两人打着饱嗝剔着牙，迎着众名媛淑女嫌弃鄙视的目光站在拍卖台前时，传说中珍贵的梼杌之眼终于作为压轴展品登上了舞台。

"各位尊敬的来宾，首先我想问大家一个问题，"主持人红光满面，神神秘秘地说，"大家知道我华夏远古的四大凶兽是什么吗？"

下面一片静默，十分不给主持人面子。

主持人却一点儿都不觉得尴尬："好吧，这不重要，那么最后一件展品，就是远古凶兽梼杌存在过的证明！

"梼杌之眼，传说中必须由梼杌的泪水灌溉才能生长出来的草药，虽然传说有待考证，但这株草的神奇功效毋庸置疑！

"梼杌之眼，可以治疗高血压、糖尿病、冠心病、关节炎、肩周炎、颈椎腰椎间盘突出，甚至对艾滋病也有着神奇的疗效。起价二十万元，加价幅度两万元，专家估计市场价格约为八百万元，各位有需要的来宾，请出价！"

会场一片寂静。

连绥微微一笑："我出两千万。"

会场更静了。

连绥左手挽着露露，右手拿着梼杌之眼，在众人"看呀二百五"的眼神中走出拍卖区，走了老远，他才冷哼一声："看什么看，无知的人类。"

露露紧张地小声问："大师，你拿仙法变那么多钱，过几天会不会被发现？"

连绥回答道："这个仙法对我来说持续的时间不过弹指一瞬，对你们来说还是挺长的。"

露露："多少天？"

连绥回答道："五十年。"

露露："哦。"

这时，主持人兴奋地宣布："各位女士，各位先生，离十二点倒计时还有十秒钟，更多的美味料理、更精彩的表演活动，午夜场即将拉开序幕！请大家跟我一起倒计时！"

连绥和露露目瞪口呆。

颇有情调的灯光骤然亮如白昼，大家都兴致高昂地举起酒杯："十——九——八——"

连绥和露露惊恐地交换了一下目光。

完了，露露这狗姑娘，在十二点会准时变身！

从对方的目光里，他们都看到了"吃得太高兴，竟然忘记了变身时间"这一行字。

然而只是电光石火的一瞬，连绥做了决定："你快跑！我殿后，待会儿新菜上了我再拿点儿吃的带走！"

露露哭笑不得——这个"渣队友"！

然而此时她已经没时间再废话，在倒计时数到"六"时，她如同脱了缰的野马飞奔出会场大厅。

连绥松了一口气，刚准备吃独食，就听到旁边短促的两句交谈。

"啊，你看中的那个挺可爱的妞跑了。"

"什么？等我去追！"

等等，他们在说什么？在说谁？不会在说那个谁吧？连绥一愣，下意识地看过去，在看到两个纨绔子弟不怀好意的笑容时，仿佛他亲自圈出的领地被外人窥视，心头"噌"地一股火气冒了出来。

虽然那是个笨蛋，可她是他亲手变出来的笨蛋！他们癞蛤蟆想吃天鹅肉？

连绫忍住把那两个人当众轰成渣的冲动，理智告诉他，当务之急是不能让这两个人目睹露露"大变活狗"的场面。什么美食，什么新菜，已经被他抛到脑后。连绫沉着冷静，赶在那两人前面冲出了大厅。

里面的人大声地喊："三——二——一！"

寒风萧瑟，那两个公子哥不紧不慢地下了楼梯，左顾右盼道："人呢？追丢了？"

公子哥 A 郁闷地叹了口气："挺灵的小妹妹……"他上前拍了一下连绫的肩膀，"喂，你的女伴跑到哪里去了？"

连绫转过身来，目光冷锐，直直刺向两个公子哥的脸，那眼神居高临下，太富有压力，竟将他们看得一缩。

"十二点了，她说她该回家了。"过了一会儿，连绫慢慢地收回了他的目光，周围气压恢复正常，他精致漂亮的脸上露出一丝悲伤的表情，"跑得太急，连狗都追不上。"

连绫摸摸怀里的白色小京巴，小京巴老老实实地趴在他怀中，如临大敌的公子哥们松了一口气，对这狗扫了一眼便略过了。他们想走，连绫却幽幽地补充道："虽然她十二点就准时消失，可她把她的宠物狗弄丢在这里，总有一天我会通过这条狗找到她。"

两个公子哥觉得这个情节听着有点儿耳熟。

公子哥们悻悻地走了，连绫拍拍狗屁股："好了。"

京巴蹬了一下后腿，狗脸看不出来红不红："手拿开，色狼。"

危机解除，连绫后知后觉地想起自助餐，遗憾道："可惜没办法再回去吃点儿东西了，但幸好我把梼杌之眼带出来了，两千万呢。"

京巴道："难得你对钱的数目有了一次准确的感叹语气。"

连绶道："放久了就不新鲜了，来，吃了吧。"

露露难以置信道："现在？吃生的？"

连绶理所当然道："不然你还想炒个蛋还是怎么的？你想变成人的样子吃也可以，不过那就得等到明天中午，梼杌之眼离了土很容易坏，明天可能会馊。"

露露悲愤欲绝。看来虽然暂时能够拥有人形，她的霉运却还阴魂不散，让一条狗吃草，拼……真是很拼……

连绶看着露露狗脸悲摧地叼过草，安慰道："没关系，虽然这草有一股屎味，但它毕竟是屎味的草，总胜过草味的屎。"

梼杌之眼不愧是顶级神药，这个"待会儿"简直如同电光石火一般，露露还没来得及说话，整个"狗躯"就在连绶的怀里发光变大迅速伸展，连绶反应已经算快，也只来得及带她赶紧转移到最近的稍微隐蔽点儿的墙角。

露露全身赤裸，被连绶紧紧挡在墙壁和他的身体之间，她的双手抓着他的衣服，惨兮兮地抬头看了他一眼。

连绶一脸正气地直视前方，看着她的头顶，耳朵却是通红的。

"第二次了……"露露早已习惯各种"花式"倒霉，有了第一次，第二次便淡定许多，"啊，这草挺管用的。"

连绶咬着牙道："你的衣服呢？"

露露斜着眼睛往旁边瞟了一眼。那礼服孤零零地像垃圾一样躺在五米外的阴暗处，连绶又不能当着行人的面隔空取物，甚是无奈。

"既然暂时拿不到衣服，那咱们就来做点儿别的事情吧。"露露眨眨眼。

连缓浑身紧绷："什么事？"

"我的第二个愿望啊，我仔细考虑过了，现在终于可以说了。"露露亢奋地握紧了拳头，"连缓！我要变成你！"

▶第二章◀
寻送我上天去

露露兴致勃勃地计划道："把我变成你的样子，你可以变成我的样子，然后带我去天庭看看。妈呀，虽然活了四百多年，可我没上过天呢。"

连绶一想，这个要求还好不算很难，但——

"时限呢？"

露露闻言，露出狡黠的笑容："咱们来打个赌。时限就到我们被拆穿的那一刻。只要有任何人发觉你不是真的你，那么咱们就换回来。"

连绶想了想便点头同意了，他的仙术从来都是最好的，便将破解条件也设置在仙术中："只要有人发觉，咱们的变形术就会立即失效了。"

说完，白光一闪，瞬间两人形象交换。

连绶心里很无奈。

露露："哈哈哈！"

连绶赤裸着"曲线窈窕"的身体，窝在露露高大修长的阴影下。

连绶蒙了。他活了几万年，从来没有干过这么丢脸的事——自己挖坑埋自己，前所未有的尴尬让他顿时整张脸都扭曲了，尤其是……是在她面前。顾不得再想其他，他咬牙切齿道："不行，这个要求我不同意，你换个别的。"说完就念诀，打算将两人换回来。

然而，"学霸"一向严谨的做事态度狠狠地坑了他一把，那属于女人的柔软小手上没有任何的光芒闪现。露露惊讶地看了一眼，似乎隐约明白了什么，心里一横，伸出手指默念了一声"点火"，手指上便有火苗蹿出来。

——为了保证逼真程度，连绶的身体和技能当然也是要一并交换过去的。

"哈哈哈！哈哈哈！"

连绶别过头去，受不了她的嚣张模样儿，说道："你一个女孩子，不要笑得这么小人得志！"关键还是用我的脸！我活这么久从来没有过这么猥琐的表情！看着真是可怕极了！

露露一兴奋起来手法就特别自由，手一抬那件衣服就飞了过来，披在连绶身上："赶紧穿上。"

连绶诧异道："男女授受不亲，你不转过身去吗？"

露露诧异道："我自己的身体有什么看不得的？"

连绶想想确实如此，可总觉得哪里不太对。

连绶穿上那件他活了几万年都没穿过的这么紧绷的衣服。既然仙法暂时换不回，索性就将这个任务做完，一上天他就哄骗露露去找他那五妹财神连锦，五妹机灵，必然一眼能看穿，这样就能够将任务完成，回到书的爱琴海……

唉，上次说这句话的时候，他还立志一个半小时就完成任务，如今看来，真是令人消沉。

在露露再三保证绝对不会用神仙的脸露出狗一样猥琐的表情之后，连绶心情郁闷地给露露带路，两人有惊无险地飞至南天门。

刚收了云朵，就看到远处有一仙者腾云驾雾行来，连绶心里一喜，又是一紧。喜的是，这人正是他的四弟——喜神连什。四弟十有八九能认出他来，因此若能不进仙宫就完成任务，那真是再好不过了；紧张的是，以他四弟那种当面仙气飘飘、背面磕牙抠脚的品性，若被他挖掘到了事情的真相，必然会添油加醋，让自己在众仙友面前抬不起头来。

"来人是我四弟。"他小声提醒露露。

喜神连什老远就看到自己的三哥站在南天门，斜前方居然还站着一个从未见过的娇俏女孩，他对三哥书呆子的本性十分了解，心中讶异，在离两人三步远的地方矜持地停了下来。

"三哥。"连什微笑着点头示意，却用余光在露露的身体上扫来扫去。

连绥顶着露露的身体，被连什满含深意的目光扫得极其不爽。然而他管不了那么多，因为身后还站了个更要紧的人物——

四弟连什是天庭出了名的美男子，连绥不动声色地看露露，果然看到她被连什的美貌震得两眼放光，而她的神态放在连什的眼中，就见三哥那从来都是单纯中透着睿智的眼睛眨巴了几下，然后那从来都是苍白中透着冷淡的脸庞，骤然绽放出灿烂而殷勤的笑脸，笑的幅度十分夸张，而他的腰似乎在无法克制地小幅度摆动着……

连什被吓得活生生后退了两步。

"喀喀。"连绥大为尴尬，连忙干咳一声。

露露骤然清醒，在连绥想将她千刀万剐的严厉目光下，她连忙学着连绥平常说话平平稳稳的口气，说道："四弟好。"

还算有八分像。连绥微微放心。

然而露露停顿了一会儿，迫不及待道："四弟，可曾婚配？"

一股邪火冒上来，连绥又生气又尴尬，想直接扑上去把露露仿佛黏在四弟身上的眼睛遮住，又恨不得干脆拖着她跳下南天门同归于尽。

连什微微一愣，笑道："三哥今日竟然也会开玩笑了，让人感觉亲切了许多。我家小舒做好了饭在下面等着。"他指指人间，"我说我今日要开会，开完会就驾云回去。”

露露一脸十分遗憾的表情。

连什一脸莫名其妙。

连绥迁怒连什，腹诽，你亲哥在这里，能不能别矜持了，正眼看我一眼！

然而并没有。连什急匆匆地驾云走了，露露拉着连绥的袖子摇晃道："哇，天庭真大，看起来真漂亮，走走走。"

连绥愤恨道："你能不能不要用我高大的身躯做出这么'娘炮'的动作？"

然而形势比人强，露露娇小的身躯被连绥手挽着手拖着往前走了。

才走了几步，他们又遇到一个熟人驾着七彩祥云飘逸地过来了。

连绥看了一眼，微微蹙起眉头。来人是湖姵仙子，天庭中除了自家四兄妹，就只有她和连绥来往密切。有人提醒过他，他心里也大概知道湖姵抱了怎样的绮思，但因湖姵也是爱书之人，他不觉反感，他自持端正，对湖姵的行为不甚在意。

看湖姵的行走路线，明显就是冲着他们来的，露露刚问了句"谁啊"，湖姵就闪至眼前。

她停下的地方只离露露半步，脸若云霞，双眸含情，和露露对视了一眼，露露便大彻大悟了。

湖姵说道："三哥这几日没有去蓬莱书集吗？很是难得呢。"

露露直接说道："你这几日都在书会蹲守看我有没有去？你的心意也很难得。"

湖姵十分尴尬。露露自得一笑，连绥在后面又咳嗽了一声。

湖姵调整表情，更加温柔地说："我这几日的确是去了，今年有许多流落在四海八荒的孤本被能人收集回来，我记得三哥说想看《枕草半日闲》，机缘巧合看到一本，却因为价格……"她羞涩道，"我让主人替我暂时留三日，三哥和我一起去看看？"

露露根本不知道《枕草半日闲》是什么书，便没有接话，而连绥流露出一丝激动之色，忍不住往前跨了一步，湖姵却看都没有看连绥一眼，只是礼貌地侧了身子，似乎在给他让路。

连绥心想，我又不是路人。

但他只好像个跳探戈的，又跨了一步回去，站在露露身边。

湖姵眼中划过一丝不满，却不好继续装作看不见，不爽地分了一点儿眼神给连绥，客气道："三哥，这是五妹的朋友吗？"

露露诧异道："你怎么会这么想？这当然是我的朋友。"

湖姵目瞪口呆。

连绥突然有些想笑。

湖姵一眨眼，表情便露出一丝不甚明显但只要不瞎都能察觉的委屈，酸酸地说："看来三哥很喜欢这个朋友啊，竟连蓬莱书集都不去了，不知道她是何方仙子，一定十分博学。"

露露大方地一揽连绥的肩头，豪放地说："她不仅博学，还漂亮极了，性格也十分温顺可爱，我的确很喜欢她。"

连绥和湖姵没出声。

露露意犹未尽："照这样下去，日后你说不定要对她改口叫三嫂。"

湖姵的脸色太难看，连绥并不想这样对待昔日朋友，便不动声色地挪开露露的手臂，试图弥补："好了，别说了！"

湖姵的脸色更难看了。她胸口一起一伏，突然咬牙道："福神大人读过这么多书，有一句话不知听没听过，'仗义每多屠狗辈，负心多是读书人'。"

这下露露没说话了。她回头，意味深长地看了连绥一眼。

这一眼在不同人眼里含义大不相同，在连绶眼里就化为六个字——"亲，你眼光真差。"

连绶的脸色微微沉了下去。

"仙子，我记得我……我们家连绶，从来没有承诺过你什么。"连绶冷声道，"你这么说，似乎有些不讲理。"

湖姵一听，觉得这句话直戳心窝，而且……这个该死的短发女人居然敢说她不讲理！

她哭着跑了。

露露表情复杂地感叹道："竟然没有想到我在你心目中如此重要，只要我微微一笑，你的旧爱就全部扔掉。"

连绶："闭嘴。"

"呵呵。"背后不远处传来一声低低的笑声，连绶回头一看，秀眉斜飞，眼角上挑，黑发如墨，是个长得挺妖异的仙友，他不认识。然而，他感觉到露露的呼吸声都乱了。

这是仙界，出现的自然都不是凡人，她怎么可能认识？连绶有些奇怪地看向露露，露露仿佛被摄取了魂魄般一动不动地看着那个男人。连绶忍不住皱起了眉头。

"是谁？"他低声问。

露露颤了一下，猛然回神，连忙低头，拙劣地掩饰道："啊，不……不认识……这位仙友也长得挺好看的，呵呵，挺好看的。"

连绶皱着眉看了她一会儿，转而仔细打量起面前的人来。

他虽不大出门，却看遍了各种书，包括天庭每一个仙人的生平往事、来龙去脉。因此，这天庭上他不认识的仙只分为两种：一种是刚飞升还没来得及登记备案的，另一种是……

那仙人看到他们，竟也倏地停住了步伐，他垂着头，连绶便看不清他的表情，只觉情况怪异。那仙人停顿了一会儿，终究还是走了过来，连绶看着他，他脸上带着薄薄的一层笑意，神色已经没有什么不对。

那仙人对连绶拜了一拜："小仙兰宿，见过福神大人。"之后看着露露笑道，"怪不得适才看见湖姵仙子哭得妆都花了，原来福神身边竟有颜如玉陪伴。"

兰宿表现得如此自然，倒是让连绶和露露都愣了。

连绶是绝没有想到连四弟和湖姵都没有看穿的事情竟被这人看穿了，他看向露露，或许是错觉，他感觉她的身体僵硬极了，仿佛在压抑着什么感情……感情？

哼，露露这样，一看就不是他清高出尘的福神本尊，识破了也没什么了不起。连绶自我安慰道。

露露愣愣地站着不肯说话，只好由连绶接下这个话茬："仙友好眼力。"

话音刚落，两人身体中突然似点亮了一盏灯般，白光起落之后，仙术解除，两人又变成了真实的样子。

露露望着兰宿，兰宿表情自然地回望，倒让露露脸上多了几分不确定，欲言又止，此情此景，让站在一边的连绶莫名觉得刺眼。

他不由得冷着脸道："好了，这个愿望我已经帮你达成了，你非我类，天庭不是你该待的地方。"

露露一愣，有些无措地看向连绶。

连绶没看她，转身就走："我送你回人间。"

虽然还差一个愿望没有实现，可连绶消极怠工起来简直说一不二，送了露露回去后他就一头扎进了书海中，天帝来劝过他几次，看他醉心读书连头也不抬，叹了几回气，走了。

连缀抬起头，目送天帝的背影消失在府门外，然后慢吞吞地从书底下抽出一面圆镜来。

镜子上的雾面渐渐消散，高楼大厦，穿行的车流清晰地出现在连缀的视野里，白皙修长的手指熟练地在镜面上拨动，很快便将视线固定在一间狭小的单人房内，露露睡在单人床上，一副四仰八叉的睡姿，她还傻乎乎地半张着嘴，似乎陶醉在一个美梦中。

连缀目不转睛地盯着她的睡颜，发了半晌的呆才猛然收回目光，颇有些不自在地掩饰道："啊，真丑。"

连缀有点儿魂不守舍，手边放着的是《枕草半日闲》。这本书他终究是弄来了，却似乎没有想象中那么吸引人。

"这样下去可不行，连缀，你在玩物丧志！"连缀指着镜中那"玩物"道，"这么丑的人类，有什么好看的，比得上书中广袤世界，万千纵横？好的！就从现在开始，扔掉镜子，专心读书！"

话音刚落，镜中的露露咂了咂嘴，哼哼唧唧地说起了梦话。

书被手肘碰掉了也顾不得捡，连缀连忙捧起镜子，仔细分辨着她的口型。

露露闭着眼睛，情绪十分激动地说："兰宿！哈哈！我总算知道了你的名字！"

连缀气得发抖，抬手把镜子狠狠扔了出去。

连缀生了一个时辰的闷气，没人理他，他又默默地把圆镜捡了回来。

圆镜上的画面一直播放着，但因天庭已经过去了一个时辰，换算成人间的时间便是一个月，就好像一部电视剧跳了三四集，再看时有些跟不上节奏了。

圆镜里正照出一座巍峨的雪山。

按说连绥设置的是画面跟随露露，然而画面中没看到露露的身影，雪山静默无风。就在连绥怀疑圆镜"死机"了时，眼角余光看到画面的右上角，有片白色像是微微晃了晃。

连绥纳闷，露露穿着白羽绒服，戴着白帽子和白口罩，蹲在雪地里干什么？

露露鬼鬼祟祟的，连绥顺着她躲闪的目光调转画面，看到了一抹极快掠过的黑影，一闪即逝。

连绥的眼睛眯了起来。

看背影，像是露露惦记着的那个兰宿……

连绥顿时"脑补"出了一万种露露对兰宿情根深种求而不得的剧情，脸"唰"地就黑了。

这个兰宿哪里特别？连绥不由得认真看了几眼，这几眼却让他看出了不对。

这个兰宿的身份……

早先就说过，这天庭中连绥不认识的仙只有两种，一种是刚飞升还没来得及登记备案的，另一种是走邪路成仙，根本没有登记备案的。兰宿像是后者。

他虽不认识兰宿，可这种诡异独特的身份，让他想起了一个人。

而那个人早死了。

连绥的心一沉，不祥的预感涌了上来。

结合兰宿可能的身份，连绥在赶往昆仑山的路上，设想了以下几种可能。

落花有意，流水无情，其可能有三：

一、露露一路尾随，被兰宿发现，兰宿暴怒之下辣手摧花，一掌就把露露劈于手下，露露卒；

二、露露一路尾随，被兰宿发现，兰宿假装没有发现，悄无声息地甩掉了露露，露露困于雪山，卒；

三、露露一路尾随，没被兰宿发现，随后她冲上去对兰宿表白，兰宿嫌她烦，一巴掌拍过去，露露卒。

还有一种可能嘛……那就是流水上次是装作无情，其实落花流水两情相悦，于是乎露露一路尾随，没被兰宿发现，随后她冲上去对兰宿表白，兰宿表示他也喜欢她……啊！不可以不可以不可以！这种剧情，他连绥不同意！绝对不可以发生！

连绥在他铺天盖地的"脑洞"中愈发焦急，脚程不知不觉又快了三分。

昆仑山与天相接，下了南天门就是昆仑了，从连绥出门到抵达昆仑山的山顶用时不超过一分钟。他靠着圆镜定位露露所处的地点，很快便赶到了她身边。

兰宿躺在雪地里一动不动，眉毛上落满了雪花，看起来就跟死了似的，而露露蹲在他旁边，咬牙切齿抓着雪往他脖子里塞。

连绥心想，这个场景和他预料的好像有点儿不一样。他的心情莫名好了一点儿。

露露听到踩雪声，回头望来，见是连绥，抓着兰宿衣领的手立刻缩了回去。

她沉默了一会儿，解释道："我可什么都没做，他自己就倒了，不知道是哭昏了还是醉倒了。"

连绥的心情因为她的话又好了一点儿，他凝神一看，才发现兰宿头挨着的地方竟是一个白雪覆盖的坟冢，他手里捏着一瓶酒，脸上还有泪痕。

连绥问："你把他怎么了，他哭成这样？"

露露回答道："关我什么事啊！他自己一走到这儿就'扑通'一跪，

喝酒流泪，我还没来得及把他怎么着呢！"

连绥立刻问道："你本来打算把他怎么着？"

露露语塞。

连绥盯着她，一脸"此时此刻我必须知道，你不告诉我我就不走了"的决绝表情。

"连绥，你帮了我很多，我见到他，也是因为你给的机会，这件事，我本不愿让你插手。"目光交战中，露露败下阵来，她移开目光，幽幽道，"但既然你都来了，那大概是天意吧。"露露话锋陡然一转，"我的第三个愿望，你帮我完成好吗？"

露露的目光里掺杂着几分说不清道不明的意味，连绥看懂了，心里涌出一种"完全不想听下去"的预感。

果然，露露冷静地指了指地上的兰宿："帮我杀了他。"

连绥吃了一惊。

万万没想到，他想象中的爱情片竟然要变成动作片！

大概是看出了连绥一脸的不解，露露狠狠地说："这四百年来，我没有一天能够睡得安稳，在梦里我都恨不得把他撕成一片片！他凭什么改变别人的命运？眼看着亲人一个个离去，作为狗只能一直孤独……你不知道当我看见他的那一瞬间，我真恨不得和他拼了，哪怕是同归于尽！"

连绥好像抓住了重点："难道他就是那个邪修？那个莫名其妙把你变成狗，让你不老不死过了四百多年的邪修？"

露露用力地点头道："化成灰我也能认出他来。"

原来如此。明白了他们的渊源之后，连绥的第一反应……是松了一口气。

虽然两个人没有奸情，可目前的状况也好不到哪里去。在露露逼迫的目光下，连绥犹豫了一下。

然而，就在他走神的一瞬间，兰宿突然睁开了眼睛。

没有人看清他是怎么起身的，他就这么凭空挪移出去，像一道看不清的影子，转瞬就站在了距离两人几米开外的地方。

"好久没闻到你的味道了……"兰宿回味般吸了一口气，朝露露一笑，"虽然你的样子完全变了，可气味还是那么令人厌恶啊。"

露露勃然大怒："该死的邪修！当日你将我害成那样，我还没找你麻烦呢！你居然敢嫌弃我！"

连绥插嘴问兰宿道："看你的功法……你是万兽山白云长老的徒弟？"万兽山白云长老，传说中是某个远古凶兽的嫡传弟子，远古凶兽死后不久，白云长老便也跟着去世了。连绥在圆镜中看到的兰宿，颇有几分白云长老的姿态。

"白云小儿，呵呵，不值得一提。"兰宿好像这才看到了连绥。

然而兰宿的反应也很奇怪，就像是看到什么不该看到的东西。兰宿猛然眯起眼睛，表情渐渐从迷茫变成若有所思，唇边生出一抹冷笑来："你不记得我了？"

连绥沉声道："我从不曾见过阁下。"

兰宿骤然大笑道："你竟一点儿都不记得了，那你恐怕也不记得她了吧！哈哈哈，真是可笑！"

他的目光眷恋地看向那个坟冢，连绥与露露对视一眼，从对方眼里都看到了疑惑不解。

这个兰宿不会脑子有毛病吧？他有迫害妄想症什么的？

兰宿打量着他俩的神情，突然大笑起来："哈哈，这样也好，这样也好！"他笑得发抖，"当年的事情那么精彩，我想你们也会期待重复一遍吧？今天真是老天助我，当着这个坟冢，我就送你们一程！"

话音未落，兰宿手指飞快结印，周围立刻有蓝光突现。连绥心中暗叫一声"不好"，带着露露立刻后撤，却终究没有快过迅速闭合的结界圈。

兰宿轻蔑地看向露露："你以为我不知道你在跟踪我吗？只是没想到跟踪我的人竟然是你，还买一送一牵来了另一条大鱼，我真是赚了。"

连绶迅速护住露露，想要逃开结界，却发现他竟然做不到。

他眼中冷光爆起："你到底是谁？"

"梼杌大人手下的无名小卒。"兰宿嘲弄道，"不过你可知道梼杌是谁？"

梼杌？

听到这个名字，连绶一震。怎么会和远古凶兽扯上关系？不过梼杌……梼杌……

连绶失声道："这个是幻境传送阵！"

幻境仿佛是第二个世界，是世间极其罕见，更是极其难驾驭的宝物，传说中是凶兽死亡后灵魂所化成的。整个世界最多四个，到底是什么仇什么怨，兰宿大手笔地拿来对付他们？

兰宿阴森森地笑道："我活着就是为了今天……我主人不得善终，你们便去幻境里永远为她陪葬吧！"

一直处于状况外的露露突然扭头问连绶："等等，我好像有点儿听懂了，他让我们去给几十万年前死了的家伙陪葬，他有病吧？"

连绶哭笑不得。

兰宿盯着露露的脸："霜露，永别了。"

蓝光突然大涨，连绶和露露两人眼前一片空白；蓝光猛然缩小，缩小到仿佛一个核桃般，然后在半空中突然爆裂开来。

昆仑山巅，只有兰宿一个人含着冰冷的笑意站在原地，其余之处，放眼望去，只有茫茫白雪。

第三章▶
我当皇上了

露露很烦躁。

有一道轻似羽毛飞舞的声音，在她耳边挥之不去，听不太清楚，大约在不停地重复："哔哔哔——"

有病吧！

露露很想张开嘴骂人，但她意识到自己应该还在梦中挣扎，于是努力让自己清醒一点儿。过了一会儿，她终于听清楚那个不男不女的声音喊的是："陛下陛下陛下——"每喊三遍，略作停顿，再重复三遍，"陛下陛下陛下——"

露露非常理智地思考着，如果她不是突然从昆仑山被崩出去，砸到了哪个古装戏剧组的话，那大概，也许，她俗套地"穿越"了。

也没什么不可能的，她当狗都当了四百年，没有什么接受不了的。

她毅然决然地睁开了眼睛，然后和面前红着眼眶的太监对视了三秒。

太监"嗷"地蹦了起来，像弹珠一样朝宫外射去："陛下醒了醒了醒了！"停了一会儿又喊了一遍，"陛下醒了醒了醒了！"

这个太监很懂得"重要的事情说三遍"的人生哲学啊。

露露胡思乱想着，揉着头坐起来，心想，果然"穿越"了啊。

四周金碧辉煌，她又想，万幸啊，看样子她穿越成了后宫娘娘！不知道是皇后还是妃子……等等，太监刚刚喊她什么来着？

陛下？

她的手还没放下，一堆"珠宝"就大呼小叫地呼啦啦从门口涌了进来，喊着"陛下"的娇柔声音夹杂着金子叮当碰撞的声音，有一种奇妙的不和谐感。露露瞠目结舌看着"珠宝"们仿佛刚死了亲娘般痛哭着跪了下来，领头的那位头上至少插了三斤金钗的娘娘脚下一个踉跄，但仍然保持着十分完美的姿态扑倒在她床头，握着她的手时那泪珠子立刻就噼噼啪啪往下落："陛下，您睡了这么久，瘦了好多，臣妾看着真是心如刀绞！"

露露客气地抽了抽手："不好意思啊，麻烦你先放开我。"

熙贵妃愣了愣，露露趁机把手解放出来。

众目睽睽之下，众人看见陛下带着视死如归的神情，一只手掀被，一只手准确地……插裆摸……

众妃子目瞪口呆。

熙贵妃看着露露仿佛天打雷劈的神情，有点儿心慌，忙说道："陛下……陛下躺了这么久，没有纾解，有些难耐也是正常的，可陛下现在的身体未康复，这……这事……"她挽了挽袖子，"臣妾可以代劳。"

露露无语凝噎，心里有两个小人在嘶吼。

一个说，什么，这不可能，我又变男人了啊！还是种马！看看看，这么多妃子！可我对女人不感兴趣啊！这可怎么办！我要宣布断袖了吗！可是这种身体要是真用起来会不会不习惯啊！？

另一个说，有什么不习惯的，之前不是用连绥的身体玩过了……

等等！

她分明记得"穿越"之前是和连绥在一起的，当时连绥还揽着她的肩来着。那么很有可能，连绥会和她穿越到同一个地方……现在连绥人呢？

露露的视线往下面的女人里扫视了一圈。其他的妃嫔她不清楚，可这里很明显没有穿凤袍的……

"你们皇后呢？"

熙贵妃的脸上明显地闪过一丝失落和嫉妒，她垂头道："陛下你忘了吗？皇后娘娘她……生龙子时大出血，一度陷入昏迷，陛下您……担忧过甚，所以才晕过去的呀。"

"哦？"露露的心里生出一丝奇妙的预感来，"也就是说，她和我几乎是一起丧失了意识……我是说，一起昏了过去？"

熙贵妃咬唇道："嗯。"

露露恍然大悟道："哦——我知道啦。"

她拖长了音，突然有一个大胆的猜测。若连绥成了皇后……露露毫不自知地露出一抹幸灾乐祸的微笑来。

"不知皇后现在可好？"她随便找了个借口，"来人，摆驾皇后寝宫。"

皇上的寝宫离皇后寝宫不远，但这个年代连辆自行车都没有，轿子抬着陛下金贵的龙体慢慢晃过去，露露只觉得路上的时间分外漫长。

她心里既期待连绥钻进了皇后的壳子，又害怕自己说不定只是想多了。若皇后还是皇后，那该怎么办？初来乍到的新鲜感渐渐褪去，取而代之的是人生地不熟的忐忑。

万一的万一……只有她一个人，连绥不在了，那该怎么办呢？

一想到有这样的可能，露露就像失去了主心骨。她此时此刻还看不清自己的心态——短短几日和连绥相处，她就如同早已习惯依靠对方许多年一般，十分自然地放心大胆地让他带领着她。

如果突然老天又把她打回原形，让她孑然一身……

真不如一开始就不要让连绥从天而降，出现在她的面前。

一番胡思乱想，当露露到了皇后寝宫，听人说皇后已经醒了，她的脚步更急切了几分。

六宫之主，皇后娘娘，如今正在……坐月子。

露露一进屋，就看到皇后坐在床上，头上扎了个白头巾，手里端着一碗红糖红枣桂圆羹，身边放了个摇篮，摇篮里裹着个白白胖胖的娃娃，听说是个皇子。阖宫高兴非常，人人都挂着一副笑脸，可露露一眼就看见皇后阴着脸，看着胖娃娃的眼神十分嫌弃。

亲妈哪能露出这样的表情？

除非是……"喜——当——妈"。

猜测八九不离十。露露的心"咣当"一下落了回去。

加之虽然皇后贵体有恙，坐姿却笔直笔直的，如同在打坐一般。连绥的气质数一数二，如今即使换了个壳子，若不看脸，熟悉他的人也很容易分辨出他的仪态来。

露露放了心，立刻找回了自我。

此时此刻，天赐良机！不捉弄他，对不起自己！

"皇后体弱，补汤为何迟迟不用？小心凉了。"

她说着话，大步流星地走了过去。皇后这才像是反应过来，抬起头，目光碰触到皇帝明黄的衣料时明显一僵。

熟悉的人前来，最怕被识破。露露十分明白皇后壳子下的连绥此时此刻的想法，干脆火上浇油。

她疑惑道："皇后你生产完之后，像是变了不少。这汤，原本是你最爱喝的。"

皇后又是一愣，连忙拿起勺子舀了一勺送进嘴里。

露露心里窃笑，连忙补充道："皇后你从前拿勺子可是要翘着小指的，宫中妃嫔还学你的手势，说又秀气又高雅。"

说这话时，她的眼睛紧紧地盯着皇后的反应，果然看见皇后那张秀美的面容难以置信地扭曲了一下。

"哈哈哈哈哈！"露露心里大笑，面上忍笑都快忍吐了，紧紧绷着不露声色，一一指点："还有，朕最爱你的娇柔，你平时并不像她们一样自称'臣妾'，而是自称'人家'，怎么醒了之后就变了？"

皇后僵硬地看着她。

众内侍心里疑惑：皇后娘娘从前是这样的吗？是皇上疯了还是我疯了啊？

趁热打铁，最后一击，必杀！露露的脸上故意露出一分疑惑，有点儿伤心，有点儿像在思索："从前，你可是最黏朕，最听朕的话的啊，如今……却像是换了一个人一样。"

话音刚落，她就看到皇后脸上的神色瞬息万变。

露露胸有成竹地期待着。

良久，连绶放下汤勺，翘着兰花指僵硬地拨了拨额发，声音干巴巴道："哈哈哈，人……人家只是……身体不方便嘛。"

露露猛地站了起来，迅速往外走，茶杯都碰倒了也没扶一下："朕出去一下。"

露露找了个没人的地方放肆大笑到眼泪横流，不知过了多久才勉强平静下来，揉着肚子往回走。

连绶可不是那么好糊弄的，要珍惜他没反应过来的每一分每一秒。

而正坐着月子，身体看似很虚弱，脑子却快燃烧起来的连绶，没空细想这个看起来稍微有点儿奇怪的皇帝。

皇帝居然逼他翘兰花指！如此血海深仇，他来日再报！

连绶饱读诗书，自然知道落入幻境后，身边的情景时代都可能变化得截然不同。他早有准备，心里牵挂的不是眼前这些虚幻的事物，而是造成如此境地的本身。

兰宿？梼杌？到底怎么回事？

连缀盘腿坐在床上，凝神掐算。

在进入幻境之前，兰宿一通莫名其妙的话好歹勾起了他不大不小的一点儿警惕心。譬如，他们福禄寿喜财这五星宿出生时，远古时代早已结束，凶兽灰飞烟灭。而露露就更不用提了，只不过活了四百多年，简直如同弹指一挥间。

可听兰宿的口气，似乎说他和露露，还有梼杌之间有什么纠葛。

他们之间能有什么纠葛？

还有最后，他分明听到兰宿喊露露……叫作"霜露"。

露露不是一直叫作露露的。

天下之书他阅之八九，法术中这种荣获"死宅"神仙们最喜欢的法术第一名，闭眼坐着就可以拿高分的掐算学也是连缀最擅长的，片刻，他便看透了幻境的来时因、去时果。

兰宿竟然没有撒谎，这幻境，还真就是梼杌的。

据史书记载，远古时期，梼杌及饕餮、浑沌、穷奇在世间为非作歹，坏得浑然天成；有坏就有好，当时和四大凶兽对着干，维持六界正义的，正是万神鼻祖、神中元老那群人，称作祖神。

凶兽与祖神们一直互相看不顺眼，而第一次也是最后一次的正式对决，便是在十三万年之前，史书称"不周之战"。这场战争里，天地间这些仅有的生物打了足足六千八百年，打得几乎世界又恢复寂静——四大凶兽全部身殒，祖神一脉十人，八死两重伤，而且重伤的两人看到如此惨况后竟大彻大悟，从此隐居到谁都找不到的地方，远离是非，再也不出来了。

而这些都是后话。说回不周之战，当堂堂凶兽梼杌被杀之时，心中是极不甘的。

她的意识带着她残存的一魄留在世界上，形成了一方天地，寄生于本来的天地，却又独立其中，几万年来逐渐发展成熟，成了世界中的虚幻小世界，这便是幻境。

连绥恍然大悟。这么一来的确说得通，因为他之前看兰宿有着万兽山白云长老的影子，而传说中万兽山正是梼杌的老家。

思及此，连绥便凝神细看，梼杌幻境中的过往、未来和种种因果统统展现在他的眼前。然而此刻连绥最关心的是怎么脱了这个坐月子的女人壳子赶紧回家，便只把离开的条件提出来看了。

不看不知道，一看吓一跳。

若将幻境比作一把雨伞，梼杌的意念便是创造世界，隔绝外界的伞盖，这个世界里充斥着她的思想、她的创造和她的三观，而支撑雨伞的伞柄，却是梼杌留下的那一魄。十几万年过去，许多无智慧的东西都成精了，更不用说这上古凶兽的灵魂如今凝成人形，躲在幻境中的千万人之中。

连绥想走，很简单——把这一魄从人海里找出来，杀掉，幻境支柱一垮，幻境便消失了。

连绥无语凝噎。

这个幻境中的人没有千万也有百万，怎么找一个完全没见过的人啊！简直比翘兰花指喝汤更令人生气！

连绥气得摔了两个碗和一个奶瓶，宫女们被皇后娘娘突如其来的怒气吓得战战兢兢，正不知如何是好之时，却又看到皇后娘娘的脸色突然平静了下来，盘着腿闭着眼念念有词。

人说鬼门关走一遭，性格有些变化不奇怪，然而皇后娘娘她……是疯了吧？

连绥强自按捺着烦躁，将那一魄可能的走向掐算了一次又一次，然而什么都没掐算出来。

于是他更烦躁了。

一天的时间悄悄过去，夜幕降临时连绥还沉浸在自己的世界里浑然不知，直到一个不知好歹的声音在他耳边喋喋不休，他的怒气才好像终于有了一个突破口，一睁眼，凌厉的光芒就从眼底迸射出来，将面前那宫女吓得瞬间跪伏在地上。

连绥不耐烦道："干什么？"

宫女瑟瑟发抖道："娘娘……皇……皇上他……今……今晚……留宿凤朝宫。"

凤朝宫就是这里——连绥屁股底下坐着的这片土地，皇后的寝宫。

连绥只觉得眼前一黑。

"皇上，祖宗留下来的规矩，皇后不同于一般的嫔妃，这又是您的第一个孩子，虽然不能临幸皇后娘娘，但您去她宫里住七天，是应该守的规矩。"

御书房，皇上背对着大太监负手而立，听了他的劝说，没有吱声。

大太监咽了一下口水，试图再努力一把："奴才知道陛下心疼娘娘，不想娘娘多操劳，可这也是给娘娘面子……"

皇上猛地转过身，一行清泪顺着脸庞滑落，大太监剩下的话立刻咽了回去。

露露红着眼眶道："七天？有没有少？"

大太监摇头："不能再少了。"

露露无语凝噎。

自作孽，不可活，连绥不知道彼此身份就算了，可她是清楚的啊！

和一个大男人，身体孤男寡女、心灵寡女孤男地同床共枕……七天！

她的清白……她守了四百多年的贞操……

"你不知道，"她试图挣扎，"朕真的……"

大太监道："皇上，若您实在不愿去皇后那儿，后宫中还有梅贵妃、李婕妤、杨昭仪、王美人、舒美人……您都一年多没去看过她们了，她们可想您了。听说梅贵妃新买了本书，书名是什么瓶梅，就等着您过去和她一道钻研呢。"

露露坚定地说："朕真的迫不及待想要见到皇后了呢！"

从御书房到凤朝宫，跨越东西轴线，距离颇远。露露动身时，天色已经透黑，她的仪仗在两座宫殿间渐渐拉出一条灯火璀璨的线，护送着她的御辇平稳地往凤朝宫去，而今晚宫中万众瞩目的主人公之一，正在晃晃悠悠的御辇里焦虑不已。

露露心说：完全不想和皇后见面！感情戏发展得这么快不科学！妈妈！救我！

知道连绥就在身边，露露其实是安心的，但这种依赖并不能化为想要见面的迫切感，她总要花点儿时间想一想，面对这个在天庭中突然翻脸赶她离开又突然出现在雪山保护她的男人……应该用怎样的情绪去面对。

何况白天她刚刚戏弄了他！等下被拆穿了怎么办！

露露却不知道，凤朝宫的那位，焦虑感并不比她少。

深夜，凤朝宫里的气氛怪怪的。

"皇上啊，哈哈，"连绥干笑着，接过宫女手里暖暖的酒，僵硬地替露露斟了一杯。他回忆着自己看过的各种宫斗小说电视剧里的场景，捧着酒杯端到露露的面前，然而露露只盯着他的手，一直不接。

连缀心里有点儿忐忑，顺着她的目光也看了自己的手老半天，突然福至心灵恍然大悟，"唰"地一下把兰花指翘了起来。

露露盯着连缀的手出神，心思却完全没有放在面前这人身上，而是……放在了背后的床上。

此时此刻，她……特别紧张！

完了完了完了！一会儿要和仙君大人睡觉！怎么办？怎么办？怎么办！？

露露的眼前情不自禁地浮现出当她之前还没有完全变身时住在连缀在人间的家里，连缀洗完澡之后只用浴巾裹住下半身，水滴从漂亮的脸上滑到锁骨……滑到胸口……滑到腰腹肌肉……再慢慢地滑进浴巾里……

露露"霍"地一下站起来，连缀猝不及防，一杯茶全打翻回他的胸口，他心里一紧——难不成这个皇帝是个阴晴不定的暴君？他看到高大的男人绷着脸转身："朕……朕去一下茅厕。"然后皇帝疾步冲向了净房。

连缀目瞪口呆。人有三急可以理解，不过，皇帝至于慌不择路冲进女厕所吗？

他有心去提醒一下，起身走到净房门口，却听到净房里"扑通"一声，他探头一看，只见一个宫女提着裤子跪在厕所边，娇羞道："奴婢……奴婢虽然也心仪皇上，可皇上你冲到女厕来，皇后知道吗？"

连缀哭笑不得。

露露无语凝噎。

露露对上连缀无奈的目光，不知为何觉得心里一紧，解释的话还没有过脑子就忙不迭地冲出了口："我就是走错了而已！"

连缀微微仰着头，对上男人带着一点儿委屈一点儿着急的眼神，小猫似的，和他英武高大的外表一点儿也不和谐，他心里飞快地飘过了点儿什么想法，却没能抓住，只好说："我相信你。"

立刻，男人就像被顺毛的猫一样心满意足地笑起来。

　　一时间，两人在净房门口忘我地对视，眼神中似乎传递着说不尽的话语，两人之间的气氛，就仿佛周围的一切都不存在了一般。

　　"被不存在"的宫女心想："难不成这是皇上和皇后新的调情方式……天哪！我刚才做了什么？！妈妈救我！"

　　凤朝宫里奇怪而紧绷的气氛似乎就在这一瞬间奇妙地消失了。众人只见皇帝与皇后又恢复了往日常见的相处模式，自然地喝酒吃菜，聊着闲话，只是今日皇帝似乎特别好酒，眼睛也不乱看，就盯着面前的酒杯，一杯接一杯，半壶梨花白饮下就醉得睁不开眼了。

　　连绥看着呼呼大睡的皇帝，在"把他搬到床上"和"把他扔到厕所"之间犹豫了一下，还是选择了前者，自己也躺到皇帝身边，他心里默默地松了一口气……

　　幸好皇帝醉倒了，要不然真不知道如何面对这漫漫长夜……

　　三更敲过。作为睡觉只是生活点缀的神仙，连绥还很清醒。

　　他今天险些忘了一件重要的事。

　　乍一看和一般世界并无不同的幻境，承载着的是梼杌最后的残念。这是幻境和真实世界最本质的区别——真实世界万物客观，而幻境的规则却是根据梼杌的喜好来决定的。

　　也就是说，梼杌死前最强烈的愿望，在这个世界中是原则，人人不得违逆。

　　事关在这个世界混得好不好，连绥立刻探查了一下梼杌这辈子最强烈的愿望是什么。

　　然后连绥就无语凝噎了。

史书诚不我欺！

他以为书中纯粹是胡扯的那本《远古八卦奇谈》，里面说的竟然是真的！

惊天大八卦……梼杌追了饕餮一辈子都没追到手，这件事竟然是真的！

在记忆残片中，梼杌基本上都在追着饕餮跑，虽然被梼杌自己的意识回避，但连绶还是看出来了，饕餮那时似乎另有所爱，所以留给梼杌的都是冰冷的、漠然的、无视的、拒绝的背影——各种背影。

连绶之前就在猜测，莫不是他和饕餮长相似，加上兰宿眼瞎，将他堂堂福神错认成了梼杌所爱的饕餮？

可是说不通，他作为福神，拥有完整的回忆，分明知道自己和那饕餮并没有什么关系，如今看来，这其中原因也算有了解释。

永远的背影……恐怕梼杌根本就没有好好地跟"拥有正脸"的饕餮正常相处过。

连绶替她默默掬了一把辛酸泪。

然而，作为"顽固"的代名词，梼杌绝对不是个"软萌"可欺的妹子，一边对饕餮死缠烂打，一边想方设法杀死饕餮的真爱。

可问题来了，饕餮真爱的那位武力值好像高到爆表……

十次交锋之后，真爱妹子终于不耐烦地将梼杌斩杀于蓬莱。

连绶默默感叹，梼杌真的可以说是自己作死的典型范例。

他也就理解了，梼杌一生所爱没追到手不说，又打不过情敌，最后还被情敌弄死了，临死前也未参透关于"情"字的心魔禅机，反而因为身死而走火入魔，因此，她最后的愿望，顺其自然……理所应当……理直气壮……让人泪流满面，那就是……

祝天下有情人都是兄妹！终身忠于"FFF团"，汽油火把常在手，烧死所有恋人！

我得不到的，你们也别想得到，全天下人都别想得到！

——"梼杌世界法则"：所有夫妻必须相敬如宾，相爱者，遭天谴；所有真爱必须名不正言不顺，成亲者，遭天谴。

连绥默默关闭了天机法门，对于这样的剧情，他已经不想看下去了……

等等！

连绥的脑中突然灵光一闪。他一直想找露露，可露露不也在幻境中嘛！既然她身处幻境，他窥视幻境中的天机时也就可以查到她所在的方位啊！

唉，之前竟没有反应过来，真是一孕傻三年！

连绥在心里为自己的方法点赞，忙不迭地拉开了"寻人模式"，闭眼细细探查，只看到那属于幻境中百万子民的光点一个个暗下去……暗下去……亮着的光点范围离他越来越近……越来越近……

越来越近。

连绥睁开眼睛，默默地翻了个身。

目光落在了半张着嘴，睡得沉沉的皇帝身上。

第四章
帝、后冷战中

天快亮时连绥才有了睡意，睡得也极不安稳。梦里他被死死压在一块铁板下，手脚被束缚，胸口憋闷，喘不过气来。

"娘娘……娘娘醒醒……娘娘……"

连绥霍然睁开眼睛。

宫女吓了一跳，但还是硬着头皮说："娘娘，您该起了。"

连绥闭了闭眼，他还是觉得胸口闷得慌。

他的一只手似乎被绑住了，他抽了抽没抽出来，只好用另一只手迷迷糊糊地朝重力压迫的地方摸去。

嗯，软软的，手感好棒，什么玩意儿，掐一下看看……

"嗷！"

连绥流着泪，彻底清醒了过来。

宫女拿手巾替他擦了擦脸，轻声提醒："娘娘，往常这个时候，您该叫陛下上朝了。"

陛下？

连绥顺着宫女复杂的目光看过去。

"陛下"正小鸟依人地靠在"皇后"的肩头，双手死死地揽住"皇后"的左臂，结实修长的大腿横在"皇后"的腿上，睡姿特别不雅。

连绶别过头，无声地盯着毫无所觉的皇上一会儿。

他翘起嘴角，微微一笑："呵呵。"

然后他抬起右手，"啪"的一声，清脆响亮地拍在了皇上英俊的脸上。

众宫女大惊。

被扇醒的露露惊叫："谁……谁打我？"

连绶泰然自若地靠在床头，活动着被缠了一晚麻木的左手。在众宫女震惊且夹杂着丝丝膜拜的眼神中，他仍保持着一丝若有若无的笑容，看向露露。

"我打的，怎么了？"他缓缓道，"打不得吗？"

他连绶谦谦君子，本来从不打女人。

可是嘛，哼，谁叫他现在才是女人呢！

露露迎上连绶的目光，惊得一个激灵。

她想，完了。这眼神，她一看就明白了两件事——

第一，连绶已经看穿她的真实身份了；

第二，连绶他……好像生气了。

这下露露彻底慌了。

连绶作为一个活了许久的神仙，其实总的来说还是很淡泊的。两人经历这么多，露露从来没见他这样明显地生过气，即使那时在天庭，他也什么都不说，只是送她离开。因此她几乎都要忘了，神仙也是人，也是会生气的。

他生气带来的后果就很严重了——露露脑子里第一个想法就是，要是连绶和她翻脸，谁带她走出这个鬼地方，回到现实世界去？

绝对不能和他翻脸！

况且，她内心……其实真的也没有想要惹他不开心，只是忍不住恶作剧而已。

露露脑海中闪电般思考清楚，立刻识相起来，捂着脸赔笑道："谁说打不得！打得太好了！简直令人醍醐灌顶！您想不想再来一下？"

不明真相的众宫女：我们的眼睛要被眼前这对无底线秀恩爱的人闪瞎了！

连绫心里憋着，什么也没说，只是眼神冷冷地在露露脸上一掠而过，转身便下床更衣，再没看她。

露露急得跟什么似的，恨不得立刻变回小京巴，讨好地给连绫摇尾巴看。可偏偏周围的人都不识相，催着她去上朝。上朝上朝上什么朝！这种离现代七八百年的陈芝麻烂谷子，有我们连绫仙君的心情重要吗？

露露一步三回头，不甘心地被众人推走了。

当天，整个皇宫都知道皇上和皇后闹翻了。

还是皇后单方面给皇上脸色的。

所有人都知道皇后突然生皇上的气，整天闭门不出，可知道原因的人并不多，一时间众说纷纭。

有人说，是皇后不爱喝药，皇上逼着喝；有人说，皇后升级为母亲，想变得大气稳重，皇上还非逼着人家翘兰花指……众多猜测，千奇百怪，当然不会有谁能猜到皇后娘娘的真实想法。

连绫的确是生气了。

他不单单是气露露昨日隐瞒戏弄他，更是气她没心没肺，明明知道兰宿把她弄进这个幻境是怀有恶意的，却丝毫不警惕，一点儿也不把自己的性命当回事。

虽然她并不知道这个世界的隐含规则有关生死，但明明一切都透着不对劲，就好比一个蒙着眼睛的人走在满是尖刀的道路上，她怎么做到还有心情蹦蹦跳跳，时不时还想坑他一把的？

他更气自己，连当事人都不着急，自己却巴巴儿地掐算了一天又一夜，企图找出带她脱身的方法。

他是不是傻？

连绥隐约感到了一点儿心理不平衡——在两人的相处上。他的身份地位原本凌驾于露露之上太多，可他好像太在意露露，行事也多被她牵制。可此时才发现，对方并没有投桃报李。

她活得没心没肺，并没有对他另眼相待。

连绥因为这一点儿不平衡而真正地生起了自己的气，暗地里却不免还为这样的自己开脱——他这是遵守世界规则，他和露露此刻是夫妻，原本就不能相爱的。

于是，一个不明就里，一个顺势而为。宫里被露露折腾得鸡飞狗跳，而凤朝宫里，却安静得连一根针落地的声音都能听见。

明明皇后拿着一本书，靠在临窗美人榻上的样子和以往并没有什么不同，可宫女们好像在风暴中苟活的蚁虫一样面面相觑，胆子小点儿的脸都有些发白了。

皇后身边有个掌事大宫女名叫白荷。此刻众宫女都眼巴巴地望着她，白荷没有办法，只好壮胆上前一步："娘娘，皇上召您过去呢。"

"不去。"

片刻后。

"娘娘，皇上驾临凤朝宫了。"

"锁门。"

又过了一会儿。

"娘娘，皇上在门外等了两个时辰了……"她没敢说，平时稳重的皇上此时正死死抱着凤朝宫殿外的一根柱子，那一脸视死如归的表情，仿佛他抱着的是自己死去的亲娘——

露露道："我不走，我就不走，有种你们来打我。"露露又一次大声呼喊，"皇后娘娘——我错了——你出来见我啊——"

那一刻，白荷都替皇帝觉得丢脸。

连绥猛地把手里的书一摔，暴躁说道："这人有完没完啊？还让不让人好好坐月子了？把她给我轰走！"

一屋子宫女"哗啦啦"全跪下了，战战兢兢，大气都不敢出。

开玩笑，门外的那可是皇上！嘤嘤嘤，为什么感觉娘娘生了孩子之后更加"霸气侧漏"了……

不巧的是，当晚闪电又打雷，露露胆子小被吓得够呛，终于还是放弃了那根都被她暖热了的柱子灰溜溜地回去了。在古代住了两天，到了夜晚，她十分想念现代优越的生活……

她更想回去了！她必须要讨好连绥，让他回心转意！

她一计不成，再生一计。

第二天夜晚，白荷又来报："娘娘，按照先朝规矩，今夜皇上该来您这儿了。"

连绥眼睛一斜，淡淡道："不必了。"

白荷似乎早有所料他会这么说，停顿了一会儿，说道："皇上……皇上还说了……若您今晚不想见到他，那……那就看看窗外吧。"

窗外？

连绥有点儿疑惑，顺着白荷手指的方向朝窗外望去。

仿佛应和着他的眼神一般，漆黑的夜幕里，一点儿摇曳的光亮了起来，如同有人在黑色画布上点上星星一般，过一会儿，又亮起一点。

连绥愣怔地看着很快便放满了半个夜空的灯，而宫里的宫女们也都看呆了，顾不上皇后大魔王就在身边，有些性格活泼些的，已经扯着身边的同伴小声地惊叹起来——

"这是孔明灯吧？我从来没有见过这么多的孔明灯一起在天上飞！"

"皇上对娘娘可真好，连带着我们也能一饱眼福呢……"

"是啊是啊，咱们皇上又英俊又痴情，可真是天下所有女人……"说话的宫女被身边的人狠狠一扯，猛地醒悟过来，立刻低头不敢言了。

连绶却仿佛没有察觉一般。这些孔明灯不稀奇，这么多也不稀奇，稀奇的是他估算着这大概是露露带着人一天之内做出来的，这份心意，的确稀奇。

他不是凡胎，目力极好，稍稍用心就察觉到那些一个个如小牛般大的灯笼上写着什么。

"灯笼上写的什么？"

白荷就等着他这一问呢，立刻回答道："皇上说，您不愿见她，她就只好把她想要说的写在上面给您看了。"

哦？连绶挑眉，立刻仔细辨认。

Co……cho……n……

扑哧。

原来是这个。

连绶和露露相识还没多久，露露还处在半人半狗阶段的时候，连绶为了找寻将她彻底变成人的法子，搬了许多书回家翻。

露露无意中看到了，整个人都震惊了："等等，你一个中国神仙，居然还懂英语？"

连绶也震惊了："你看不懂吗？这是法语。"

露露脸皮特厚，迎着连绶看文盲一般嫌弃的目光坐下了："我连中文简体字都认不全呢，英语法语对我来说没有区别啦。"她拿过连绶手里的书翻了翻，"法语啊……你真行。"

连缀作为天庭有名的"移动书库"，被人吹捧的次数多了，可在这个普普通通的人类面前，他突然起了一点儿炫耀的心思："你们人间的所有语言，总是有共同点的。"

"你会几门？"

连缀想了想："除了吐火罗语只是略知皮毛，其他的都还不错。"

这下露露可是真的震惊了："你这么变态！"她扯住连缀的袖子，谄媚地摇头晃脑，仿佛有一条无形的尾巴在后面摇，"教我教我！"

"你想学什么？"

"就法语吧。"露露想了想，笑眯眯道，"'帅哥，约吗'这句话怎么说？"

连缀沉默半晌，说道："Cochon。"

Cochon，在法语里有"你是笨蛋"的意思。

连缀看着满天飘荡的写着"你是笨蛋"的灯笼，忍不住微微露出笑意。

明明认识露露没多久，甚至还抵不上他在天庭看完一本书的时间，可回忆起往事，就好像和她已经认识了两辈子一样。大概是自己漫长的生命过得太寂静了，一点儿吵闹的场景，即使转瞬即逝，都会被深刻地记下来。

她啊……真是太能折腾了。若他一直不原谅她，恐怕皇宫被她拆了也是指日可待的事。

连缀知道自己已经忍不住开始心软。那种感觉，就像是冰里封着的棉花糖，她像一团火一样扑过来，外面看着即使原封不动，里面其实已经甜丝丝地被她融化了。

可是……他就这么原谅她吗？

白荷小心地窥视着皇后的表情，看她冰封的神色似乎松动了些，嘴角也带了笑。白荷松了一口气："娘娘？"

　　连绶转头看向她，笑容未消："咱们凤朝宫有善弓的侍卫没有？"

　　"有……有的。"

　　当然不能就这么轻易原谅她，要让她长长记性才行。

　　"去，告诉他。"连绶挺愉快地道，"娘娘我要睡觉了，这些灯晃得眼晕，让他给我全射下来。"

　　白荷无语半晌，只好退了下去，心里咆哮着：娘啊救命啊！说好的皇后开心了大家都开心呢？！大魔王太可怕了！放我回家！

　　连绶无比香甜地睡了一觉，第二天早上已经原谅露露了，只不过露露的花样层出不穷，各种讨好他，他十分受用，便暂时按兵不动，只精神饱满地等着露露再出新招。

　　可一连几天，连绶都没有等到露露的行动，就如同等着另一只没有掉落的鞋子一般。开始连绶还挺沉得住气的，五天、十天，等了半个月连绶都没等来露露，他终于坐不住了。

　　一日，他终于放下了手上一个字都没看进去的书，装作无意地问道："最近皇上在做什么？"

　　凤朝宫的宫女们自从孔明灯事件之后纷纷变成了皇帝陛下的"脑残粉"，听到这话，众宫女默然不语，连白荷的表情都淡淡的："回娘娘，奴婢们不知道。"

　　连绶抬起头看向白荷。

　　白荷"扑通"一声跪下，愤慨道："那晚那么可爱的孔明灯您都能无情射杀，太无情、太残酷、太无理取闹了，皇上一定是被您打击得一蹶不振。因为您，现在我们凤朝宫的人都不好意思出门了，外面的事情怎么知道？"

连绶："你胆子很大嘛。"

白荷脸色惨白，身体微微战栗，却咬紧了牙关。

太无情、太残酷、太无理取闹？

连绶想了想，心里渐渐生出一点儿犹豫来。

难道他真的是有那么一点儿……过分了？

这样想着，他脸上不禁有一点儿挂不住了，于是轻咳一声："好吧。既然你们都不知道，那就让陛下亲口对我说好了。"他站起来，对白荷说，"你去请陛下过来。"

众人这便看到了皇后与皇上冷战半个月之后，终于还是皇后忍不住打破僵局派人求和。白荷等凤朝宫的宫人为此恨不得敲锣打鼓，可偏偏扑了个空。

到凤朝宫来回话的太监跪在地上都快被吓哭了："回……回娘娘……皇上……皇上他带着熙贵妃娘娘、萍妃娘娘，还有几个答应，去……去秋作山打猎去了……"

打猎？连绶心里飘过一丝阴云，微微眯起眼睛："还有谁？"

"还……还有……新科状元刘晖判、丞相幼子赵朱亭……还有，四喜班的台柱霍小峰。"

"呵呵。"连绶冷笑一声，一针见血地问，"这三人长得如何？"

"回……回娘娘……刘大人英俊威武，赵大人青衫风流……霍小峰……霍小峰他……"

连绶不善地眯起眼睛，冷声道："霍小峰怎么？"

太监声如蚊蝇："艳绝京城，美若好女。"

连绶的脸顿时黑了个彻底。

不管连绶是怎么想的，但无论如何，事实都和他想象的差得太远。

试问一条……一个做了四百多年狗的人，就因为别人把她抛出去的狗骨头砸地上就一蹶不振？

那是有自尊心的人类所为。

没有自尊心的露露陛下，越挫越勇，此刻在秋作山和众人密谋，准备来个大的。

秋作山之巅，山风阵阵，吹得叶子哗啦哗啦响，伴随着另一股哗啦哗啦的声音。一群人分成两拨，露露、刘晖判、赵朱亭和霍小峰一桌，熙贵妃、萍妃和两个答应一桌。

"二条。爱卿们啊，皇后娘娘的生日，就是下月初八啊。"

"八万。皇上你记错了吧，皇后娘娘的生日还有半年。"

"八万碰！六条。赵爱卿，你怎么会牢记我的皇后生日是哪天呢？"

"呃……"

另一桌已经自摸的熙贵妃扭过头来插了一句："可是皇后娘娘的生日的确还有半年啊。"

露露打出一张牌便扭过头，深情地看着熙贵妃："爱妃，怎么连朕的话都不信了？"

熙贵妃立刻俏脸绯红，一片娇羞："臣妾……臣妾整个人都是皇上的，心里当然信皇上。"

赵朱亭无语。

露露潇洒地摸出一张万子，打出九筒："我说是下月初八，那就是下月初八。"

众人无语凝噎。

嘿嘿。露露心想。她仔细研究过各种古籍，都说福神的生日就是下月初八来着。

她原本只想讨好连绶好离开这个鬼地方，在意一个人的一举一动久了，连讨好似乎也变得不那么单纯了。

她好像记不清最初的目的……只是想哄他高兴。

霍小峰观察着露露一会儿失神一会儿傻笑的样子，心中有了计较，便抿唇笑道："还有一个月呢，皇上这就等不及了？"

"没有啦。"露露忍不住也有点儿娇羞，"别胡说八道。"

三位年轻男子看着皇帝英俊的脸上飘起了红晕，心跳竟然都加快了。

皇上这样子……莫名其妙地吸引人啊。

"你们说，"既然目的已经暴露，露露也就不再矜持了，吃了赵朱亭递来的八万就把麻将一推，双手托腮说道，"我送皇后什么礼物好呢？"

三位年轻男子愣怔地盯着露露的少女托腮手。

露露看看熙贵妃："其实说真的，我真的觉得熙贵妃很漂亮啊……不知道送给他，他会不会喜欢……"

熙贵妃吓得"扑通"一下从麻将椅上滑跪到地上："陛下！臣妾做错了什么，您竟要将臣妾交给皇后娘娘亲自管教？"

露露无奈地说道："是我想太多，和你没关系，你起来吧。"

"皇上，草民有个主意。"霍小峰白皙如玉的脸上露出一抹微笑，"您附耳过来。"

啊，这么顺眼的皇上竟然被唱戏的抢占了先机！赵朱亭和刘晖判有点不爽地看着霍小峰与露露凑到一起嘀嘀咕咕。

半响，露露一脸恍然大悟又似若有所思的表情，迷醉地说道："嗯……我觉得，小峰的方法很有创意啊。"

刚才还叫爱卿现在就叫小峰了，皇后娘娘可看着您呢！赵朱亭和刘晖判腹诽道。

霍小峰趁势摸走了最后一张麻将，低头一看，笑了："自摸两家，赵大人、刘大人，承让了。"

赵朱亭和刘晖判无语凝噎。

连绥其实的确是很想去秋作山找露露的。

可是他的月子还没坐完。

然而，没等他做出什么行动，比如给那三位青年才俊都扎个小人什么的，一天深夜，一个坏消息就乘着骏马飞奔而来。

"你说什么？"连绥霍然坐起，被子滑落到腹部也浑然不觉得寒冷。

传信的太监头也不敢抬道："回皇后娘娘……皇上……皇上不慎摔下了马，将腿摔断了。"

秋作山一行人连夜紧急回宫，连绥的凤朝宫这边也是彻夜灯火通明。

最初的脑子空白过后，连绥仿佛变身成了搁在火上的蚂蚁，一分钟也坐不住了。白荷安慰他："娘娘不必过于忧心，皇上吉人自有天相。"

天相？连绥自嘲一笑。天相他动动手就掐算得到，可他竟然都不敢看，生怕看到露露当时受伤的场景。

这次，他顾不上一堆哭着喊着不让他出门的宫女嬷嬷，坚持往露露寝宫去。等到他到时，露露已经躺在床上了，脸色苍白，表情疲惫，见他匆匆进来，勉强抬头笑了笑。

"我听霍小峰说，秋作山有一种全天下独有的雪松鼠，只有巴掌大，极其罕见，就想着给你抓一只回来养着玩，没想到松鼠没打着，倒是把自己弄残废了。"

"胡说八道什么。"连绥皱着眉头斥了露露一句，随即转头看向一旁侍立的霍小峰等人，"如此佞臣，不应留在陛下身边了。"

霍小峰一直平静的脸色，在那一瞬间突然风云骤变，难看极了。

露露连忙打圆场道："不关他们的事，他们也劝我别轻举妄动来着，是我自己撒泼打滚抵死不从。"

连绥说："这两个成语一般不是这么用的。"

"皇后娘娘，"霍小峰表情急切地低声说道，"我突然想起一事，需要单独禀告陛下，您方便暂时回避一下吗？"

"当然，"连绥站起身，走到门口，拉开了门，"不方便。"

霍小峰沉默以对。

连绥冷声道："怎么，不想走？需要我撒泼打滚抵死不从给你看吗？"

霍小峰道："草民告退，草民就在院子那儿等着。"他深深地看了两人一眼，"陛下、娘娘，有事叫我。"

连绥的回答是"砰"地甩上了门。

他一转脸，就看到露露闭着眼睛，一副毅然赴死的样子，等着他开骂。

等了良久，她却只等到连绥幽幽地叹了口气："对不起。"

露露惊诧地睁开眼睛。

"前些日子，是我不对。"连绥说，"那兰宿心怀恶意，我明知道这个梼杌幻境中恐怕危机四伏，却还浪费时间与你怄气，是我错了。你脑子没有想清楚，我应该清醒。"

露露说道："我怎么觉得你好像在骂我？"

连绥坐到露露的床边："如今，我们应该齐心协力，尽快打破幻境，回到现实。"

连绥的眼神十分专注，露露和他对视时便不自觉地点头："嗯……"

"你还记得咱们拿梼杌之眼那一晚吗？"连绥微笑，"那时候你到十二点就要变身，咱们因此错过了十二点之后的自助加餐。"

"是啊。"露露闻言放松了许多，"那可是你用两千万元换来的自助餐啊！我之后可惜了很久呢。"

"这个幻境，我只能看到一些皮毛，却不能掌握。我心里很担心。"连缓垂下眼帘，"万一发生什么事情，我担心我不能保护你，我不想你再变回之前的样子。"

"不……不会的。"露露心中一片温暖，也承认错误了，"最初我不该愚弄你，你说得对，是我太贪玩，太不分轻重了。"

"没关系，以后注意就好了，在这里，毕竟身不由己。"连缓温柔地笑了笑，"不说这些了，刚刚咱们说到吃饭，我这几日仔细研究了京城的美食，我想，择日不如撞日，走吧，我带你去吃那家特别出名的烤鸭。"

"好呀好呀！"露露听到吃的就兴奋起来，"唰"地掀开被子，立刻下床套上鞋子站了起来，"咱们去哪里吃？"

她一抬头，就看见连缓面无表情地看着她。

乖乖隆滴咚，仙君心机太深沉！

露露当机立断就往后倒去："啊！要死了！要死了——"

才倒了一半，她的腰肢就被连缓一把揽住了。

只见门窗紧闭的房间里，如偶像剧般的两人正无声对视——只不过两腿微分、霸气侧漏、低头望去的是头戴凤钗的女人，脸色苍白、柔弱倾倒的是高大的男人。

连缓空出的另一只手在露露脸上刮了刮，毫不意外地刮下一层粉来。他内心里一丝微弱的遗憾飘过，露露原来是女孩子的时候皮肤多软多滑，面前这人即使眼神和露露本尊无异，可那糙汉子的皮肤真是让他没有兴趣。而且腰又硬又粗，人又好沉。连缓想着，便冷不丁地放开了手。

露露没料到，一下子摔在了被子上。

她还没爬起来，就听到连缓凉飕飕地说道："你再不说实话，我不介意直接打断你的腿让你感受下什么是真正的要死了。"

"别、别，我说！"

霍小峰这个笨蛋队友！露露在心中大骂。说什么先装病挽回皇后再拿出雪松鼠当作惊喜，结果一眼就被看穿了！以后再也不带他打麻将了！

连绶挑了挑眉："嗯？"

露露立刻窝囊起来，拍马屁道："哈哈，仙君实在是太英明了，这么天衣无缝的骗局都被你看出来了。"

连绶怒道："天衣无缝？你当我瞎吗？"他一指露露从大腿根缠到脚尖的白纱布，"整条腿缠成这个样子，你摔下马的姿势是有多清奇？别告诉我整条腿都粉碎性骨折！还有，你床头那碗药，我一进来就知道，根本不是什么治腿伤的药，那就是碗板蓝根！"

露露沉默。

连绶没等到对方认错，更火大了，一抬头就看到露露目光涣散地盯着他的方向，脸色十分难看，她求助般张了张嘴，吐出一大口血。

连绶难以置信道："不至于吧？！"他说话能把人气成这样？

话音未落，露露就一头栽了下来，连绶赶忙抱住她无力的身体，拍了拍她的脸："喂，你们这是用的连环计吗？你觉得还能吓到我？"

露露仍旧沉默。

"喂，别装啦，你真的要吓到我了，待会儿我可真的生气了！"

露露还是沉默。

连绶渐渐慌了神："露露？露露！露露你醒醒！"

露露毫无知觉地被连绶搬到床上，连绶一松手，她的头就耷拉了下来。连绶连忙试探她的脉搏，发现她的脉搏是真的渐渐微弱，断断续续。

怎么会这样？连绶的脑子几乎一片空白。

此时此刻，他灵光一闪，想起刚才的一个场景——

霍小峰说道："有事叫我。"

连绫咆哮："霍小峰！你给我滚进来！"

"这是天罚。"霍小峰放下探查露露状况的手，直起了腰，"我本想提醒陛下提防，却没想到会来得这么快。"

连绫怒道："那你刚才为什么不早说？"

霍小峰面无表情地重复了一遍："因为皇后娘娘你会撒泼打滚抵死不从。"

连绫无语凝噎。

两人的话题不愉快地结束，目光同时落在了仿佛陷入沉睡的露露脸上。露露很吵，做狗时"汪汪汪"，做人时叽叽喳喳，没一分钟能安静下来。连绫看着这样安静的露露，心里生出怕她再也不会醒来的恐慌。

"天罚究竟是什么？"他问。

"具体的我也说不清楚。"霍小峰蹙眉，"只知道自古以来，恩爱夫妻从没有好下场。"

连绫猛地一激灵。

梼杌世界法则：所有夫妻必须相敬如宾，相爱者，遭天谴；所有真爱必须名不正言不顺，成亲者，遭天谴。

怎么把这个忘了！连绫自责到无以复加，不过……

连绫喃喃道："不对。这天罚怎么会落到我们头上？"

霍小峰看他一眼："天罚，自然任何人都不能免俗。"他故意将"任何人"三个字咬得重了些。

"可我不是人啊。"连绫道，"我是神仙。"

霍小峰语重心长道："娘娘，虽然陛下昏过去了，娘娘救人心切，可人要活得现实一点儿。"

连绥没理他。虽然他进了幻境，仙术九成九都发挥不出来，可这并不代表这些本事就没有了，他乃天塑仙身，并非凡人飞升，若是遇上梼杌本尊倒也罢了，一个苟延残喘多年的区区一魄，不可能到他的身边来。

既然梼杌之魄不能靠法力隔空远距离进行天罚，那便只有一种可能了……

连绥心中有了猜测，就问霍小峰："你们这个幻……嗯，时代，敬的是什么神？"

果不其然，霍小峰立刻严肃地说道："是四海八荒唯她独尊的梼杌神尊。"

"这前缀不错。"连绥问，"你们可有人见过梼杌神尊吗？什么样子？"

霍小峰轻蔑地看了他一眼，说道："梼杌神尊哪是普通人能见到的，但据传，那是个极貌美、极超凡脱俗的仙女。"

连绥自言自语道："果然如此……倒是得来全不费工夫。看来梼杌之魄沉不住气了，想着先下手为强，却早早把本尊暴露出来了。"梼杌之魄必定是担心这两人对她造成威胁，又因为连绥有法力，她不能利用她在幻境里下的咒除去他们二人，便化作普通人潜到两人身边亲自下手，以绝后患。

霍小峰伸出两根手指："娘娘，这是几？"

连绥不耐烦地把他的手拨开："这么幼稚的游戏一边儿自己玩去，娘娘我忙着呢。"

事关露露性命，连绥做事十分有效率，简直称得上是争分夺秒。

很快，他就查到了两件事情：

第一，露露缠了满腿的纱布上有毒；

第二，白荷不见了。

虽然很意外，伹事到如今，连绶不得不考虑白荷是梼杌之魄的可能性。

答案是，很有可能。

他如此判断有三个依据——

一、梼杌之魄是个女人；

二、梼杌之魄必定就在他们身边，为了减轻众人戒心，相识的可能性很大，和他们越熟越有可能；

三、他在白荷不见之后就动手调查白荷，发现白荷的确有些嫌疑。

如今连绶身边的大宫女一职已经由白荷同屋的蜡梅顶上，她知道白荷大概是犯了主子的忌讳，因此插起刀来格外不留情："白荷的确有些奇怪。自从一个月前，她就好像有什么心事的样子，也从不与我们说。而且人也鬼鬼祟祟的。"蜡梅道，"对了，有好几次我起夜，看到她的床都是空的，不知道人去哪里了。"

连绶迅速抓住关键词："一个月前？我和露……陛下苏醒的时候？"

蜡梅想了想："差不多。"

连绶头疼地抚了抚额头。真是万万没想到，他不仅忘了提醒露露梼杌的危险，也没有提防自己身边的人，这次露露成了这样，全是他的过失。

想到这里，连绶忍不住又想去看看露露了，虽然早上他才去过。他得把这些话告诉她，哪怕知道她听不见。她这么躺着，要是没个人理她，以她那上房揭瓦的性子她该多无聊啊。

然而就在这时，露露身边伺候的太监快步跑了进来，一脸喜色。

"娘娘！陛下醒了！"

连绶都没有意识到自己跑得有多快，等他冲到露露面前，被扶着靠在枕头上的露露虚弱地嘲笑了一句："皇后，你是在和其他人赛跑啊？"

没良心。连绶瞪她。

紧接着一大堆飞奔而来喘着粗气的内侍宫女挤了进来。

连绶目瞪口呆。

露露赞道："你是第一名嘛。"

连绶因为她病人的身份忍了又忍，最终还是忍不住喷道："你自己被人害了还不知道，要不是本……宫……我，英明神武，你早死了一百回了。"

这话可是大不敬，不是下人们能听的。宫女们都惊得面面相觑，下一秒，她们就如同鸟兽散，连侍候露露的宫女都把药碗往连绶手里一塞，头也不回地跑了。

连绶无语。

露露小人得志地抬了抬下巴："得意了吧？还不来喂朕喝药。"

连绶犹豫了一下，然而看到露露苍白的脸色，心里终究一软，便走了过去。汤药有点烫，当他用小勺舀起来放在自己嘴边吹凉再送进露露嘴里的时候，莫名感觉有点儿窃喜：哎呀，好像间接接吻了呢，距离这么近，好暧昧呀，嘻嘻——

屋里一时间只有陶瓷轻撞的响声，还是露露打破沉默："我知道这次我能醒多亏了你，谢谢你。"

"没有。"连绶被她这么认真地一客气倒是有点儿不习惯，停顿了一下才疑惑道，"你怎么知道的？刚才宫女告诉你了？"

露露说："我当时吐血昏迷只是一瞬间的事，之后睁不开眼睛说不了话，整个身体不像是自己的，但神志还清醒。"露露面无表情道，"所以我知道，你每天半夜都摸到我的床上来，把我的衣服脱光了，然后在我身上摸来摸去、扎来扎去，仙君大人，没想到你还有这方面的嗜好。"

连绶的脸都绿了："我那是在给你针灸！"

露露摆出一脸"好了别挣扎了"的表情说："哦，我相信你。"

连绶只好抛出撒手锏："你现在一具男人身体，我自己没有吗？摸你干什么？"

露露同情地看了眼他因为已为人母而显得分外丰满挺拔的胸："你的确没有啊。"

连绶语塞，半晌才孬毛道："我比你……比皇帝身材好一万倍！十万倍！"

话都说到这个分儿上了，露露也忍不住回忆了一下连绶的身材。虽然连绶明示暗示她不要对自己的身体做什么，但当年她换衣服时、洗澡时偷窥到的，以及不小心触摸到的……

一行鼻血从露露鼻子里流下来。

连绶惊叫道："我的天哪！你怎么又流血了！露露！你还清醒吗？千万别睡！"说着，他"啪啪啪"地拍她的脸。

露露心虚地推开他的手："我好着呢。"

连绶心惊胆战地看了她一眼，然后继续喂她喝药。

露露抿了一口就皱眉道："听说这是霍小峰熬的药？长得如花似玉的，熬的药怎么这么难喝。"

连绶手一滑，勺子敲到碗边，发出"当"的一声。

露露嫌弃道："你这么一勺一勺喂，我没死也要被苦死了，敢不敢端到我嘴边让我一口气灌下去？"

连绥"哦"了一声，将药碗端到露露嘴边，却不得其法，险些灌了露露一鼻子。

露露咳了半天，没好气地隔着被子踢了他一脚："笨都笨死了！"

连绥呛声道："你这么厉害，你怎么不自己喝？"

露露骤然闭嘴，沉默了。

连绥看着露露一下变得难看的脸色，满脸不正经"唰"地褪去，两人沉默了好一会儿，他才斟酌着小心翼翼地问："怎么了？"

露露看了他一眼，露出苦笑："不是我不想自己喝。"她的目光看向隐藏在自己被子里的双手，"就在刚才……我的双手似乎没知觉了。"

屋里的寂静仿佛只有一瞬间，却又好像寂静了千万年。

在这段时间里，连绥目露凶光，在心里掏出一把刀，将兰宿和梼杌之魄活剐了一百遍。

露露叹了口气，仰起脸问道："究竟是怎么一回事，是谁要害我？你作为神仙，好歹知道点儿什么吧？"

连绥便把梼杌的种种与她说了一遍。

露露与梼杌同为女人，连绥想不明白的事，她听完就懂了："原来兰宿的主人竟然是传说中的凶兽梼杌啊！听起来很厉害的样子！"

连绥莫名其妙有点儿不爽："都死了千百年了，有什么厉害的？"

露露没注意他说了什么，托着腮，自顾自地分析道："那也就是说，兰宿将我们二人当成了梼杌生前爱过的人和情敌？把你当成了饕餮，把我当成了饕餮的恋人？"

连绥嘲笑道："兰宿道行不高，洪荒时期他还没出生呢，看走眼了，我都替他可惜这个幻境，就浪费……"

露露打断他，轻声道："可是，若是他认错了人，我们不是，那这个幻境中的梼杌怎么还对我下手呢？梼杌总不可能也认错人吧？"

露露一针见血，连绥其实没有想到这点，一时间沉默了。

"这其中一定还有什么玄机。"露露说，"话说……梼杌的恋人是谁？"她拉了满满一身仇恨，还不知道到底是谁拉来的仇恨呢，也是有点儿冤。

百科小王子连绥回答这种简单的历史问题根本不需要动脑子，一边琢磨着刚才露露说的话，一边说道："史书上着墨不多，只有寥寥几句，说是祖神那边一个无关轻重的小角色。"

"就是兰宿说的霜露吧，名字和我相同。"露露皱着眉头道，"不过话说回来，那时候有脑子的活物就那么几个，居然还分出重要和不重要？"

连绥说道："我也觉得奇怪。大概这其中还有些隐情，对上不得台面的、肮脏的，史书差不多都是这个态度。"

露露挑起了眉头："哎哟，您这是拐着弯说我上不得台面呢？"

连绥一愣："你真能胡搅蛮缠啊，这就开始把祖神的身份往自己身上揽了？"

"我跟你说，那可说不准！"露露喜滋滋道，"说不定洪荒时期叱咤风云的那人就是我，区区梼杌不过是我的手下败将！哈哈……嗯……"

连绥一把捂住她的嘴："大姐，我拜托你，还在人家的地盘上呢，你说话能不能过过脑子？"

露露做恍然大悟状，连连点头表示受教。结果连绥一松开她，她嘴一张就说道："你看我俩这么有缘，原来是千百年前修来的情分，你别捂我嘴！"

连绥一脸警惕地看着她。

露露讨好道："史书上有没有记载你和我⋯⋯好好好，饕餮和霜露，是怎么谈恋爱的？"

露露问完之后等了一会儿，没等来连绶的回答，她疑惑地抬头看去，只见连绶脸色通红，一副难以启齿状。

露露的好奇心瞬间被勾引了起来："快说快说！"

"史书上记载⋯⋯"连绶吞吞吐吐道，"她好像是被饕餮亲手养大的。"

饶是露露这种活了许久的人，也有一种被雷劈的感觉。

竟然还是"养成流"！洪荒时期就流行这么破格的恋情了吗？

她面色诡异地看向连绶："那当年的我叫你什么？爸爸吗？"

"这个史书上没有说⋯⋯"连绶下意识地说道，随即一愣，面红耳赤地反驳，"说了他们只是认错了人！"

露露柔情似水，缓缓地唤了一声："爸爸。"

哪怕连绶已有准备，听到这两个字的时候，仍然像是被雷击中了一样。电流的酥麻和灼烫感从尾椎骨一路"刺啦"攀爬到头顶，他觉得他的脑子都快被烧得不能转动了，剩下的力气只够苦大仇深地盯着露露看。

露露收回目光，耸耸肩，又撇撇嘴。

连绶缓了口气才说道："虽然正史上没有记载，但野史上还有一些江湖话本上有一些猜测，我综合看了看，设想出当时的情况，但⋯⋯"

露露眼睛一亮："说来听听！"

连绶剩下的那半句"多半不可信"就堵在了嗓子眼里。

罢了，以她平常那么跳脱的性格，如今被害得下不了床，想必很难熬吧。就当是给她讲故事好了。

做好了"讲故事"的心理准备，连绶心态立刻调整了过来，他清了清嗓子，煞有介事地起了一个头："传说很久很久以前，那霜露大概是有什么先天的缺陷，虽然当时智慧生灵稀少，但生下来就不受其他所有神的待见。她被抛弃在了离祖神居住的地盘最远的大陆，而离祖神居住最远的地方也就是离凶兽巢穴最近的地方，她被饕餮捡了回去。当时不像如今，当时地盘太大，活物却太少，饕餮又不像祖神那样清心寡欲，爱吃且能吃，呃，这产生的生活垃圾自然不少，所以我估计霜露被他捡回去，只是方便有人给他整理打杂。"连绥干巴巴道，"后来，估计就日久生情了吧。然而小天鹅再狼狈，也不是灰扑扑的丑小鸭。祖神的神力是天赐的，随着成年而完备，可那时凶兽和祖神成水火之势，不共戴天，我也不知道，我们……他们的恋爱是怎么谈下去的。"

他看向露露，却发现露露表情诡异。

"你不觉得这个剧情其实十分熟悉吗？"露露幽幽道，"之前我霉星高照，车祸中惨遭主人抛弃，你将我捡了回来……"

"她并没有抛弃……"

"我和你日日相伴……"

"相伴也不一定生情……"

"我与你一人一仙，虽不是不共戴天，但也是天人永隔……"

连绥再没有话讲。

露露抬起头，与连绥对望。

两个人似乎都能听见彼此的心跳声。

露露说道："可惜我是个残疾人……原本就配不上你，如今更加配不上了……"

连绥的脸色有点儿难看。

到后来反而是露露看着连绥的脸色安慰道："没关系，不是有你在嘛，我少双手也没什么。"

连绥老脸一红。

露露说："以后我穿衣、叠被、洗脸、梳头、刷牙、喂饭就靠你了！"

连绶半晌都没出声。

好死不死的，连绶不知道脑子里面哪根筋没有搭对，竟然多问了一句："那洗澡呢？要我帮你打肥皂吗？如厕呢？要我帮你扶着吗？"

仿佛是没想到他这么流氓，露露震惊地瞪了他一眼，脸蛋像是烧着了一样飞速地红了起来。

然而，在连绶眼里，那凶狠的一瞪好像是小猫爪子不轻不重地在胸口挠了一下，有点儿麻麻的疼，更多的是心痒难耐，只想把那只捣乱的猫摁在自己的手掌之中。

因为喂药的关系两人挨得极近，近到彼此呼吸都可以交换的地步，连绶的目光便忍不住从露露的眼睛下移，落到了她的嘴唇上。

这个皇帝的嘴唇恐怕是和露露原本的脸唯一相似的地方了。薄薄的唇形，带着一点儿自然上翘的笑弧。连绶透过现象看本质，想起了之前那个跟在他身边嬉笑怒骂的女孩子，圆圆的眼睛，乱翘的短头发，皮肤白白的，还有那张根本停不下来，随时都在吧唧吧唧吃东西或者叽叽喳喳说闲话的嘴……

这嘴又在叽叽喳喳了："连绶……你……你在往哪儿看呢……"

是啊，当初的一仙一兽，是怎么恋爱的呢？

"喂喂，连绶，我喊你呢！"

跨物种的恋爱没有好结果吗？但至少曾经爱过……

"连绶？仙君？皇后？你傻了吗？"

远古时期的我们……他们，在恋爱的时候，是不是和现在一样，情之所至，也要亲吻呢？

"喂……"

连绶盯着面前的人，渐渐只能看到开阖不断的唇瓣。

真吵。连绶鬼使神差地就凑了过去，一下吻住了面前的人。

露露的声音戛然而止，她震惊地瞪大了眼睛。

啊，和自己想象的不太一样。连绶半闭着眼睛品了品——湿润的，凉凉的，带有一点儿苦味。他又在露露唇上辗转了一番，尝够了，便侧过头吻得更深一点儿，舌尖轻挑，想撬开面前严丝合缝紧闭着的"蚌壳"。

露露如同触电般一激灵，本来已经渐渐抽离的神志全回来了，下意识猛地往后一仰，脑袋"砰"的一声重重地撞在了床柱上。

露露惨叫道："啊啊啊！疼死我啦！"

连绶："你搞什么！"

露露这次是真的用凶恶的眼神瞪他了："你你你！你变态！我一点儿都不想和女人亲嘴啊！真是要疯了！"

连绶："我不是女人。"

露露躺在被子里打滚："我守了四百多年的初吻！初吻！居然被一个有夫之妇夺走了啊！"

连绶："我不是女人！"

"你有种去看着镜子说这句话啊！"露露猛地直起腰，拼命抬着自己的脸给他看，"还有，你不会有龙阳之癖吧？这张脸，这么英俊威武有男人味的一张脸！你怎么亲得下去！"露露狠狠地说道，"本来觉得手残疾了没什么，现在觉得太可惜，这么理直气壮的时候，我竟然不能跳起来给你两个耳光！"

连绶没理露露，他盯着露露的脸，已经完全清醒了过来。

无疑，这的确是一张非常有男人味的脸。

连绶震惊地跳起来，药汁洒了自己一胸口也顾不上："你说得对！我真是疯了，对着你这么一张脸也亲得下去！"

露露只想翻白眼。

连绶连身上的污渍都来不及擦一下就狼狈地往外走："你好好休息，我改天再来……改月再来！"

露露无语。

连绶拉开门飞快地冲出去，露露看着他逃也似的背影，心里居然又开始失落起来。

啊啊啊，我这是怎么了，要精神分裂了吗？露露烦恼地一头扎进了被窝里。

他不嫌弃这张脸我又不高兴，他嫌弃了我竟然更不高兴，我一定是疯了！

第六章
好像喜欢你

连缀一回到凤朝宫就闭关了三天，不吃不喝，任谁叫都不开门。

"娘娘这是怎么了？"蜡梅身边的小宫女桂花忧心忡忡道，"宫里如今可是盛传皇上不满皇后娘娘，苏醒之后第一件事情就是关起门痛打了皇后娘娘一顿，还泼了娘娘一脸药汁让她滚来着，传得有鼻子有眼的。"桂花绞着帕子，"皇后娘娘那天跑回来的样子那么狼狈，别是伤心得狠了吧？"

蜡梅瞟了桂花一眼，淡定一笑："恐怕并非如此。"

别人没看见，她可是看见的，皇后娘娘虽然跑回来的样子很狼狈，但满脸红晕和眼中春色根本遮掩不住，脸上更是恨不得写"春天到了，动物们都纷纷开始……"呸呸呸，她作为大宫女，可不能想得这么粗俗。

蜡梅高深道："你们且等着瞧。"

连缀闭关三天，和以往练功冲级一般认真，只不过这次冲破的是他思想的桎梏，显得分外艰难，但三天时间，他的确想清楚了。

不得不承认，他好像开天辟地头一次对女人动心了。

然而认识清楚这件事之后，他想到的第一件事不是跑去对露露表明心意然后在一起，而是尽量躲着点儿露露，免得自己难以自持而被别人发现。谁知道梼杌之魄那个疯子要是发现了会做出什么举动来啊！

一招未成，她必然还有后招。在确定梼杌之魄手上还有什么牌之前，他绝对不能像上次一样毛躁，儿女私情，可以放在出幻境之后再谈。

　　更何况，露露都被他亲过了……连缀正吃着出关之后的第一顿饭，思及此，突然趴在桌子上"嘿嘿嘿"地笑起来。

　　蜡梅、桂花等宫女默然不语。

　　露露说了那可是她的初吻呢……他这章一盖，露露以后不跟着他还能跟着谁？

　　既然想清楚了，连缀说一不二，"哗啦"一声打开宫门。

　　众宫女纷纷被他吓了一跳，只有蜡梅不悲不喜地抄着手看着。

　　连缀清清嗓子，又清清嗓子，理直气壮的派头终于还是没摆出来，面带羞涩小红云，气若游丝地吩咐了一句："去瞧瞧陛下。"

　　真窝囊。蜡梅翻了个白眼。

　　而另一边，露露脑袋有点儿大，一连三天，她都没理出个头绪来。

　　连缀仙君……是什么意思？

　　露露承认，从她看到连缀的第一眼起，她的小心脏就没有按照正常的频率跳过——连缀的那副"禁欲"的长相，的确很对她的胃口。她自诩脸皮颇厚，色胆不小，痴心妄想一下仙君是有过的，但自从那日天庭一游，连缀突然翻脸送她回人间，她就心情黯淡地认清了现实，自己和他终归身份有别，未来绝无可能。

　　既然连缀突如其来的一吻不是因为情，那……

　　多半就是因为太久没有纾解，一时热血上头，消遣消遣她？

　　因此当事情发生时，她惊慌多过惊喜，生怕情不自禁迎上去，成了别人口中的笑柄，来不及细想，就连忙推拒。

　　然而，那原本收起来的绮思，却在这几日变本加厉地在胸口翻滚起来。

露露不由得蹙眉，觉得口有点儿干，抬头想让人端水来，却恰好看见连绶风风火火地冲了进来。

露露一个呼吸没调整好咳了起来，脸瞬间就泛起了红晕。

连绶似乎吓了一跳，满心的冲动被对露露病体的担忧暂时压下去，连忙抢了几步上前拍她的背："怎么感觉越发严重了？"

露露绝不可能承认是因为看见他一时紧张，随口道："今天的药还没喝。"

连绶立刻喊人："把陛下的药端来！"

话音刚落，两人大眼瞪小眼。

三日前喂药时发生的事还历历在目，如今刚一见面又喂药，真是哪壶不开提哪壶。

两人都屏息静气，生怕扰了什么似的，屋里的气氛一时尴尬起来。

宫女端药进屋时，两人都松了一口气。连绶没事找事地问："今日的药怎么迟了？"

宫女回答道："陛下的药都是霍大人亲手熬的，今日霍大人来得晚了些。"

她说完之后，屋里半晌没动静。她心里忐忑，等了一会儿，悄悄抬起眼皮子飞快地瞅了眼。

只见皇后端着药碗坐在床头，和皇帝两两相望，两人面色绯红，眼神暗传秋波，分明已忘了屋里还有第三人。

宫女自以为很懂地偷笑了一声，然后悄悄退了出去。

露露和连绶被那声"很懂的"偷笑搞得更尴尬了。

两人均不知道说什么好，眼光一碰便飞快地移开，顾盼一会儿，又是不小心一碰。在这游离的暧昧间，似乎有什么心意在渐渐相通。露露心跳加快，忍不住又偷看连绶一眼。结果又碰上了他的目光。

这下，两人却出奇巧合地都没有将眼神移开，对视一会儿，露露忍不住"扑哧"笑出声来。

连绶也不禁微笑起来。

尴尬似风暴般来之猛烈，去之消弭无形，似乎冥冥中有什么东西，不用说，两人都已经明白了。

连绶扶着她，一边慢慢将药喂进她的口中，一边说起正事。

"之前耽误了，一直没来得及和你商量。"连绶拿起一条丝帕替她擦拭嘴角，又塞了个蜜饯给她，"关于幻境的事。"

闻言，露露也不禁正了脸色，认真听他说。

连绶给她说了一番关于这个幻境的来龙去脉，然后道："梼杌必定是察觉了我们的身份，现在我们在明，她在暗，已经害过你一次，难保不会再有第二次。"连绶微微皱眉，"但这也证明了，区区一魄根本没有与我们正面一战的实力，你的情况不稳，我们现在不能与她周旋，只能尽快找出她，速战速决。"

露露也少见地严肃起来，思考后点了点头。

连绶见她认真的样子十分可爱，忍不住亲昵地摸了摸她的脑袋。

"是要速战速决。"露露突然说道，"这个身体怕是拖不了多久了，我隐约感觉得到我的腿也在渐渐麻木，或许过不了两个时辰就废了。"

连绶的手僵在半空。

不会真是他手贱引起的吧！又忘了变态梼杌的不准恋爱法则了！摸摸脑袋都不行啊？

连绶闪电般地把手缩回袖口，迎上露露疑惑的目光，止不住地一阵心虚，"呵呵"装傻道："其实，最让我不明白的是，梼杌这样下毒的用意……"

他一句话没说完，外面一阵急促的脚步声就打断了他。

"报！"一个小太监跌跌撞撞闯进来，伏在地上颤声道，"陛下！娘娘！白荷的尸体……找到了！"

连绶一惊，回头看向露露。

两人的目光里都有着凝重，似乎……这并不是什么好消息，甚至隐隐透出一种不祥的预感。

白荷死得很美。

作为一个消失了许久，在大家心目中应该已经烂得差不多的人，突然如诗如画地出现在黄昏的御花园里，她穿着精致的衣裙，整整齐齐的头发，浓郁红艳的口脂与眉心一点儿朱砂，夕阳一点儿余晖，给她精致惨白的脸染上一点儿虚假的嫣红，看着让人觉得十分地……瘆得慌。

露露坐在轮椅上，隔着一米多的距离打量着闭眼微笑、靠坐在树下的白荷，硬生生地感觉到两条已经废掉的手臂起死回生般地起了许多鸡皮疙瘩。

宫人们被遣得远远的，围成一个大圈，默不作声地看着圈子中心皇上、皇后与死人的热闹。只见皇上端坐不动，表情难测，皇后却似情不自禁般上前了几步，微微俯身，离白荷近了些。

然后皇后陶醉地深吸了一口气，微笑道："哦，好香。"

众人的心绪一时间便有点儿复杂了。

露露一脸嫌弃地看着连绶享受完白荷死人的体香之后，又高深莫测地伸出一根手指，一点儿一点儿朝白荷的唇挨过去，她终于忍不住问道："不好意思打扰一下，你……有这种特殊嗜好？"

连绶的手指稳稳地揩了点儿口红下来。

露露一脸要吐的表情。

连绶严肃道："再揭乱，我就抹到你脸上。"

一句话让露露立刻闭口不言。她的眼睛没有失去知觉，骨碌碌转动着，看连绶左捣鼓右捣鼓，突然伸手捏住白荷下巴，然后迅如闪电般在白荷后颈上一拍！

白荷红唇轻启，一颗圆圆的金属球吐了出来，落在连绶的手心。

露露干呕一声，立刻忍无可忍道："今天你绝对不能碰我！"

连绶慢慢直起身来，有点儿疑惑地托着那个圆球，往露露这边伸了伸："有点儿眼熟……你见过吗？"

露露缩着脖子往后一退，飞快地扫了一眼："什么玩意儿……从没见过！"

连绶说道："可我觉得十分眼熟，而且恐怕是十分要紧的东西，只是，一时半会儿想不起来到底是个什么东西。"

他看起来有点儿魂不守舍，得不到答案，便随手把圆球揣进袖子里，然后随意地在衣服上擦了擦手，过来推露露的轮椅，露露的话，显然他刚才一个字都没听见。

露露来不及阻止，翻了个白眼："大神棍，你刚才看那么久，都看出什么来了？"

连绶笑而不语。

两人回到露露的寝宫，一路上没再说话。连绶在露露极度嫌弃的眼神下笑着先净了手，然后坐到了她的床边。按摩的女官进来了，连绶挥手让她退下，然后在露露惊疑的眼神中挽了挽袖子。

露露瞪着他："你……你要做什么？"

连绶的回答是一把撩起了搭在她腿上的薄毯。

"啊！"

露露的脸瞬间涨红，手忙脚乱地想去抓连绶的手。然而连绶以迅雷不及掩耳之势挽起了她的裤腿，一边将裤腿挽到她的大腿根，一边慢吞吞地说："怎么，男人的腿而已，我作为一个男人，还看不得了？"

这句话十分耳熟，露露竟无法反驳。

连绶慢慢把手指按在了露露的腿上，心里暗自得意。

今日露露在花园中说的那句话他听见了，现在还不是说摸就摸，哼。

女人细白的手指按在结实有力的大腿上，轻轻压了压。

连绶抬头问："如何，没有感觉吗？"

露露面红耳赤地盯着那手指，只觉得自己十分尴尬，就好像在拍片儿现场，明明摸的是自己，却硬生生像个旁观者："没有感觉。"

那手指立刻一合，一转，改按为掐："现在呢？"

"没有。"

连绶从怀里摸出一把十分粗壮的钢针。

露露汗颜道："你……你想干吗？"

连绶手起针落，瞬间把露露的腿扎成了刺猬。

露露摇摇头。

连绶面色高深莫测，将针一根一根慢慢拔出来，那创口处甚至连血都没怎么流，就好像是死人的腿一样。

连绶笑道："下毒的那人可真是够狠，这是要把你慢慢熬死呢。"

"等等，"露露敏感地抓住了关键词，"白荷已经抓到，你的意思……"露露道，"你觉得，白荷不是那个下毒的人？"

"原先以为是，可今天看过她之后就知道不是了。"连绶不以为意，"她只不过是那人推出来的替死鬼而已——分析过程略过。"

露露无语。

连绶说道："问你几个问题。第一个，你猜白荷是怎么死的？"

露露说道："看她身上无甚伤痕，或许也是中毒？"

"答对了。"连绶随手塞了个蜜饯在她嘴里，"她指甲上的蔻丹抠去便现出青黑色来，明显是中了毒。"

露露立刻觉得嘴里的蜜饯吞也不是，吐也不是。

"第二个问题，你猜白荷是自杀还是他杀？"

"你都说了杀手另有其人，那必然是他杀吧。"

连绶说道："这个问题其实不重要。"

露露翻了个白眼。

"重要的是，"连绶点醒她，"她怎么会出现在御花园里。"

露露灵光一闪："她自己是不可能进来了……那真正的下毒凶手，必然是有资格进宫甚至有能力独闯御花园的人？"

连绶故弄玄虚："也就是……你身边之人。"

"我不猜了。"露露颓然道，"之前就知道是身边之人，只不过从白荷换成别人而已。爱谁谁。"

连绶道："我却已经有大概的猜测了。"

露露精神一振："是谁？你说。"

此时她每日服的药熬好了，宫女端进来，一如既往地放在床头案几上，药汁滚烫，露露心不在焉地瞅着，等凉一点儿的时候连绶喂给她喝。连绶今日却没看那药碗，专注跟她分析道："我前几日想岔了，只想着那下毒的人给你下的是什么毒，怎么给你下的毒，因此钻进了她设置的圈套里，却忽略了最根本的——她为什么给你下毒。还记得我们进入幻境之时吗？兰宿话里话外，明显都在说这个幻境是为你设下的圈套，而这个幻境的主人是梼杌。若她只是为了亲手杀你，在她的世界里，这样做轻而易举，她一道雷劈了你就是，为何千辛万苦给你下这样慢性的毒？"连绶看着露露的表情，缓缓道，"是我疏忽了……非你不可，让你渐渐失去对身体的控制，这明明就是……"

"夺舍。"露露怔然。

"虽然不太清楚她夺舍的意义究竟是什么，"连绥端起药碗，轻轻吹了吹，"但如今我总算明白了。你双手失去知觉，是在第一次服药之后；你双腿失去知觉，是在你第二次服药之后；你猜猜若这碗药喝下去，你又会哪里失去知觉呢？"

露露倏然抬头。

连绥摇摇头，笑道："我也万万没想到，所谓圈套，其实竟这么简单，虽然我们面对的是梼杌，可那不过是千百年前的生灵而已，头脑简单其实才是正常的。"

"你是、你是说……"露露轻声道，"早先的坠马、吐血都不过是幌子，真正的下毒，其实是从……下毒那人，其实是……"

"八九不离十吧。"连绥悠悠然道。

明黄色的寝宫，是皇城里最耀眼的一栋建筑。两人遣走了所有人，空荡荡的寝殿里只有他们面对面坐着，不必开口，眼神交流里，已道尽千言万语。

"既然如此，她为何又要突然把白荷的尸体抛出来？若一直藏着她，迷惑我们的视线多好？"

"史书上记载，梼杌是极骄傲的。"虽然暗恋饕餮许多年，但不肯好好追，总是梗着脖子目送饕餮远去，"她大概觉得你八九不离十会死，不想让自己的战果隐藏在傀儡之后，这大概是与我们正面宣战了吧。"

露露顿时感到背后一股冷气蹿上来。

"御花园内，白荷身上如此明显的布置，也是她不耐烦继续躲在幕后的信号。"连绥说道，"宫人从不会那样化妆。白荷脸上的粉抖一抖能有半斤，还有那口红，你觉得像什么？"

"像戏子。"露露打了个冷战,"还有她身上的香味,是戏院里的熏香,她那衣服,恐怕是戏服吧。"

"可是……"露露仍有疑惑,"不是说梼杌是个女人吗?"

连绶不以为意地托了托胸,道:"你看看我,再看看你自己。"

露露恍然大悟。

连绶补充:"霍小峰或许只是她随便寄居的一具躯壳,实在不行,她还可以女扮男装嘛。"

"那要怎么办呢?"露露抬头,望向连绶。

"哦,"连绶端起药碗,"既然如此,你先把药喝了吧。"

露露大惊,瞪着他道:"明知有毒,你……你被霍小峰附身了?"

连绶无奈道:"她既然如此有自信,必定是十拿九稳,一定还有什么诡秘的后招。如今她在暗,我们在明,你不喝药,被她察觉,若换了其他的招数,咱们俩就插翅难飞了。"

露露瞪眼:"那你就选择放弃我?"

"唉,"连绶看了她半晌,"好吧。"他突然仰头,自己"咕噜咕噜"喝掉了半碗药,剩下半碗凑到露露嘴边,"该你了。"

露露惊魂未定,被他灌了进去,末了来不及擦嘴便问:"你到底在干什么?"

连绶一把握住她的手,深情款款道:"你生,我陪你生;你死,我陪你死。"

或许是连绶的那番生与死的宣言影响到了露露,露露喝完药之后,只觉得这次与以往每一次都不同,这次四肢炙热如火烧,仿佛有烈焰之手将她拉向地狱,一时间竟痛得大脑一片空白。痛苦之余,她心里却有一些安慰,只因此刻她并不是一个人。

四百多年以来，她风餐露宿，受伤、饥饿都是一个人默默忍耐，而上天到底垂怜她，就算是处于生死关头又如何？竟有人愿意分担她一半痛苦，就在她身边，和她在一起，告诉她，他和她生死相依。

情之所至，露露忍不住望着身边的人，手指轻颤，握住了他放在床边的……

手？

心中惊讶至极，露露难以置信地将目光一寸一寸往下移，移到自己的手指上。

"居然……能动了？"

心中"哗啦啦"炸开了礼花，露露又惊又喜，望向连绶。

连绶看起来仍然是波澜不惊的模样，只是眼中的笑意出卖了他："不出我所料。"

露露一把抓住他的袖子，急切地问道："这到底是怎么回事？不是说霍小峰想害我吗？"

"他是想害你没错，"连绶说，"因此现在这个药效怕是暂时的。你的症状与古书上记载的一种夺舍方法十分相似，若无意外，两个时辰之后你会全身麻痹，只剩大脑可以自控，届时，夺舍的前期准备全部完成，那就是她来一招乾坤大挪移的最佳时机。"

"啊……"没想到短暂的喜悦之后是这样的结果，露露的表情僵硬起来，手指也渐渐放开了。

连绶低头，伸手握住她的手。这是她这么久以来第一次感受到来自连绶的体温以及温暖，即使是在女人身上，也能感受到仙君坚定的力量。连绶安慰她："不要怕，我好歹博览群书，虽与她没有当面较量，可对她的行事风格十拿九稳，我有办法。远古凶兽又如何，区区一魄，不足挂齿。"连绶一笑，神态似凌绝顶，睥睨万千，"古往今来空前绝后仙界百科全书小王子……不是白叫的呢。"

饶是露露原本再忐忑，听到这里，也情不自禁地抬起头，白了他一眼。

一个时辰之后，宫人传来消息，霍小峰逃出了宫，却来不及逃出京城，如今京城已经层层封锁，他的行踪也初现端倪。

连绥和露露相视一笑，露出了"果不其然"的表情。

竟真的被连绥说中了。

连绥整整衣服，立刻站起来："我要亲自去。梼杌毕竟是上古凶兽，就算仅残存一魄，威力也不是凡人能够抵挡的，何况是她创造的世界中的凡人。"

露露对他已经有了些信任，闻言干脆道："好，那你早去早回。"

连绥点头，不再废话，风一般地离开了。

露露张了张嘴，目送他的背影倏忽就消失在了大殿门外，目光渐渐回到他放在她膝上的外套上。

皇后娘娘仅着单衣就在宫里到处乱窜，成何体统！

露露抬手拿起那件对襟开衫，抖了抖，一张纸飘飘悠悠从开衫里掉了出来。

——我喜欢你。

难道……衣服是故意忘在这里的？

字条也是写给她的吧？

露露双手捧着字条，像捧着小心易碎的东西，看了许久，面色渐渐绯红，忍不住抱着那件外套在床上打起了滚。

如今形势风雨欲来，乌云罩顶，她如同站在临海高塔，心里摇摇欲坠。而这张字条，却如同一张定海符咒，稳稳地压在了那一浪接一浪的妖风上，一声声如同佛号，压住了一切魑魅魍魉——有他在，有他在，有他在。

不必怕。

露露对自己说。

她决定了。等离开这个鬼地方，一定要跟连绶讲清楚她的心意……什么人与仙，什么物种不同不能在一起……这都不是问题！

第五十五个滚刚滚完，只听见门口一阵急促的脚步声渐近，露露撑起身子一看，连绶又一阵风似的卷了回来。

露露半张着嘴，吃惊地看着他："你搞定了？"

连绶一屁股坐在凳子上，翘着兰花指给自己倒了一杯茶，然后一口气饮尽，这才擦擦嘴道："我本就说了，小事一桩。"

连绶似乎是渴得很，又给自己倒了一杯茶。

露露盯着他那居高不下的兰花指，慢慢地问："那我们什么时候可以离开？"

"明天吧。"连绶喝了茶靠过来，"诸事毕，你好好睡一觉，明天一早我们再商量。"

露露看了他一会儿，歪歪头，没有回答他那句话，而是问："你饿不饿？"

　　露露亲自去了厨房，没一会儿就回来了。

　　薄如蝉翼的肉片和鹌鹑蛋装在青花小瓷盘里，酸菜、豆芽和青菜也整整齐齐地分类放好，素白劲道的米线装进小碗，看着满满当当。滚烫的鸡汤一上来，露露就手疾眼快地将菜统统倒进碗里。筷子一搅，汤表面薄薄的油脂散开，烫熟的食材的新鲜味道便层层弥漫了上来。

　　连绥愣怔地看着露露一边吸气，一边挑出一根米线吃了。喝完了勺里的汤，露露才后知后觉地看向他："你不饿？"

　　连绥如梦初醒般，拿过筷子在桌面上对齐，然后拿过一个空碗。

　　隔着过桥米线氤氲的香气，两人的神情渐渐都变得放松起来。话题自然从刚才被"解决"的栲杌开始谈起："你如何抓到霍小峰的？又如何制止他的？"

　　连绥的表情有点儿散漫："什么霍小峰，那本是她以女子之身扮成的青衣，戏台上雌雄莫辨，很难拆穿罢了。"他嘲讽地笑了笑，"栲杌不过是个痴情的傻女人，遇到喜欢的人了，哪里需要出手，她只有乖乖束手就擒的份儿。"

　　露露表情瞬间酸溜溜的："你魅力倒是大得很嘛。"

　　连绥的脸色微微一变，立刻笑道："世界上的感情，谁爱谁，本来就没有什么道理。"

这句话似乎要说到正题了，露露点头，喜滋滋道："的确是这样没错，我一条满山跑了四百多年的野狗，从未想过能和你在一起。"

于是，露露眼见着连绶的脸色又变了变。

"本来就没什么道理，古往今来都是这样。"连绶松了一口气，突然说道，"你知道洪荒时期的故事吗？"

连绶脸上带着微微的、茫然的笑意，似乎陷进了回忆里。

他接下来第一句话就是："梼杌和饕餮是天地交合处生出的一阴一阳，是上苍注定的一对。

"两人在洪荒西南毗邻而居，一人占了一个山头。饕餮喜欢白天觅食，梼杌晚上才会出动，于是每天黄昏，他们都会在山顶看见对方。凶兽的清啸震天动地，两头凶兽的清啸呢？"连绶笑起来，"可那时谁管那么多？黄昏的清啸是他们互相打招呼的方式，日复一日，年复一年。

"后来能够化为人形，饕餮偶尔也会到梼杌的山上去坐坐，大概一年一次。在黄昏时分，两个人在梼杌的洞穴门口，或者将野果摆成各种竞技的游戏，或者挖些蘑菇啊地瓜啊来研究怎么吃，那时除了昏昏欲睡的日头和山川，只有彼此两人而已。

"梼杌以为这样的日子会永远继续下去。直到有一天，她一如既往地前往山头上，准备和饕餮打招呼，而那日她等到月亮升起，饕餮都没有出现。

"她想，难道饕餮来她这边玩了？可是今年的次数已经用完了啊，饕餮前天才来过。万一他来过了又想来呢？梼杌忍住满心的喜悦，一路飞奔回自己的洞府，然而那里空荡荡的，只有她一个人在月光下对影成双。

"她一晚上哪儿都没去，蹲在山顶，望着对面的山头。第二天太阳升起，她也破天荒地没有睡，勉强撑着眼皮，固执地等着对面的饕餮出现。太阳十起十落，饕餮没来。

"那时她知道远方有祖神，是他们的天敌，难道是他们来找饕餮麻烦？梼杌满心担忧，憔悴不已，顶着通红的眼睛，第一次离开了自己的领地，去了饕餮的地盘。她找了许久，看到饕餮安然无恙的那一刻，她松了一大口气。然而下一秒，饕餮怀里抱着的东西深深地灼伤了她的眼睛。

"'本想捡个给我做饭扫地的仆人，却没想到刚使唤了两天就病成这个鬼样子。'饕餮不屑地说，'真是没用。'

"梼杌听到这话，微微地松了一口气。"

连绶说到这里，又是轻笑一声。

露露问："然后呢？"

"后来饕餮爱上了他捡来的仆人，那个仆人杀了梼杌，你不是知道了吗？"连绶冷冷地说，"背弃了天地，辜负了般配的人，如今那被辜负的人想寻回应有的天道，有什么错？"

露露看着连绶许久，然后微微一笑。

"这个故事我倒是的确知道，只不过没想到，从你口中讲出竟是这个样子。"

"只可惜，人由天生，情却由心生。心不由天，又有何错？！"

连绶的眼神骤冷。他霍然起身，袖子一拂，桌上的汤汤水水打翻了一地。

仍然滚烫的汤汁顺着桌沿滴滴答答地往下落，有些落在了露露的腿上和身上，露露却像毫无感觉似的端坐在原处，好整以暇地看着连绶有些扭曲的面庞。

她看着他，那眼神却仿佛又是在透过他看着别人。

"梼杌，久仰大名了。"

梼杌被她拆穿了也不恼，甚至还朝她笑了笑："说起来，你还没有见过真正的我的样貌吧？"

话音刚落，她所站的土地一股白烟升起，不过片刻，白烟散去，一个身高十分高挑，体格修长结实的女子显现了出来。不愧是假扮京城名伶的人，她长眉入鬓，鼻梁挺直，比霍小峰还要美貌许多，然而……

露露诚心诚意地拊掌赞叹道："真是英姿勃发，巾帼不让须眉啊！"

梼杌的脸色忽青忽白，十分不好看。突然，她冷笑着看向露露的腿："我的药起效了？"只见露露大腿上的布料已经全部被淌下来的汤汆透，梼杌不屑道，"你说话激怒我，不过是为了转移我的注意力，真是凡人的雕虫小技。"

露露连忙道："刚才我说的话句句发自肺腑，是对你的由衷赞美，天地可鉴！"

饶是梼杌已经有所准备，可一对上露露那真挚非凡的神情，她还是被气到了。

"贱人，死到临头了还嘴硬，"梼杌一步一步逼近她，眼睛紧紧盯着露露的脸，姣好的五官渐渐扭曲，似乎潜伏在灵魂中的凶兽要破体而出一般，很有几分狰狞，"再过一时半刻，你这张嘴，你这张脸，你这具令人恶心的身体，可就不再归你了。"

露露道："你既然如此厌恶我，为何还想要占据我的身体？"

梼杌仿佛灵魂被抽离般恍惚了一秒，说道："我就想看看，你这样的一个人，到底有什么地方能吸引他。"

"恐怕，这不能如你的愿了。"

一道清冽的女声从梼杌背后的房门外传来。梼杌仿佛被电流击中，悚然转身。

只见那里还有一个"露露"，正靠着房门，好整以暇地看着她："梼杌，易容术可不只你一个人会用。"

那刚才与她说话，看尽了她的凶恶和丑态的人，是……

是他？

他扮成了露露的样子……骗她？

那一刻，梼杌几乎不敢回头。

事到如今，她仍不觉得她有错。她愣怔地站着，看着那张逆光而立，忽远忽近的脸，她最厌恶的那张脸。

她只是不明白。

从她第一眼看到饕餮抱着这个人时，她就不明白；后来饕餮再也不去山顶，每天黄昏，她站在山顶眺望着空旷的风景时，她不明白；饕餮与这个人在一起了，甚至是带着笑容告诉她的，她不知道他怎么能笑得出来；她凌虐这个人，被饕餮咬得鲜血淋漓，她不知道怎么还手；最后她被觉醒后的这个人杀死，临死之前看到的是饕餮无动于衷的身影，她只觉得痛彻心扉，可仍旧不懂。

后来，她被饕餮讨厌的时候，饕餮总是留给她背影。因此她十分熟悉他的声音，就如同现在一般，如同凛冽的风："梼杌，你这一魂苟活万年，已经是上天恩赐，如今，束手就擒吧。"

梼杌听着他的声音，突然轻声地笑了。

上天恩赐？

不，上天从未恩赐过她。唯一给予她的珍宝，也已经被人夺去了。

站在门口的露露突然猛地后退一步，然而已经晚了，梼杌的眼睛已经变得狭长而血红，变成了真正的兽瞳。她长啸一声，闪电一般卷到门口，一把抓过露露就往远处快速跑去。

闪电一般的速度，在她的世界里，连时间都能扭曲。梼杌想，还好，她没有对饕餮撒谎。她是真的下不了手对付他啊。可事到如今，她不能再回头看他一眼了。

连绥没有想到，梼杌竟要拼死一搏。

可那为了迷惑梼杌不对他身份起疑心的半碗药恰恰在此时发挥了作用，凡人之身被那药牢牢困住，他不得已，只好咬破舌尖，强行破了仙身出来，朝门外跑去。

然而，他没有想到，在跨过门槛儿的一瞬，仿佛走出了一个结界，眼前的景物瞬间扭曲，仿佛被无形大手撕扯，又仿佛在无数画卷中切换……

梼杌赌上了她赖以生存的整个幻境，制造了绝地一击。而那间被结界保护着的屋子，是她对饕餮最后的挽留。

露露在梼杌抓住她的那一刻就没用地昏了过去，一阵漫长的黑暗过后，滴水的声音渐渐穿过寂静在她耳畔响起。

她……是在哪里？是被扔到湖里了吗？随着感官知觉渐渐地恢复，露露只觉得自己好像漂在水面上，浑身阴冷湿润。她费力地睁开眼睛，只见周围石笋丛立，光线熹微，大约是一个山洞。

可是……山洞里，又怎么会有湖泊？

还有……她竟然没死？

露露想起之前连绥跟她说"两个时辰内就会被夺舍"，如今两个时辰怕是早就过了，她却还好好的。难道是夺舍的那个人已经死了，她才得以保全？

露露努力动了动身子，想支撑着自己站起来一探究竟。可她稍微一动，只听见耳边"扑扑"声响起，她眼前一花，慌乱之下拼命挥动手臂，然而整个人就像是有什么东西在下面托举着一般，视野一下子浮了起来。

到底发生了什么？

失控间露露突然一个翻身，面朝地悬浮在空中，然后……她便如雷劈过一般，静止不动了。

在她的正下方，有一个小水洼——那大概就是刚刚泡着她的，她想象中的"湖"。

而水洼里清楚地倒映出她的样子——灰色的皮毛、乌溜溜的眼睛、米老鼠似的大耳朵，以及薄而宽阔的双翼……

露露内心有一百头神兽飞奔而过！

原以为当狗就是悲惨命运的极限，是她太天真，蝙蝠比狗难看一百倍啊！

因为震惊，那双翅膀停止了扇动，露露"吧唧"一声，水花四溅，摔回了她的"湖"里。

不行，不能这样下去，露露脑子里的第一个念头就是，绝对不能让连绶看到她现在的这副鬼样子！太猥琐了！

她努力抖了抖身上的水，飞起来打算去找自己的身体，然而刚升空半米，背后大力袭来，她又一次摔了回去。

伴随着连绶的低吼："妈呀！梼杌搞什么鬼！飞老鼠啊！"

真是说什么来什么的典范。

露露生怕连绶从她那副尖嘴猴腮里看出端倪来，连被打得头晕眼花都没空计较，连滚带爬地往远处的黑暗飞去。

然而刚扇了两下翅膀，她又觉得不妥。直到现在她都未看到梼杌，万一梼杌也躲在黑暗处，她这不是送上门找死吗？这样想着，露露就飞得慢了。

只听得背后连绶大喊了一声："露露！"她身体一僵，便卡在了山洞转弯处的那条石缝里。

露露浑身僵硬，真像只大耗子一样又往石缝里努力挪了挪，期盼着连缀看不见她。

然而他的脚步声仍然急促，直奔她的方向，毫不犹豫地靠近了。

完了完了完了……露露悲哀地想，她好不容易将她给连缀的印象从野狗扭转成人，让连缀能看在物种相同的分儿上多酝酿些属于人与人之间的感情，如今又变成飞老鼠，可谓一朝回到解放前，甚至还不如解放前。

她正胡思乱想着，连缀的脚步声在她背后极近的位置戛然而止。

露露浑身上下每一根滴着水的毛都恨不得收敛起来，等着连缀开口。

结果，连缀开口的第一个字，却是一声漫长的"咦"。

连缀疑惑道："明明我掐算到露露就在这里，怎么四下一看，却找不见人？"

露露不知自己是该松一口气还是该一翅膀扇死这个笨蛋。一时没想清楚，她就没出声。

而就在这时，连缀已经当机立断往回走了："说不定露露在山壁那边，我得赶紧找路出去，别让她一个人等久了害怕……"

这下，露露满腹情绪消失不见了。

她心里十分感动，原来连缀这般为她着想！

石壁狭窄，她一边费力地挪动自己的身躯，一边喊了连缀一声，幸好这个声音还是人类的声音而不是"吱吱吱"："连缀！"

连缀霍然转身，几步又走了回来，对着山壁的反光，满心感动的露露似乎看出了他满脸的焦急："你在哪里？"

"我在……"话音未落，她猛地挣脱了出来，失去平衡，整个身子"啪叽"掉在他的鞋上。

连缀："啊啊啊！有老鼠啊！"

他一抖脚把露露甩出去老远，转身就跑。

露露："笨蛋，给你露露姑奶奶我站住！"

飞奔的背影立刻停止不动了。

连绥再次转身时，脸色惨白，说话都是颤巍巍的："不，你别告诉我，你别开口，我不接受，我不接受……"

水坑里的露露姑奶奶无情地无视了他的请求："地上凉，快把我捧起来，我不咬你。"

露露被揣进连绥的背囊里时还苦中作乐地想，好歹认识这么久，她总算知道了一点儿他的喜恶——虽然她本身代表着那个恶，连揣进袖口的待遇都没有，更别提揣进胸口了。

好在背囊正对着连绥背后的开阔风景，露露十分谨慎地透过包袱皮的缝隙朝外看去，只感觉连绥没怎么绕弯就径直出了山洞。山洞外面正对着一片宽阔的绿草地，月明星稀，微风徐徐，草叶如同绿色的海浪一般微微起伏，是甚少见的美景。

露露疑惑道："这么容易就出来了，不像梼杌那拐弯抹角的作风啊！"

"那是因为她根本意不在此。"连绥看了看周围，缓缓说道，"我想，我大概能猜到这是个什么地方了。"

山洞挖在半山腰上，两人下了山，没走多远，眼前豁然出现一个聚居的村落来，首先展现在他们眼前的是在夜色下仍熙熙攘攘的集市。只是人们穿着打扮粗陋简单，想必这是一个历史久远的年代。

连绥往前走了几步，靠近那集市，露露小心翼翼地探出头来，越过他的肩膀往前看，只看见集市上的人们若有所觉，齐刷刷地朝他俩看过来。

露露以为是自己被发现，连忙缩了回去。

只听见那些赶集的人中有人出声道："后生好大胆！这时候还敢上

山去！"

露露一头雾水，听连绥缓缓问道："出了什么事吗？"

"你莫非不知道？最近都传遍了！"另一个大嗓门说道，"那山上本住了一对山神，最近山神娘娘似乎不见了，山神大王正发疯似的找她呢！"

山神娘娘……山神大王……露露被这别致的称呼雷得炯炯有神，但这句话和她知道的过去一对比，她也就猜了个八九不离十。

连绥还在不急不缓地套话："那山神娘娘到哪里去了？"

"我们哪知道啊！""若知道还能引起这般动荡？"众人这么回答。除了一个稚嫩的声音十分不甘落后地大声喊道："姑姑婶婶们都不信我，我亲眼看见山神娘娘独自往西边去了！"

连绥循着声音看去，看见一个虎头虎脑的小孩被身旁妇人狠狠地敲了后脑勺一下："别胡说！"

露露听到此，在他背后闷声道："这剧情也是够简单的啊。"

连绥索性不进村，穿过人群，直接往西边走去："有时候事情往往就是这么简单。"

就是这么简单。两人都猜到了，这是史书上记载的一小段往事。

饕餮和霜露在一起之后，霜露在成年那天突然失踪了。饕餮根据山下人类的指引向西找去，找到了被困的霜露，英雄救美，两人跨种族的恋情公开，轰动整个世界。

梼杌给他们设下的困境不可能凭空捏造，那么仔细一对比就知道此刻必定就是在当年这段事情基础上的。那么他们需要做的也很简单——重复饕餮当年的做法，去救出霜露。

连绥飞快地朝前赶路，露露躺在包袱里昏昏欲睡，神志随着一个她想不通的问题慢慢陷入黑暗：这个困境是梼杌最后的绝杀，可这段往事看起来似乎和梼杌完全无关，况且梼杌十分嫉恨饕餮和霜露的感情，把这一段加深两人感情的事放在此时，却像是完全背其道而行之，这……到底是什么用意？

大概是日有所思夜有所梦，梦里，她隐隐约约看到了一个男人急匆匆的背影。

耳边一道清冷的女声响起："等等我呀！"接着，她眼前一花，一个穿着黄裙子的人就又蹦又跳地追了上去。

露露连忙追上去，视角一转，那男人长得和连绥一般无二，只是在气势上和打扮上有所不同，十有八九是饕餮。那女子却是个陌生脸孔，不像她，也不像梼杌。

饕餮十分暴躁，挥苍蝇似的赶人："没完没了地叨叨！你……"

那女子却一声惊叫："小心！"

随着她这一声叫，露露也跟着眼前一花，下一秒，场景切换到一条河里。

饕餮满脸无奈地漂在河面上，那女子趴在河边，用尽全力把手伸远："我拉你上来！"

饕餮很不给面子地翻了个白眼："得了吧，你这点儿力气……"

话音未落，女子又是一声音量不输于前一次的尖叫："啊——"

露露活生生地从梦里吓醒，翅膀一扇，飞到半空中。

"你醒了？"连绥感觉到了背后包裹里的动静，说道，"没完没了地睡，你也——"

露露大叫："小心！"

即使是只蝙蝠，她几乎也感觉到自己出了一身"蝙蝠汗"。只因她没想到，从梦里一睁眼，她看到的便是梦里饕餮摔倒之前的那个场景！

连缀随着她这一声叫，脚下一滑，顺着一个被落叶半掩的斜坡，一路滑了下去。

　　露露大惊，到底没来得及！她连忙一个俯冲，朝斜坡下飞去。

　　果不其然，那斜坡下正是梦境中的那条河。

　　然而露露经历过这许多的事，对这种奇妙的重叠已经不大惊小怪了。她不知道连缀会不会游泳，心里的第一个想法的确是赶紧把连缀从河里捞上来，于是俯冲下去的第一件事就是伸出她的小翅膀："我拉你……哦——"

　　这一声"哦"，"哦"得十分意味深长，十分欲语还休。

　　露露默默地把翅膀收回来，矜持地盖住了自己的绿豆小眼睛。

　　湿身、诱惑、美少男。

　　连缀对着一只蝙蝠恼羞成怒："哦什么哦！"

　　"抒发一下内心的感慨。"露露脑中又过了一遍连缀的样子：月色下，水光中，他一身薄衫紧紧贴在身上，勾勒出胸肌和腰线，那线条，真是……

　　露露咂咂嘴："不然我怕我会把持不住。"

　　"你一只蝙蝠有什么好把持不住的！"连缀大怒，拍打着水面道，"有种你来啊！"

　　"这可是你说的！"露露立刻展开翅膀，使劲扑棱了几下。

　　"啊啊啊！你别过来！"连缀立刻大声喊道。月夜下，蝙蝠什么的最可怕了！

　　结果下一秒，连缀眼前一暗。

　　他本以为是露露扑上来了，连忙闭眼，却不料传来的是女子的一声尖叫："啊——"紧接着就是重物落水的"扑通"声。

　　重物落水打了他一脸水花。一只蝙蝠是搞不出这么大的动静来的。

连缓默默抹了一把脸，朝落水的方向看去。

　　只见露露——没错，正是突然变回人身的露露，正费劲地从河里扑腾上来。一身黄衣黄裙贴在身上，真是穿了不如不穿。连缓突然就明白了刚才露露的那句"把持不住"。

　　露露只恨自己不在那梦境里多停留一会儿，怎么被一声尖叫吓醒了呢。若不是她恰好那时醒来，也不会恰好尖叫，害得连绶脚下一滑掉进河里，更不会发生后来这一系列事。

　　总之，导致后面的事情发生，她坚决不承认是因为自己蠢。她做狗四百多年，一朝做人便忘了狗刨，只会在水里瞎扑腾……这和智商无关！

　　"救……救……救！"露露呛了一口水，挣扎道。连绶这才反应过来她不识水性，一脸震惊地游过去抱住她，嘴里还不忘奚落道："今日算是长见识了，狗也有遇水则沉的。"

　　然而，在从背后抱住她身体的那一刻，连绶虽然警告过自己要镇静，但神思还是忍不住荡漾了一下下。

　　从前他虽然亲近露露，却从没有如同今天这样暧昧……甚至称得上狎昵。

　　时值夏日，两人都只穿了一层薄薄的衣衫，落水之后湿漉漉地紧贴在皮肤上，便和没穿没什么两样。这在连绶将露露从后面带入怀中时感觉得尤其明显。

　　他的第一感觉是，她好像瘦了些。

　　之前露露无意被他看光过好几次，虽然只是短暂的瞬间，但出于男人的本能，那白皙的身躯就像烙铁一样刻在脑海里，无法抹去。如今这样贴身一搂，觉得她如同一根柔嫩的柳枝靠在他的怀中，他几乎无法感觉到她的重量。

但……柳枝没有她这样灼人的温度。

即使两人之间隔着两层夏衣的距离，连缓还是能想象到她皮肤如羊脂如美玉一般的滑腻手感。在他手臂的桎梏之下，她的胸膛因为紧张一起一伏，而那柔软的胸部，就在呼吸间轻轻拂过他手臂上的皮肤，带着她身躯的热度……

连缓的脸一下子涨红。他……好像有反应了……

他脑子里轰然炸开，一瞬间手忙脚乱，差点儿忍不住把怀里的露露扔掉，然而感情冲破仅剩的一丝清明，让他将怀里的女人搂得更紧了。

他庆幸他是站在她身后拥抱着她，她看不到他的表情。因为差点儿溺水而惊慌和后知后觉感受到寒冷，露露并没有察觉出连缓身体的异样。

两人怀着不同的想法，倒是出奇默契地往岸边划去，没多久，两个湿漉漉又气喘吁吁的人并排仰面躺在了河边。

只不过，露露气喘吁吁是因为劫后余生大大松了一口气，而连缓嘛……他在仰躺着的时候还要注意小心调整自己的姿势，屈起腿遮挡住露露那一侧的视线……现在他的"特殊状况"实在是太明显了。

幸好夜晚山风冰冷，吹到他们身上冷上加冷，不知过了多久，连缓烧得沸腾的大脑总算缓缓地回归了正常的温度。

他轻吁了一口气，恢复了理智后的第一件事就是想找点儿别的话题，带走两人之间异样的沉默。他嘲笑道："狗如果也有狗神，一定会因为你心塞致死。"

露露没回答。

连缓疑惑地侧头看去。

只见露露半闭着眼，一动不动地躺着，湿漉漉的长发胡乱贴在她的脸颊和脖子上，看起来十分狼狈。连绶撑起身子，将她的头发拨到耳后，立刻就察觉了她的异样。她的双颊和眼睑染上了不正常的绯红色，嘴唇却是苍白的。连绶试探地将手靠近露露，立刻感觉到手心传来一阵不正常的灼烫感。

　　连绶皱眉，忍不住嘟囔了一句："身体真差，这样就发烧了。"然而他的神色已经冷峻下来。

　　也不知道露露听没听清他说什么，唇间溢出几个含糊的音节，她微微动了动，仰着头将脸颊往连绶冰凉的手上贴。

　　连绶一边用手给她的额头降温，一边直起身子四下看去。虽然在梼杌的世界里他的神力受到了很大限制，但好在现在他用的是自己的身体，稍微集中精力在双目，即使是夜色中，他的目力仍然可以扩散到很远的地方。不多久，他就发现河上游有一侧草丛不如其他地方高耸茂密，而是斜斜地有倾覆的痕迹，他不再多想，俯身打横抱起露露，朝那里走去。

　　果不其然，那里有一个两米多深的山洞，虽不够好，但好歹能够挡一挡夜晚的凉风。洞里面还散落着一些猎户打猎休息时留下取暖的火石和干柴，正好能够派上用场。

　　连绶抱着露露走到那堆柴旁边，便想把露露放下，自己先将火点燃。却不料刚有松手的趋势，半昏迷着的露露便若有所觉般，虚虚搭在连绶肩膀上的双臂猛地收紧，连绶猝不及防，一下被她拉得趴在她身上，好歹手还记得在地上撑了一下，这才没把她压伤。

　　但对于刚才勉强把火压下去的连绶，这个姿势太危险了。连绶不敢看那张和他贴得极近的面颊，手忙脚乱地去推露露，却一不小心又按在了她的胸上。

连绥似被火烫了一般，连忙甩开手。

偏偏露露冷得打战，呼出的气却又是灼烫的，喷在连绥耳侧："冷……你别离开我。"像是有小虫子一样爬过连绥的耳郭，挠得他心里痒痒。

而那句"别离开我"，则是压垮连绥理智的最后一根稻草。

就像似燃非燃的火焰，在最后一颗火星落下时，轰然灼热了半个天空。连绥双眼发红，骤然用力，狠狠地抱紧了她。

他寻找着她的嘴唇，自己的冰凉贴上她的滚烫的那一刻，他的心仿佛都要战栗起来了。

露露微微挣扎着，嘴唇微张，他趁机探了进去。因为高烧，她的味道更加甘甜，是连绥从未想象过的滋味，这滋味可以瞬间穿透他的四肢百骸，骨子里都为她而柔软。然而这还不够，远远不够，连绥的呼吸无法抑制地急促起来，他的手就像有了自己的意识，霸道却不失温柔地抚摸过露露的脸颊，抚摸过露露纤长的脖颈，然后掠过锁骨，轻颤着朝衣领内的旖旎探索……

露露本来迷迷糊糊如坠梦中，但在那冰凉的温度贴上离她心脏最近的那一处皮肤时，她甚至被那寒意刺激得一激灵。寒冷带来的一丝清明刺激了她的大脑，让她骤然生出些力气，对连绥狠狠一推，声音嘶哑道："不！"

连绥意乱情迷间毫无防备，竟被她推得一个踉跄，跌坐在地上。山洞里青石森寒，仿佛有一个神奇的魔咒在这一瞬间解除，他的眼神从迷乱变得渐渐清明，渐渐能看清眼前的一切……

荒山野岭，没来得及点燃的干柴，以及烧得脸蛋红通通的露露……

懊悔和愧疚席卷而来，连绥想：刚才我究竟都干了些什么？

他不敢再靠近露露一步，借着处理木柴来掩饰自己起伏不定的心绪。

夜晚的山洞里，一时间静得只剩风声和火石摩擦的"嚓嚓"声。

很快，火焰熊熊燃烧了起来。

露露在推开连绥之后，背脊贴在冰冷的石壁上，清醒了不少。那堆柴又被连绥贴心地摆放在离她足够近却又不至于灼伤她的地方，她的头发和身上湿漉漉的衣裳渐渐被烘干，整个人又感觉清爽了许多。

勉强支撑着眼帘不要垂下，露露侧头看去，连绥在离她老远的地方背对着她坐着，脊背挺直，衣裳线条勾勒出僵冷的弧度。

露露仔细一看，他的衣服仍旧湿湿的，于是心里那点儿恼火轻易地烟消云散了。

"喂……"露露出声，声音还是很难听，她努力放轻了声音说话，这才显得她心平气和，"你坐那么远干什么？"

连绥闷闷的声音传来："坐远一点儿显得我非常矜持……"

露露忍不住笑了："我看你是脑子被冻傻了！快坐过来。"

连绥背对着她，屁股一蹭一蹭地慢慢挪了过来。等近了些，露露伸手一把拽住他的胳膊，将他拽到自己身边。

连绥吓了一跳，立刻去摸她的脸："你手怎么这么烫？烧得严重了？"

露露："我刚烤了半天火啊，大哥。"

连绥低头看了看露露的衣服，又要和她保持距离："你衣服都干了，别再让我身上的水给弄湿了。"

露露不说话，只是像一只考拉对待树那样，死活抱住了连绥不撒手。

然而，衣服嘛，总是要干的。

夜色也更浓了些。

山洞里的人不知从何时变成了相互依偎着的姿势，连绥从背后环抱着露露，下巴搁在露露的头顶，感受着对方的呼吸，即使知道对方也和自己一样清醒地安静着，也不觉得尴尬。

这……好像比之前的每一天都更加亲密了。

连绥问道："我有没有给你讲过我小时候的事？"

露露轻轻地摇摇头。

连绥说道："我小时候和现在一点儿也不一样，一生下来就特别捣蛋，据说刚会爬的时候，就像坦克一样到处乱撞，撞碎了许多杯盏碗瓶，号称'天庭狗都嫌'。"

露露说道："这一点我很有发言权，我确实很讨厌你这种小孩。后来你怎么变成了书呆子？"

"我从小就有福运庇佑，兼管化解凡间灾厄。"连绥继续说道，"凡间有个男人枉死，我本应附身在他身上半年替他料理后事，可他的命变得实在太好了，我不舍得离开，于是造成了一系列错误……回来被关在我最讨厌的书房里，天帝罚我看书以示惩戒。"

露露好奇地问："然后你就爱上看书了？"

连绥羞涩地说道："嗯。"

露露感叹道："真是好欠打啊……"揶揄的表情渐渐变得若有所思，"原来，即使像你这样好运的神仙，也不是事事顺心的。"

连绥看着她："我只是一直相信，对于想要的东西、所爱的人，只不过四个字而已——人定胜天。"

两个人再一次沉默下来，然而周围的空气并不如最初那般静谧，而是缠绕着丝丝蠢蠢欲动的暧昧。

露露微微仰起头："看，外面的星河！这是在现代城市里绝对看不到的美景！"

连绥顺着她的目光望去，山谷里的夜空仿佛是独家创作的，毫不吝啬地洒满了银色的星子，太密太多，隐约能够连成蜿蜒的星河。

连绥低声说道："在九霄之上，天空永远明亮，也看不到这样的星星。"

露露回头望着他，两人的眸子里都倒映着火光，跳跃的火光，与星河相比不遑多让，这样近的距离，轻易让人沉溺。

露露喃喃道："原来九霄之上，和凡间也有共同的遗憾。"

"仙人也是人。"连绶望着她，"在我看来，我与你并没有许多不同。"

原来他是这样看的吗？露露只觉得他今晚的话每一句都充满了暗示，就像他现在凝视着她的表情。

沉默间呼吸渐近，这一次，不知道是谁先吻上了谁。

唇舌的交缠，紧贴的身体，这么近，近到呼吸可以交换，温度可以交换，近到只是凝视就可以感受到对方的心意。

即使是在幻境里，这灼热的触感如此真实，真实到呼吸都成了乱麻，和对方彻底交缠在了一起。

不需言语。

两人的影子也几乎叠成一道，火焰也不忍打扰，山洞外的夜鸦振翅而起，悄然飞向那片洞悉一切却笑而不语的星空。

"你……这个……臭流氓！"一声怒吼响彻山谷，远远听来有几道回声。

几根干柴扔过来，力道十足，砸得大仙人连绶连滚带爬地往外躲，一边躲一边还嘴道："我哪里流氓？哪里流氓！我只恨我自己太有节操，昨晚不够流氓！"

"你你你……你还有脸说！"露露中气十足地袭击着他，一点儿也看不出昨天病恹恹的样子。她珍藏了好几百年的初吻啊，没有玫瑰，没有红酒，没有银行卡随便给刷的"土豪"，居然在一个破山洞里就这么没了！而且还差点儿失了身！

连绶说道："你简直应该夸我自制力过人，昨天到了箭在弦上不得

102

不发的地步，我硬生生地为了你的身体而忍住了没有发，不然你今天才有苦头吃呢！"

箭……发……经过了昨晚，露露一不小心就打开了"脑洞"，稍微"脑补"一下就面红耳赤了："你不要脸！"羞愤之下她又扔了一根木柴出去，结果不知是不小心用力过猛还是连绶反应慢了半拍，那根讨厌的木柴对着连绶的脑袋正中红心。

"咚"的一声，连绶应声而倒。

露露高贵冷艳地看着，看了一会儿，连绶还是毫无动静地趴在那里，如同昏过去了一般。露露渐渐绷不住了，她小心地挪过去，推了他一下："喂，别装死啊！"

连绶被她一推，脸侧了过来面对着她，竟是紧闭双眼的样子。

露露立刻慌了："连绶？连绶！你别吓我，我不禁吓的，我狗胆很小，不能吓的，连绶？连绶你醒醒啊！"

任凭她怎么喊、怎么推，连绶都没有醒来。

露露这下六神无主了。

她第一个想法是赶紧找手机打120，可找了半天手机，她才意识到自己早就不在那个物质发达的现代社会了。这地方荒无人烟，连个可以求助的人都没有。露露待了一会儿，突然意识到，虽然平时连绶总是没个正经，还老爱捉弄她，可自从他们离开了现代世界，来到了这个陌生的环境里，他总是万事尽在掌握的样子，一直照顾着她，一直任凭她安心地依靠。连绶就像一支充满自信的箭，直指正确的方向，从未让她感到迷茫失措过。

况且，昨晚的情况，他说得一点儿没错。两人亲密无间到那种地步，却硬生生地止在了最后一步前，这对一个健全的男人来说，真是一件十分残忍的事情。

她还把他打成这样……

露露的鼻子一酸，眼泪突然再也忍不住，"唰"地一下流了下来。

她哽咽道："连绶我错了，都怪我……"

她哭得上气不接下气，伏在连绶的身上，眼泪几乎能把他的衣服湿透。正伤心到深处时，一只手摸上她的头顶，连绶的声音幽幽响起："可不是怪你嘛，差一点儿你就谋杀亲夫了。"

露露的哭泣声戛然而止，抬起头看向连绶。

连绶的声音虽不大，可神采奕奕的样子，让人瞬间明白他刚才一定是装的。他得意地说道："看你哭得这么惨烈，昨天晚上的事我大仇得报了。"

他和露露对视，等着露露恼羞成怒跳起来揍他，原来的他腻烦这种吵闹，现在却觉得期待，只要是她，什么都可以变成情趣。却不料露露默默看了他一会儿，突然一哽，一头扎进他怀里，"哇"地号啕大哭起来。

"啊？哎！"这下慌神的是连绶了。哭声里的伤心不似作假，连绶想松开露露，看看究竟是怎么回事，可露露的双手抓着他的双手，脑袋像鸵鸟一样死死扎着，就是不给连绶看。连绶无奈，只好顺势搂住她，像哄小孩一样慢慢哄道："哎，我和你开玩笑呢，你哭什么啊？来，听为夫给你讲个笑话……哎，别哭了，再哭我就觉得我像个笑话了……乖啊……"

露露旁若无人地哭了好一会儿，哽咽道："刚才，我以为你要死了。"

"啊？"连绶抱着她，哭笑不得道，"你把你自己也想得太强悍了吧。百步穿杨？我是那个杨？"

"别胡说！"露露骤然抬头，红着眼圈去捂他的嘴。可她忘了她的手还和连绶的握在一起，纠结了半天，还是连绶笑意满满地低头吻住她。许久，她微喘着靠在连绶怀里总算安静了下来。连绶笑道："现在总可以告诉我是为什么了吧。"

"其实是因为我有前车之鉴，触景生情。"露露不好意思道，"你知道我一直很倒霉，我在之前还当狗的时候，曾经被一个军阀送给了他的姨太太。那姨太太很喜欢我，看戏回家后第一件事情就是要抱我，我也渐渐对她生出些亲近感。结果，我第一次在她回家后出门迎接时，她被我绊了一跤。"露露悲伤地说道，"她磕在石头上，脑溢血抢救无效身亡。"

经她这么一说，连缀本来只是有点儿破皮的脑门竟隐隐作痛起来。

露露声音不大，但字字清晰："我一直很倒霉，从我有记忆以来，和我亲近的人都没有好下场。这其中有很多厉害的人，身怀绝技的剑客、一掷千金的姨太太、学富五车的状元郎……他们都不是那个例外的人，我不知道你是不是。"她轻声道，"我能做的，只有希望你是那个例外的人。"

连缀低头，看到露露依偎在他怀里，破天荒有些柔弱无依的样子。可这样的她清楚明白地和他说了与她在一起的利害，言下之意默许他反悔。这样的露露，让连缀觉得有些心疼。

然而，正是这样，他才更不能借着这一时的心疼和冲动给她保证。连缀什么都没说，只是紧紧抱了她一下，然后松开她，牵着她站起来："你也好得差不多了，这里不宜久留，否则后面不知道还会有什么变故，我们该出发了。"

露露垂下眼帘，眼底划过一丝失望，又听连缀说道："话说我们俩在梼杌的幻境里勾搭来勾搭去，梼杌知道了不得气死啊。"

露露"咦"了一声，看向他说道："你不觉得是梼杌搞错了人吗？现在怎么又……"

连缀看了她一眼："我只是觉得，如果上辈子我们就在一起过，其实也挺不错的。"

露露没有料到他这一句突然而至的甜言蜜语，原本想说的话堵在喉咙里，心里渐渐甜起来。

"啊……我估计她已经气死了。"连绫往外走了走，脸色渐渐凝重起来，手一指山洞外面，"你看。"

露露看了眼连绫的表情，疑惑地上前几步，向外望去。

山洞外是浓郁的雾气，白茫茫的一片，什么都看不清楚。可露露仔细一看，觉得毛骨悚然——不知何时，外面的山水全都没有了，仿佛被这雾气吃掉了，外面不是看似什么都没有，而是根本真的什么都没有。

没有山，没有水，没有太阳，也没有路。就像他们所在的山洞孤零零地悬在这一片空空荡荡的雾气里一样，极目远眺，隐约可以看见雾气上反射出的山洞的影子。那影子上也隐约可以看见两个人站在洞口，约莫是遥遥相望的样子。

这画面无端让人觉得有些诡异，露露心里凉飕飕的，下意识往后退了一步，撞进连绫的怀里。她自然而然地侧身，双手搂住连绫精瘦的腰肢，惶惑的心这才渐渐安定下来。

"连绫，你往外看。"她不敢再看，仰头看着连绫的下颌道，"这是什么雾气，还是那边有别的东西，竟能倒映出我们的影子来？"

连绫本没有注意那边，闻言才看过去。他有仙身，目力比露露强上许多，稍微看了看就发觉出了不对："不，那边恐怕不是我们的影子。"他微微皱眉，"那边山洞口站着的两个人乍一看和我们相似，可比我们矮上不少，而且……"他们也没有抱在一起。

"还有，昨天我进来时，分明记得这就是一个普普通通的山洞，那边那个……顶上似乎还挂了一块匾。"

"匾？"这下露露顾不上害怕了，扭头努力看去，"写的什么？"

话音刚落，仿佛有一阵风应和着她一般轻轻吹来，雾气流动，连绫隐约辨认出那上面的字："生——死——门。"

"生死门？"这三个字一点儿也不吉利，露露说道，"要是叫怡红院该多好。"

连绫看了一眼怀里的姑娘，十分佩服地说道："你倒是还有心思插科打诨。"

露露在他怀里扭了扭："不是有你在吗？"来而不往非礼也，情话不是只有你会讲。

这句话任何一个女子说出来男人都是十分受用的，连绫也不例外。他的心情顿时放松了些，唇边抿了一点儿笑意："也是，强弩之末，咱们就算硬来也不至于死在这里。"他松开露露，越过她往山洞门口去，"既然是生和死，那便有两条路可选了，我看看……"

露露一把搂住他："你往哪儿去？！"

"我又不傻，放心，我不会往下跳的，"连绫蹲下身，将山洞外沿摸了摸，说道，"呃，等等，这话似乎说得早了一点儿。"

他手一抬，从地上拽出一根麻绳来。

"什么玩意儿？"露露一脸费解，"山洞还会自己长绳子？"

连绫跟她分析道："你看，那边那个洞既然不是我们的影子，那就一定是存在的了。我们周围能看见的就是那里，想要不被困死在此处，必定是要到那边去的。可中间隔着这雾气，我们想要过去，就只有……"他扬了扬手中的麻绳。

露露恍然大悟，接话道："只有顺着这根麻绳爬下去？"

"按常规剧情来讲，麻绳下是应该有路可走的。"连绫接着说，"但既然人家都给咱们预告了这是生死门，那就要具体情况具体分析。假设有两扇门通往那边，一扇是生门，一扇是死门，若顺着麻绳爬下去是一条路，那还有一条路呢？"

露露被连绶直勾勾的目光看得有点儿局促："你盯着我看什么？我又不能变出门来。"

"你能，"连绶目光深邃道，"如果没猜错的话，另外一扇门就是为你设计的。"

"啊？"

"你忘了你最开始是什么造型了？"连绶伸手做了个大鹏展翅的动作。

露露目光惊怵，摇头道："我不我不我不！不要啊！"她一把抱住连绶，"我跟你一起走麻绳这边好不好？如果有什么事，我们俩在一起总比分开来要好些……"

"恐怕这一步是早就安排好的，由不得我们。"连绶低头拽了拽麻绳，"这么细的一根绳子，负担我的体重已经是勉强，若我们俩一起，一定会断。你能化身为蝙蝠，飞过这片雾气到达彼岸，所以这条路只有你能走；我不能飞，只能走麻绳，而你不能同我一起……真是精妙的设计。"

露露转了转眼珠子，说道："若你先下去，然后我再下去呢？麻绳中途只负担一个人的体重，应该就没事了吧。"

"理论上讲好像也说得通的样子，"连绶迟疑道，"梼杌想没想到这一点呢？"

"不然试试看吧。我不想和你分开……"露露对连绶露出祈求的目光，"你先下去，我在上面等着。"

"那……好吧。"

连绶将衣摆系起来，挽起袖子顺着麻绳往下爬。露露蹲在麻绳旁边，眼睁睁地看着连绶在雾气里变得越来越小、越来越模糊，最后被雾气吞噬。

她突然有点儿害怕，虽然麻绳上端还绷得紧紧的，但在这个世界里什么都有可能发生，万一连缀被雾气吃掉了，就这么永远消失了怎么办？

她忍不住喊了一声："连缀——你还在吗？"

她喊完了之后忐忑地等着，很快，回音便传来了："我在。"

露露的心放下去了一些。然而没过多久，她又忍不住胡思乱想起来，梼杌变成连缀的样子还历历在目，万一那个回答她的声音是别人模仿的怎么办？

她想了想，有什么事情是只有他们两个人知道的呢？"连缀——你还记得我的主人叫什么名字吗？"

雾气沉默了一刻，回音传来："你的主人难道不是我吗？"

好讨厌！露露紧张兮兮地趴在边儿上："好好回答！"

"赵小丽！赵小丽！"

露露这才放心，但仍然死死地盯着那根紧绷的麻绳。

似乎过了很长的时间，露露的视野中麻绳微微一动，似乎松懈了下来。她怕自己是看久了看花眼，连忙揉揉眼睛，没错，麻绳的确是没有紧绷着了。

她连忙大喊："连缀——你到底了吗？"

然而，这次她等了许久，却没有回音了。

露露咬咬唇，无奈之下，只好轻轻提起绳子上端，看连缀是不是已经离开。然而，她就那么随手往上一抬，那麻绳就像豆腐丝儿一样，在她手里"哗啦啦"断成好几截。而下面那截长的立刻脱手，坠入了浓浓雾气中。

这情况虽然不出所料，但仍然使人十分心塞。露露只觉得前方分明就是陷阱，可这陷阱偏偏挡在离去的大路上，绕不开，只能踏进去再见分晓。

她仿佛来到这里就无师自通了切换成"蝙蝠模式"的方法，既然已经没有其他路，那索性就飞过去吧。露露后退两步向外一跃，整个人瞬间缩小，双臂变成翼状，展翅朝对面飞去。

生死门。

也就是说，若她走的是生门，那么连绥走的就是死门了！

前面那个山洞随着距离渐短而越发清晰，露露的心也就越发沉重。当她变回人类，双脚踏上那匾下的坚实土地时，她的心已经如坠深渊。

这生死门下果然站了两个人，之前因为隔着雾气看不清楚，如今仔细一看，两人都皮肤黝黑，尖嘴猴腮，虽然是人的样子，可其神态举止，让人一看……莫名地就想到了蝙蝠。

露露不喜欢蝙蝠，可也顾不上那么多了，她一把拽住其中胖一点儿的那个人的袖子："刚刚有个人顺着对面山洞里的麻绳爬下去了！他走的是不是死门？他会不会有事？"

胖子脸一扭，一脸痛苦地说："哎呀，你拽住我的翅膀啦！好痛！好痛！"

瘦子拍她的手："快松开！松开！"

露露手一松，胖子退后几步，瘦子一把扶住他，两人相互依偎，看着露露做警惕状。

露露都要急哭了："我……朋友他……是不是……"

胖子说道："小姑娘家年纪轻轻想法很多嘛。"

瘦子说道："杀人是要遭天谴的，我们才不干呢！"

胖子说道："你那个朋友没事的啦，只是会绕一点儿弯路。"

瘦子说道："虽然要绕弯路，但沿途风景优美，鸟语花香哟。"

露露将信将疑："那，生死门到底……"

胖子挥挥手道："随便叫一叫而已。"

瘦子哈哈笑道："这个名字听起来是不是特别拉风？"

虽然对这两只蝙蝠界相声演员很无奈，但两人表情不似作假，只要知道连绥没事，露露就安心了。

"接下来要干什么？"露露问。

胖子和瘦子一起说道："请随我们来！"

说完两人一转身，往山洞深处走去，露露只好先跟上再说。

这个山洞真是一如她想象中的样子，阴暗缺光，半米以外就完全看不清了，一路上没有东西能帮助她分散注意力，她就只好很痛苦地听着前面两人自以为很小声地说悄悄话。

胖子说道："你确定是她？感觉又老又丑啊。"

瘦子说道："那是因为现在她是凡胎，长老说是她，那一定没错！"

胖子很遗憾地叹了口气："可惜我还期待那么久，听说她要来还专门和小绿调班，真是大失所望啊。"

瘦子也叹气："可见世事无常，长老之前不还说她绝对不会再回来这里吗？"

露露在后面听得语焉不详忍无可忍，上前几步凑到他俩之间幽幽道："你们说的那个'她'是指我吗？"

"啊！""哇！"胖子瘦子吓得大叫一声，左右跳开一步，竟齐齐现出了原形。

胖蝙蝠叫道："唧唧唧唧！"她怎么听得到我们说话！

瘦蝙蝠叫道："唧唧唧唧唧唧！"废话，你忘了她有蝙蝠血统吗？

露露说道："没错，虽然蝙蝠语是小语种，但你们说的这两句刚好我都能听懂。"

于是后面一路无言，两只蝙蝠紧闭牙关，带着某个讨厌的混血人类一路直行。不知道拐了多少个弯，露露眼前骤然一亮。

狭窄曲折的道路霍然消失，眼前竟是一个巨大的中庭，就好像有人比着倒扣的碗的形状，在山的中央挖出了这么一块来。两只蝙蝠在踏入这片区域的一瞬间变回人形，一改嬉皮笑脸的样子，垂首肃穆地顺着中庭边沿溜走了。露露站在入口处，看着中庭中央那个手持木质长杖、穿着雪白长袍的人缓缓转过身来。

那人有着锃光瓦亮的光头，一开始露露还错误地认为这中庭里的光是从他的光头上散发出来的。然而这人的脸出乎意料的年轻，且十分俊美，表情虽有些僵冷，却因为他精致的五官而生出一丝凛然不可侵犯的意味来。

露露眯了眯眼："你是长老？"

他叹了一口气："你不该来。"

听到这句话，露露心里酝酿已久的委屈和不爽终于爆发了。她愤怒地"吐槽"道："你以为我想来你们这鸟不拉屎，没有空调，一年四季都穿长袖，上厕所还没法抽水的鬼地方啊！我想回家！我想回家！然而说了一万遍也没有用！你懂我内心里狂奔过一万头神兽的感受吗？"

长老眨眨眼，那凛然不可侵犯的感觉立刻就伴随着他这"萌萌"的动作而弱化了不少。他遗憾地说道："虽然过去了那么多年，你说话仍然让我听不懂，果然物种与物种之间存在着代沟。"

露露敏锐地抓到关键词："你们都见过我？"直到现在，她和祖神之间的联系仅仅属于她的个人猜测，如今遇上和她过去相关的人，她说话就忍不住设了一个陷阱。

果然，长老立刻中招，眼中闪过一丝讶异："你记得？"随即他便自发地解释起来，"也是，你的蝙蝠血统也再次苏醒了，想起往事也没有什么好奇怪的。"

然而，露露没想到，随即长老脸色立刻变得非常难看，他几乎是愤怒地质问："既然你记得，你怎么还带着他一起回来？你难道原谅了当年他对你的所作所为了吗？"

还？也就是说，从前的祖神也来过这里？他来这里做什么？听长老的语气，似乎还有些内幕……

史书对于这段没有一点儿记载，露露怕自己胡说八道穿了帮，只好假装镇定地说道："我只有这段记忆不甚清楚，但隐约记得有重要的事情发生，于是回来看看能不能找回记忆。"

长老竟没有怀疑，只是冷笑道："重要？当然重要。"

他走上前来，随着他的步伐，露露眼睛一花，隐约看到他那根朴素的木杖上闪过一丝雪亮的光。长老看着她，摇头说道："这段时空被你用逆天的法术永久封存，外面的雾气是你亲手设下的结界，这山洞的一切都被你永远禁锢在结界里，结界之外时间流动，而结界之内的时间却永远在一个范围内循环。只有同样拥有神力的人才能打破结界。我本以为，你既然封锁了这里，就不会再回来。"

露露听到此就知道长老误会了，她不是自己想要进来的，而是被同样拥有神力的梼杌弄进来的，但她什么都没说，只让长老觉得她默认了。本来只想逃离的她也忍不住有点儿好奇了，当初的自己竟不顾天道一定要封存的秘密究竟是什么？梼杌为什么最后回天无力时，也要掠了她走，让她有机会来到这里？她又听到长老继续说道："当初你想忘记，我就帮你守住这里，永远离开你的视线；现在你又想记起，那么帮你，也是我的责任。"

露露闻言不禁抬头看了长老一眼。他有一张冰雪般精致而冷漠的脸庞，凝视着她，似乎骤然闪现过一丝温情。

长老又说道："我不想留你，半个时辰后我会把你们都送走。这半个时辰，我们大可以看看，如果再来一次他会不会选你。"他微微侧头，"他来了。"

露露闻言，立刻精神一振。虽然只和连绶分开了片刻，但思念就像潮水一样涌动，她迫不及待地想看到他的身影，想和他站在一起，无论有什么事，两人一起面对就不会再害怕。可她还没来得及走向洞口，长老就突然喊了她一声："露露。"

露露以为是在喊她，于是转头望去。结果看见一个和她一模一样，可表情和刚才的胖子一样猥琐的"露露"站在长老背后。

真露露哭笑不得。

胖露露不适地将双手放在胸上，将胸推了推："明明就没有胸还要垫这么厚，而且为什么要穿小一码的衣服啊？好紧绷！好紧绷！裙子要裂开了！"

露露不是第一次看见"自己"了。然而连绶气质出众，仙气飘飘，她看到他变化成的她，就仿佛看见了3D真人版自带美图秀秀的自己，导致她很长一段时间自信心爆棚，觉得自己很有姿色。直到这一刻，她甚至开始怀疑起这一切并不是胖子的错，自己的脸笑起来莫非真的如此猥琐？

幸好下一刻，长老的长杖敲在了胖子对她的胸"图谋不轨"的手背上："如果等下你被连绶看出不对，接下来三天没饭吃。"

胖子立刻在一秒内变了脸，他站直了身体，表情有些变化，甚至连露露放松站立时中心落在左脚的细节也注意到了。

露露嘴角抽搐："影帝，佩服。"

话音刚落，山洞外由远及近传来一阵脚步声，那是连绥，露露认得，他果真没事！露露松了一口气，同时，心里立刻快乐起来，她想跑过去，却发现自己被定住了。接着，她觉得脸上和身上有如冰水拂过一般。

露露瞪大了眼睛，心里有种不祥的预感："你不会把我变成胖子的样子了吧？！"

胖子端庄的姿态立刻崩坏，挺着肚皮叉着腰说道："我那么俊美，哪里配不上你！"

长老说道："来了。"

胖子立刻又变回了端庄的姿态。

长老回头对露露说道："你若想走，就乖乖站在这里看着。"

话音刚落，连绥快步冲了进来。露露不能动，也不能言，只好瞪大了眼睛瞧着他。只见连绥发丝微乱，衣裳湿漉漉的，上边还有许多破口，竟是少见的有些狼狈的样子，一定是在路上遇到了什么。

连绥微喘，冷锐的目光将这片空地扫了一圈，看都没看胖子一眼，很快朝露露这个方向锁定过来。露露心里一喜，却只见连绥的表情更加冰冷，目光最后锁定在了露露身侧的长老身上："她在哪里？"

从连绥出现在山洞里的那一刻起，长老的气势也骤然变了，不再温和，而是如同一座雪山，让人看一眼就觉得彻骨寒冷。他挑衅般上前了半步，恰恰挡住了露露，两人目光交接，就如同冬日里的两把寒铁黑刃砍在一处，发出"刺啦啦"的慑人的声响。

长老说道："就在你面前。"

胖子立刻跑过去："连绥，幸好你没事，我还以为你那条是死路，

116

吓死我了！"

露露看着胖子的动作心里一沉，不同于梼机拙劣的演技，这和她自己简直分毫不差。她连忙看向连绥，只见连绥皱着眉扫了一眼就不再看胖子，胖子要去挽他的手臂时他也立刻躲开了。

露露见状，心里还美滋滋的，莫不是就像那些鸡汤美文说的一样，恋人之间都有一种神奇的感应，即使是长得一模一样的人站在面前，如果不是那个 Mr.Right（真命天子），也不会动心？

然而她立刻听到连绥说道："你身上有一股蝙蝠的臭味，你不是露露。滚开。"

胖子跺脚埋怨道："你忘了我刚来的时候就是蝙蝠状的吗？我又不会一直臭下去，等我们出去了就好了嘛，现在你也不准嫌弃我！"

露露看着胖子娇嗔的表情震惊了，原来她平常和连绥说话的时候都这么做作？

而连绥仍然嫌恶地推开胖子："滚。"

胖子似乎没站稳，一下被推得倒退两步，差点儿绊倒，站在那里看着连绥有些不解和委屈。

长老冷哼一声，上前了几步："露露，过来。"他微微抬手举起法杖，"连绥，我早知你是三心二意的畜生，如今到了我的地盘还如此嚣张。"

连绥居然也冷笑道："章夷，不要忘了自己的身份，区区蝙蝠出身，低劣龌龊不堪，别给脸不要脸。"

章夷？露露骤然听到连绥喊出了长老的名字，愣了，紧接着她就想到，她都不知道他的名字，连绥怎么会知道？难道连绥早就预料到会遇到他？不可能……连绥明明不可能和他认识，这究竟怎么回事？

章夷闻言大怒，连说了几声"好"，他似乎是在盛怒之下失去了冷静，突然高举法杖。只见一阵白光闪过，山洞中央发出一阵机关闷响，"咯咯咯"

的声音渐渐震耳欲聋。那中央骤然出现一个大洞，一阵冷气窜了出来，紧接着那底下竟渐渐浮起一口冰棺。冰棺里躺着的女人，竟和露露长得一模一样！

连绥只看了一眼，眼睛就渐渐发红，像是要狂怒的前兆。而长老的衣袍无风自动："她在这里，你若有本事，就把她带走！"

说完，两人便战到了一起。

其间，旁观的露露全程心路历程基本是："天哪，怎么回事？""天哪，第三个我出现了，神一般的剧情！""天哪，居然打起来了！"

就在两人交手的一瞬间，露露只觉得身上一轻，禁锢瞬间消失了，她不能眼睁睁看着连绥被欺负，立刻喊了一声"连绥，真的我在这里"，朝他飞奔过去。

连绥和章夷过了几招，然后两人分开，这时，露露恰好跑到连绥的身边。

她一把拽住连绥的袖子："我在这儿，我在这儿！她们都是假的，咱们想办法走！"

连绥气息不稳，身上杀气四溢，回头看了露露一眼。

露露没有提防，目光骤然和连绥对上了。

那一瞬间，她心里像是有个机关，"咔"的一声，立刻凉得彻底。

她从未被连绥这样看过。那是仿佛随时可以将她置之于死地，俯视的，轻蔑的，刺透人心的冰冷的眼神。

她下意识地松手，然而已经来不及了。

连绥冷冷地说了句："蝙蝠的味道，真让人恶心。"

接着，她只觉得胸口一凉，接着一痛。在章夷大喊了一声"小心"的同时，她的身体如同破布一般轻飘飘地飞了出去，重重地摔在远处，然后"哇"地吐出一口血来。

章夷大怒。之前他假装的各种情绪瞬间灰飞烟灭，法杖上的白光骤然一闪，变得刺眼无比。章夷冷斥道："今天就让你死在这里！"

　　连缓身上翻滚的戾气仿佛凝成实体，却在他看了一眼那冰棺之后生生被压了下去。他并不恋战，只是想立刻把冰棺里的女人带走，但因为小心，一旦靠近了冰棺，他的攻击就会下意识变得留有余地。露露躺在地上，把连缓的温柔看在眼里，只觉得既不解又气恼。

　　她甚至希望章夷把那口冰棺牢牢护住，永远不给连缓靠近的机会。然而没有再打多久，连缓攻势上的优势就渐渐明显起来。章夷从有余力攻击渐渐转到只能防守，再到防守都略微吃力，终于被连缓一掌劈在肩上，他半跪下去，只是瞬间，连缓就已闪身到冰棺处，小心地抱出了女人。

　　连缓漠然说道："章夷，你和她，后会无期。"

　　这一瞬间，露露突然意识到，连缓是要带着这个不知道哪儿冒出来的仿冒者一起离开幻境！那她怎么办？她不想永远困在这里！她有些着急了，勉强支起身子，朝连缓喊道："连缓！她不是真的，我才是！"眼看着连缓无视她往外走，她急得火烧火燎，灵机一动喊道，"我的主人是赵小丽！我和你一起去过千达广场，一起去过拍卖会，我第一次上天庭也是跟着你……"

　　露露越说越小声，因为连缓毫不动容，没有回头，抱着沉睡着的女人渐渐远去。她鼻子一酸，眼泪汪汪地想，原来，自己已经和连缓有了这么多的过去。

　　可现在，他竟然是非不分，连看都不再看她一眼。

　　有脚步声落在露露身边，章夷的声音在头顶响起："看到了吗？即使是再来一次，他也会做出同样的选择。"

　　露露本来有一肚子的问题，可事到如今，她什么也不想问，什么也不想说。章夷叹了口气，语气更温和了："我送你走。"

话音刚落，露露就觉得地面骤然下陷。失重感传来，她往深处坠落，最后的目光，不小心放在了那口冰棺上。

　　突然，仿佛有一股不属于她的，强烈到极点的情绪涌进她的身体，她那点儿小酸涩、小难过就像是草船碰上了海啸，瞬间被拍散。那情绪是难以置信，是恍然大悟，是令人发抖的愤怒，还有恨意——让人失去理智，只想毁灭的滔天恨意瞬间席卷了露露，裹挟着她落入无边无际的黑暗中。

　　然而那股情绪来得快去得也快，露露下坠了半个小时还没落到底，搞得她原本起伏不定的心绪竟然平静下来了，她打算抄着手算一下，下落了这么久的话大概有多少重力加速度。

　　然而她过去并没有条件学习物理，实在是算不出来……

　　胡思乱想了半天，前面总算渐渐发亮了。露露保持着引颈高歌的姿势朝亮处看去，在看清对面那个人影的脸的一瞬间，心里一咯噔。

　　"哎呀——呀——呀——"伴随着响亮的呐喊，自带背景音乐的露露从天而降，直接砸进了一大堆刚刚整理好的书里。

　　湖姵坐在那堆书边，手里拿着仅余的三本古籍抬头，目光愣怔。她看着露露在她的宫殿悠扬的古筝曲里抹了一把脸，抬头朝她嘿嘿一笑。

　　她整整半个月的工作就在这一抹贱笑里灰飞烟灭。

　　湖姵气得话都说不出来了，直接把剩下的那三本砸在了露露的脸上。

　　于是露露只好重新再抹一把脸。

　　露露对面前这位仅见过一面的姑娘还有些印象。

　　简单地讲，这是露露的情敌；详细点儿讲，这是和连绶有共同爱好，总用看书的借口勾勾搭搭，然而一直没来得及下手被露露捷足先登，最后被她气得哭着跑了的情敌。

面对这样心酸的情敌，露露一时半会儿没有想好是该笑容满面地和蔼问安，还是该横眉冷对让她再哭一次。

然而，情敌并没有给她太多的思考时间。湖姵的眼睛盯着她，那眼神看起来十分失望："没想到，你居然能活着出来。"

嗯？万千思绪被这句话立刻冲击得烟消云散。露露倏然望向她，狐疑道："你知道我去哪里了？"

湖姵的眼神充满了她看不懂的内容，似悲伤，似不甘，似欣慰："也是，梼杌那个沉不住气的家伙，从来就没有从你手上赢过半分，真是个没用的东西。"

露露脱口而出："难道是你派她来的？"说完，露露自己都觉得不对，那可是大凶兽，谁能指使得动？

果不其然，湖姵闻言，立刻嘲讽地笑道："你丢了记忆的样子，就像丢了脑子一样，说的话要多蠢有多蠢……不，不对，我这话说得不好。就算是从前，你也不见得有脑子。"

这话说得刻薄极了，露露强压住怒火，使自己不被她带得跑偏，露露要问的东西还没问出来："你到底知道些什么？是什么时候知道的？"

湖姵撇嘴："想要知道我是怎么知道的？到你该知道的时候你自然就知道我是怎么知道的了。"

露露哭笑不得。这句话太绕，她真的没反应过来。

然而顶着湖姵"你果然智商低，人话都听不懂"的眼神，露露发挥了她一贯人窝囊志不窝囊的作风，故作镇定，强行嘴硬道："算了，我和你废话这么多干什么，我去找连绶，他若知道，我也就能知道。他若不知道，我就算不知道也没有那个必要知道了。"来比"嘴炮"是吧，姑娘我一般不会输！

果不其然，湖姵在听到连绶的名字那一刻，脸色迅速变化了。然而出乎露露意料的是，这根应该妥妥点燃湖姵这个炮仗的引线竟然燃了一下就灭掉了。湖姵定了定神，竟笑得越发柔和起来，带着一丝十分容易被看出来的怜悯："看来果然有些他知道的事情，我也知道，你却不知道。"

露露被她烦死了，暴躁地说道："你再不好好说话我就揍你了！"

湖姵闻言哽住了，一脸"我欲与你比嘴炮你却默默掏刀"的愤慨。然而在露露噬人的眼神里，她终究还是屈服了，从一本书里翻出一张纸，扔到露露脚边："你自己看看吧。"

露露捡起那张大红色的卡片，翻开一看，她起初以为自己眼花了，再一看，她脑子瞬间一片空白，眼睛还被刺得有点儿疼。

连绶——齐玉京，新婚大吉。

露露完全蒙了。

齐玉京？

那是谁？

湖姵在一旁观察着她的神情，幸灾乐祸地说道："这下你也知道了，今日可是三哥的大喜之日呢。"

这的确是一击必杀，露露血槽基本抽空了，满脑袋转悠的都是"怎么可能"四个大字。她喃喃道："他居然不等我回来就成亲，这也太着急了……"

湖姵恰如其分地插嘴补充道："没听说谁成亲还专门邀请前女友的。"

"前女友"三个字在露露心口上准确地补了一刀。恋人结婚了，新娘不是她？这个经典场面离热恋期距离太短了吧。她现在还想不明白怎么被分手的呢！

"一定是恶作剧吧……今天几号？"

湖姵说道："呵呵，我们天庭中人从来不过公历节日。今天是七月十四，宜嫁娶。"

话音刚落，露露握着请帖，旋风一般地跑了出去，带起的风将湖姵的青丝吹了个乱七八糟。

湖姵镇定地摸了摸鬓角，凝神朝露露远去的地方眺望。突然，她淡然的神情一寸寸阴沉下去，双眼透露出满满的无奈和悲伤。

"霜露啊霜露，我以为我可以代替你的位置，与你相安无事，永不相见……"湖姵喃喃地道，然后自嘲地摇摇头，笑了，"你若不出现，那个局永远都只是有备无患……然而，你到底还是来了。这既是命，那么我终于也没有了再苟活下去的理由。"

露露捏着请帖的姿势仿佛捏着那该死的新娘的脖子，经过之处烟尘滚滚，脸上的煞气让天庭一众路过人士纷纷八卦地驻足侧目。她正欲去连缕住处兴师问罪，然而走了一小半路程，她的脚步在脑子转动到某一个点上的时候停下了。

露露心想，不对啊。她本来是想问湖姵怎么知道她去了哪里，梼杌又和湖姵有什么关系的，怎么还是被岔开话题了呢？

湖姵这个骗子！

露露恍然大悟的同时，心里提着的那口气立刻松了下去，满腹心酸烟消云散，脚尖一转往回走。

她要去找那个大骗子算账！

然而她刚走了七八步，迎面走来两个步履匆匆的仙子。

左边的那个说道："这可是天庭最近少见的喜事，天帝亲自恭贺，想必喜宴的规格比较高。"

右边那个说道："连仙君的夫人原本来自人间豪门，听说人间的食物花样繁多，不知在她眼里与天上佳酿比起来哪个更胜一筹。"

左边那个说道："人间能有什么，自然是天上的更好。"

两个仙子说着话，与在原地如一根桩子般杵着的露露擦肩而过。

露露脑子一蒙，瞬间飘过了许多想法。譬如"人间有麻婆豆腐和水煮牛肉来战啊""人间的夫人说的难道是我？嘻嘻嘻""可我并不出身豪门，基本只吃过狗粮"等等。

最后这些汇成了血红的大字——"连绶这个该死的陈世美！他居然真的要和别人成亲啦！"

露露脆弱的小心脏终于在这一天的大起大落中摔了个稀巴烂，她只觉得脚下的土地软绵绵的，天上的云彩打着转，"咕咚"一声，她白眼一翻，一头栽倒在地上。

"哎呀！""哎呀！"刚才那两个说话的小仙子惊叫。

露露被两个小仙子一左一右扶起来的时候，心里还在想仙人果然都很有钱，录像都不开就敢扶起摔倒的陌生女子。她又咬牙切齿地想，若此时是连绶那马上过门的妻子来扶她，那该多好，她不把那女人讹到倾家荡产盖不起红盖头，她枉活了这么多年。

于是她在仙子们担忧的目光下气若游丝地问："连……连绶的新夫人，是怎样的人？"说出这话时她心头都在滴血。

两个仙子对视一眼，目光了然：得，又是连仙君的粉丝。

两个仙子的目光忍不住带上了同情。左边的仙子说道："你说玉京公子啊。听说是个霸道总裁，'邪魅狂狷'。霸道总裁你懂吗？"

右边的仙子说道："就是十分有钱，十分有势力的那种。"停顿了一下，她有点不甘心地说道，"据说也是个极富魅力的男人呢。"

露露无言半天。

等等，男人？！

露露的眼里充满了难以置信。

霸道总裁，"邪魅狂狷"，极富魅力……的男人？

不是吧！

她憋着一口气，抱有一丝微弱的希望问道："连绶仙君是男人，男人怎么能和男人在一起呢？"

左边的小仙子叹了口气："虽然很不想承认，但连绶仙君的风姿少有人能及，玉京公子虽和他气质不同，两人站在一起，却是少见的可以比肩呢。"

右边的小仙子叹了口气："听说连绶仙君原来也是喜欢女孩子的，可大概这个世界上能与他般配的女孩子太少了。"

露露的膝盖中了一枪，最后的那丝希望被无情地掐灭了。

难道真是因为这样？她露露好歹摸爬滚打四百多年，给人感觉有那么坏吗？逼得一代大仙性向都改变了啊！这是怀着多么痛的领悟？

她现在是该去找连绶兴师问罪，还是找连绶负荆请罪呢？

她真的承受不起！

两个仙子看到露露脸上表情千变万化，最后定格为"不管了，我还是先死一死，离开这个迷幻的世界"，然后一口气没上来，脸色铁青彻底昏死过去。

露露知道自己在做梦。

她竟然梦到自己眼睛一睁，看见连绶穿着大红的喜服，坐在自己床边拿刀削苹果。

露露其实一直不理解为什么大部分病人一睁眼就看到家属在旁边削苹果，明明很多人不爱吃苹果，譬如她就比较喜欢吃核桃，也曾千叮咛万嘱咐连绶如果真有那么一天，一定要坐在她床头给她砸核桃。

因此，她一看到苹果就知道自己多半是在做梦了。

否则，连绶既然都选择了要和别人成亲，怎么还会来给她削苹果呢？

"露露小姐。"床的另一侧传来一个"邪魅狂狷"的声音。

露露回头一看，看见一个仪表堂堂、邪魅狂狷的霸道总裁居高临下单手插兜俯视着她，另一只手轻轻一弹，一张支票飘飘悠悠地落了下来，正好盖在她脸上，她眼前立刻一片白茫茫的。

霸道总裁说："你死心吧，连绶这片鱼塘已经被我承包了。"紧接着是连绶娇羞的笑声响起。

露露觉得这张支票刚好盖住了她的鼻子，让她不能呼吸。

明明之前不能动弹，这一刻不知道哪儿来的力气，她使劲挣扎，手脚乱打，指尖终于和一个什么玩意儿交错而过，就听到一声"啊"，原来是连绶的声音。

露露猛地睁开眼。

连绶穿着大红的喜服，一脸憋屈地看着她："昏倒了力气还那么大，我刚给你削好的苹果。"说完，他弯腰去捡那苹果。

露露一脸嘲讽地看着他美好的背部弧线，心想：哟，这还是个梦中梦。

然而连绶腰弯到一半停下来了，再抬头时脸上有些抱歉："哦，对不起，我忘了，你说过你喜欢吃核桃，不喜欢吃苹果的。"

于是露露的嘲讽半路上又变成了将信将疑。她的手藏在被子下面，指尖轻轻捻了捻，有水果汁液冰凉又微微黏稠的触感。难道这次不再是梦了？那他怎么穿着大红喜服？

露露仰着脸仔细打量着连绶。她记得连绶在和章夷过手的时候，章夷在他额角刮了一道伤，她就往连绶的额角看去。那里果然有一处红肿，有点儿破皮，还上了愚蠢的白色药膏，也不知道是谁给他上的。

露露的鼻子一酸，一行眼泪就从眼角落到鬓角里。

那一瞬间，她突然明白这次不是梦了。如果是在梦里，她的恋人一定和她想象中一样完美无瑕，伤疤都会自动磨皮附带柔光，而面前的男人即使穿着大红喜服，也不能掩盖他脸上的憔悴。

露露哽咽道："你都要成亲了，脸色居然还这么差？"

连绥闻言，十分惆怅地叹了一口气。

他突然从背后摸出一袋核桃，然后又从怀里掏出一把锤子："先吃点儿东西吧。"停顿了一下，他眼神复杂地看了露露一眼，"听了一下你的梦话，我需要首先说明，我的那个……嗯，成亲对象，的确是个总裁，虽然人家确实是个男人，但我发誓我不喜欢男人。"

露露："哦。"

于是前因后果，就在"咣咣"砸核桃的背景音乐里，慢慢讲清楚了。

剧情的核心思想可以总结为四个字：连绥倒霉。

连绥的对象来自人间，然而这个人间和露露印象中的人间不大一样，感觉像是"杰克苏"版本的人间。

对象名叫齐玉京，此人一出生到这个世界上，就是一个大写的"杰克苏"——父亲是世界十强企业的总裁，母亲是世界身价第一的超模，此外还有六个什么别的爱好都没有，就是都喜欢当总裁的哥哥。齐玉京作为这神一般的金手指设定的家庭里最小的那个，理所当然地受到家人宠爱，也理所当然养成了嚣张跋扈的个性，然后理所当然进入俗套剧情：他开了一辆奢华的跑车，把一个给他擦车都不配的穷酸女孩撞了。

然而"杰克苏"的世界显然不会发展成《社会与法》节目，齐玉京没有自报家门，没有干脆再撞一次，他那岌岌可危的善良在看到穷酸女孩的脸时大爆发——没错，他对那个躺在血泊里，被血糊了一脸但仍然不能遮掩其半分美貌的穷酸女孩，一见钟情了。

于是齐玉京将女孩送进了最好的私人医院，拉来了全世界最好的医生。女孩醒来的时候被高额的医疗费用吓了个半死，齐大款在此时拍拍胸膛，豪气万丈地说道："你放心住院，钱我来付。"

女孩活了二十几年，何曾见过这等阵仗？她父母双亡，给她留下一屁股外债，还有一个小她五六岁，成绩很好，快要高考的妹妹。女孩每天拼命挣钱，要还债，要养活妹妹，一分钱掰成两半花，买菜都只舍得去超市晚间特价场。得知了这些情况的齐玉京对命运悲惨的女孩产生了深深的怜惜之情，他当场就掏出一张内有十万块钱的超市储值卡，告诉女孩："这卡是你的了，以后想买什么菜就买什么菜！"

大概是这格外耀眼的"土豪"光芒闪瞎了女孩的眼睛，虽然经医生全力救治，女孩仍然落得半身不遂，但她对齐玉京产生了感情。

于是两个人打算结个婚。

齐玉京的"土豪"家庭竟然在此时良心发现，没有反对。

于是两个人就真的开始筹备婚礼了。

如果这样顺利结局，那么这就是一个完美的现代灰姑娘童话。然而，连绥作为一个巨大的败笔，在婚礼当天亲自去搅局。

在女孩穿着洁白的婚纱，坐着轮椅向齐玉京而去，在两人就要并肩而立的前一刻，离开了上一个幻境的连绥从天而降！

露露砸在书堆里不算什么，连绥直接砸在了婚礼女主角身上，把女孩砸进了火葬场。

齐玉京目睹此惨剧，痛不欲生，第二天就在家里开了煤气，成功殉情。

然而，连绥万万没想到，这才是事情的开始。

谁也料不到，齐玉京这个看似普普通通的公子哥，竟然也不是一般人。他殉情后魂魄久不入地府，昔日的记忆全部归位，齐玉京拥有的竟是一个拥有漫长岁月的远古魂魄，背有五百世情劫的债务，如今加上这一世才三百九十九世。而这第三百九十九世的情劫，要求十分苛刻，他须与一个有仙命的人成亲。

而这女孩偏偏就是那个有仙命的人。她前半辈子孤苦伶仃，福气命数都在后半辈子，机缘巧合，她是能够成仙的。如今可好，女孩成不了仙，齐玉京就完成不了这一世的劫数，无法去下一世。

而连绶作为那个罪魁祸首，又是一名响当当的大仙，这个结局……也算是命中注定的。

连绶悲愤道："我最后的底线，就是我要当新郎，他嫁给我！不然我就不干！他居然同意了！他还有没有身为男人的节操！"

露露听完这来龙去脉，立刻什么牢骚情绪都没了。她心疼地摸摸连绶的头，觉得这位本以有福著名的福神殿下，在和她这个天下第一霉星在一起之后，人生走向就慢慢变成了一个大写的"惨"字。

"那怎么办？"露露轻声问道，"你真的要和一个男人……成亲吗？"

连绶阴森森说道："对啊……一拜天地……二拜高堂……然后送入地府……早日投胎……"

露露看着连绶一脸怨念，忍不住"扑哧"一声笑了。

连绶斜眼看她："你还笑？"

露露此时心情很好，对他笑眯眯的，也不怕揭自己的短："你不知道，我还以为是我太糟糕，让你性向都变了呢。"

这下轮到连绶扑哧一声笑了。

他诧异地看向她："认识你这么久，我从来不知道你居然这么没自信啊！"

露露看着英俊出色的恋人，误会解除后的心田如同一池污泥被清泉冲刷得晶莹透亮。闻言，她甜蜜蜜地斜过身子，靠在他肩头："因为你实在太优秀了啊。我一个凡人，哪配得上你这样的仙尊？"他还是个在仙里都很有地位的高级仙尊呢。

连绶一脸诚恳地说道："配得上。"停顿了一下，又说道，"咱们在许多年前本来就是天造地设的一对。"

两个人一离开梣机幻境，紧接着就发生了一连串的变故，搞得两个人的心都是七上八下的。如今两个人平静下来再回忆梣机幻境中的一切，都有一种隔着雾气的朦胧不真实感。

露露突然想到一个暂时被她忘记的关键点，平静的心情立刻不再平静。她撇撇嘴，装作不经意地问道："对了，你最后不是把那个假的我抱走了吗？你把她扔哪儿去了？"冷冻了那么久的身体，不经过专业解冻说不定会发臭的。

连绥"啊"了一声，迷茫地说道："什么假的你？"

露露也蒙了："你忘了？"

连绥说道："当时和你分开后，我就顺着绳索下去，绳索一直垂到一条河上。河上有一座长长的桥，我顺着桥往前走，一直走，河面上的雾气也越来越浓，到后面我几乎什么也看不见了。"

这是他第一次提起他和她分开之后的情况，露露听得入神，不由得紧张地问道："后来呢？"

"又摸瞎走了一会儿，我脚下突然一空，桥毫无征兆地断了。"连绥面无表情说道，"我掉进水里，水里突然暴涨起许多水草，就像活了一样，朝我直扑过来，死死缠在我身上。"

露露目瞪口呆。

连绥说道："但幸好，在水里视线反而不被雾气所扰，我落水的地方离岸不远。我挣脱水草后就游上了岸。在上岸的那一刻，我眼前一黑，接下来就掉到了别人的婚礼现场，把新娘砸进了火葬场。"

露露："啊……"

连绥皱皱眉："怎么，你掉回真实世界的过程和我差很多？"

"差很多。"露露把连绥怎么和章夷见面，他怎么和章夷打起来，又怎么不理真的她，带走假的她的过程说了一遍，"你不仅打我，你还和别的女人走了。"露露委屈极了。

连绥万万没想到后面还有这一段精彩的剧情，脱口而出："你确定那个人真的是我，不是别人假扮的？"

"应该是你。"露露咬唇说道，"你和章夷打架的时候我在旁边看着，仿冒者总不能连你的本事都学了去。

连绥一脸"这怎么可能，那么浑蛋的人怎么会是我"的震惊。

露露变本加厉摆出委屈脸："你还打我。"

连绥心虚。

露露说道："你还把我打得吐血了。"

连绥道："我错了。"

露露道："对了，你还说我恶心。"

连绥彻底破功："我错了！我错了！我错了！"

露露道："那，以后我想吃核桃，无论何时何地，你都要给我砸。"

"砸！"连绥拿起锤子，"我现在就给你砸。"连绥又说道，"我是真的一点儿也不记得了，如果我能有现在一半清醒理智，我一定能认出你来的。何况，其实我也没有带别的女人走啊……那个人到底还是'你'。"

露露一想，啊，其实这么说也对。

于是露露仅剩的心结，就在"咣咣"砸核桃的背景音乐里慢慢消散了。

于是两个人一起愉快地吃核桃。

露露一边吃一边问："忘了问你，几点成亲啊？"

连绥一边砸一边说："啊，大概还有半个时辰吧。"

露露震惊得连核桃仁都没接住，"那你现在还在这儿杵着？"

连绥问："你不吃了？"

露露心想：我若说我还吃，难道你真敢不去了？但这话还是没说出口，她把核桃仁往外推了推。

"哦。"连绶放下锤子站起身来，拍拍膝盖上的核桃皮，"那我去成亲了啊。"

　　露露无力地挥手："去吧去吧。"

　　"对了，这个成亲其实很重要。"连绶突然盯住她，郑重说道，"你可千万——不要——来抢亲啊。"

　　露露有点儿困惑："我不会这样的，又不是真的。"

　　连绶说道："所以你千万——不要——来抢亲啊。"

　　露露慢慢地看向他，意有所指："为什么——不要——来抢亲？"

　　连绶说道："虽然我不想和男人成亲，虽然我不想和我不喜欢的人成亲，虽然我不想就这样随随便便地成亲，但是，你可千万——不要——来啊。"

　　露露道："我想我明白了。"

　　连绶朝她点点头，走了。

　　露露目送他离开，缓缓捏住了砸核桃的锤子。

　　连绶走在路上，有过往仙人看见他的大红衣服，朝他问候道："恭喜恭喜！连仙君现在去往何处啊？"

　　"同喜同喜，我去等人来抢亲。"连绶笑眯眯答道。

抢亲也是一门技术活。

在连绶非常刻意的暗示下，满血复活的露露拎着锤子打算单刀赴会，一路打了鸡血似的冲到了连绶的仙府。离门口还有五十米的时候，露露就像一个漏气的车胎，势不可当地窝囊了。

连绶的仙府好奢华！

来往的宾客人好多！

而且看起来都很有钱的样子……

露露被那十米多高、缠满了大红绸带的府门闪瞎了一回之后，又被来往仙女佩戴的各种首饰闪瞎了一回，她低头觑了觑自己的衣服。

呃，上面还沾着自己吐的那口血呢……

好想退缩怎么办，反正也不是真成亲不是吗？

可是没有等到她，连绶一定会气到爆炸！

还……还是勉强抢一抢好了……

十分钟之后，毫无底气的抢亲少女，默默地绕到了连绶仙府的……背后。

"先演习演习。"露露自我安慰道，"毕竟还是一个比较重要的场合。抢亲也要抢出风格、抢出水平。"

连缀的仙府是层层叠进式的，洞房花烛在离大门最远的地方，隔着一道象征性的围墙，后面是郁郁葱葱的竹林，露露现在就站在竹林里，一抬头就可以看见不远处房间窗户上贴着的"喜"字。

　　待会儿新娘会先在洞房里坐着，连缀在前面吃吃喝喝，起码也要一个小时。露露脑补了一下自己身手矫健地翻过围墙，翻过窗户，站在惊骇的新娘面前的场景。

　　露露闭了闭眼，对着一根粗大的竹子开始了演习。

　　她深沉地说道："亲，你知道吗？男人和男人是没有好结果的，趁现在，我救你出火海。"

　　不，不对。人家本身成亲也不是为了好结果，而是为了赶紧去投胎。

　　露露想了想，既然窗子都翻了，不如强硬一点儿？

　　她做凶恶状，掏出锤子在胸前比了比："新郎和你的狗命，你选一个！只要我活在世上一天，就不许你们成亲！"

　　不行，那可是个男人，她打不过……

　　露露脸色一变，立刻悲悲戚戚道："亲，我求求你了，没有他，我活不下去，我上有八十岁的老母，下有肚子里他三个月的孩子，你就成全我这朵孤苦伶仃的娇花吧……"

　　哎，这个好像不错的样子？机不可失，失不再来，露露把锤子一扔，立刻着手翻墙。

　　然而，"脑补"中身手矫健的她，竟然没翻过去，而是像一根面条一样，头朝下挂在了墙上，任凭手脚挥舞也找不到正确的着力点。

　　直到她差点儿放弃的时候，有双手轻轻握住了她的脚踝。

　　在他的双手接触到露露皮肤的那一刻，露露吓得一个哆嗦，结果她听见一声轻笑。

　　"双手撑住墙，我托你一把。"一道轻快的男声响起。

大概是露露脑充血的时间太长，她只觉得自己脑子一片空白，脸烫得都要烧起来了。

竹林里竟然有人！

那她刚才的"演习"岂不是全被看到了？

啊啊啊！好丢人啊！

露露一咬牙关，在那男人使劲后顺利被托上了墙，她也顾不上看这个人，默不作声地往院子里一跳，闷着脑袋就往前冲。

轻快的男声竟然又突然在她背后的墙头响起了："哎呀，我帮你的忙你连谢谢都不说啊。"然后他又说道，"你再走一步，我可就要大声喊了。"

露露的脚，被他这一句话，顺利地钉在半空，然后默默地收了回来。

露露深吸一口气，涨红着脸，英雄就义般转身。

一个年轻的男人坐在墙头上看她，一只脚踩着墙，一只脚垂下来晃啊晃，逆着光的身影修长而充满朝气，嘴角勾着不羁的笑意，让人想起年少时青涩的初恋。

如果不是在这样的情况下，这一定是个十分美好的初次相遇。然而，当露露在暗淡的光线下看清他的脸时，她轻轻地吸了一口气。

这个男人长发乌黑，唇色嫣红，雪白的皮肤，脸上一双上挑的桃花眼水光潋滟，斜斜瞟过来的样子让人想起了千金难得的艺伎，抱琴离场时回眸一笑的风情。

英挺和艳丽这两种截然不同的观感在同一个人身上剧烈地碰撞，露露原本打好的腹稿堵在嗓子眼，眼睁睁地看着男人跳下墙朝她走来，然后拍了拍她肩上的落叶。

"长得倒是挺可爱的。怎么，趁新郎不在，先到一步采新娘这朵花去啊？"男人笑眯眯问道。

他的胡说八道成功拉回了露露飘飞的神志。露露觉得自己的脸都可以烫熟鸡蛋了。

　　她咬唇说道："不……不是！新娘是个男人……"

　　"我知道啊。"他点点头，又笑了，"所以才说你采花去嘛。"

　　露露决定忽略他的胡说八道："你刚才在竹林里？"

　　"对啊，我刚才在竹林里练剑。"他笑道，"你说了什么话，我一个字都没有听见。"

　　果然全部都被他听到了！她好想哭！

　　男人顶着一脸戏谑说道："不过我很好奇，你说的'他'是指新郎还是新娘？"

　　露露悲愤地说道："我不告诉你！"

　　"哦。"男人道，"没关系，反正待会儿就知道了。"

　　露露闻言转头就走。

　　男人立刻跟在她的后面。

　　露露往回走，作翻墙状。

　　男人一把把她拽住："怎么，你不抢亲了？"

　　露露欲哭无泪道："你跟着我，我怎么抢？"

　　"多个人多份力嘛，我不会妨碍你的。"男人笑嘻嘻地把腰上的剑解下来，"抢亲的时候拿个小锤子多掉价啊，我的剑借你用。"

　　露露看看剑，又狐疑地看看他："你是谁？干吗要这样帮我？"

　　"我是谁，现在不能告诉你，你一会儿就知道啦。"男人歪歪头，"我帮你的原因，也不能告诉你，不然你就知道我是谁啦。"

　　露露心想，这个人长得好看是好看，但性格真的好烦人啊！

　　管他的呢！露露伸手抓过他递在她面前的剑，肃然强调道："待会儿不准捣乱！"

男人乖乖点头："嗯，我一定会配合你的。"

于是两人蹑手蹑脚地来到窗户前。

露露："这窗户怎么这么高？"

男人说："没事，你坐在我肩上，我托你上去。"

两人一番行动，露露的脑袋摇摇晃晃地出现在了窗外。

"哇，看不出来你这么重。"男人说，"怎么样，屋里什么情况？"

露露稳住身子，往里一看，和连绶的目光对了个正着。

连绶："你飞上来的？"

露露环视一圈，脸上的表情从疑惑变成确定："新娘不在，你却在这里。"她突然爆笑出声，手指向他手上捏着的盖头，"哈哈，你还跟我说你不是新娘！"

连绶无奈，低头看了看手上的盖头。

"我真是新郎。"连绶郁闷地说道，"盖头扔在桌子上，新娘，嗯，可能跑了。"

露露："啊？你说啥？"

连绶皱皱眉："不管他了，你先进来。"他走过来，隔着窗子说道，"你往后面退点儿，我要开窗户了。"

"哦。"于是露露低头吩咐那个无名的好心男人，"你往后退两步。"

男人说道："哦。"

连绶又皱皱眉。

他打开窗户，探身出去，一边去牵露露的手，一边低头往下看。

然后他就保持着和露露双手交握的姿势石化了。

连绶面无表情，声音平淡地问："齐玉京，你在干什么？"

露露："啊？"

她突然意识到这个名字在哪里听到过，她僵硬的脖子像装了生锈的齿轮一样，一格一格地弯下去。

齐玉京正仰着脑袋，在她的胯间，对她没心没肺地笑。

这个名字，明明就在喜帖上看到过啊！

露露听见自己的声音在飘："你是齐玉京？你是新娘？"

齐玉京笑道："对呀！"

露露问："你有病吗？神经病？有这么帮着别人抢自己亲的吗？你说，你说啊！"

齐玉京笑道："啊，现在你知道我的名字了，你知道我为什么要帮你吗？"

露露生气地说道："你说。"

齐玉京对她眨眨眼："我练完剑走出来，看到你，你正对着竹子表情丰富地说话。只一眼，我就对你一见钟情，所以我希望你来抢亲，把我抢走。"他看看露露和连绶交握的双手，遗憾地说道，"可是，大概我运气不好，连百分之五十的中奖概率都会失败，你要抢的，貌似不是我啊……"

露露和连绶对视一眼，齐齐无语。

苍天啊！大地啊！这里有个神经病啊！

谁神不知鬼不觉地给了你百分之五十的成功概率啊！你到底有没有一个新娘的自觉啊！

这个婚，还结不结了？

片刻后。

三个人心平气和地坐在洞房里。

周围一片喜庆的大红色，三个拥有史上最混乱三角关系的人面面相觑。连绶抚额沉默，露露表情呆滞，齐玉京笑容满满。

露露首先发言："所以，你到底想怎样啊？"

齐玉京注视着她，笑道："我想你把我抢走，我想跟你成亲。"

连绶："喂！"

露露说："可是，你不是要投胎转世吗？我可不是仙身。"

"我知道，大不了我就不投胎了。"齐玉京认真地说道，"和你在一起的一分一秒，抵得过我不断轮回的漫长岁月。"

连绶："喂喂！"

"大哥算我求你了，别贫啦。"露露无力说道，"既然这么草率地决定，那之前转世那么多次是为什么？"

"为什么觉得我草率呢？"齐玉京朝着露露的方向倾斜了一些，双手交握撑在下巴上，"就是因为我转世了那么多次，才显得为了你放弃这些的我非常诚恳啊。"

连绶说："喂，你们这样聊天，有没有考虑过我的感受？"

露露说："五百世轮回，你只剩一百零一世了。虽然我不知道你最初是为了什么而做了这个会耗费漫长时光的决定，但现在放弃，你有没有想过你的目标？不可惜吗？"

齐玉京认真听完，笑容变得浅淡了些。

"因为我已经不记得为了什么了啊。"齐玉京有些怅然，"所以，我也忘了究竟可不可惜了。"

连绶说："喂，当初你可不是这么跟我说的啊！你说是为了很重要的事，不方便告诉我！"

"你真好骗。"齐玉京不屑地看了连绶一眼，"虽然在我仅剩的印象中，那的确是一件非常重要的事，甚至和我的生命同重。"

连绶抚额。

露露问："大概是什么事？"

齐玉京蹙眉，非常吃力地回想了一番："好像是去找我心爱的人，告诉她一件重要的事。"他看看露露，又露出笑脸，"但或许，我已经找到你了呀！"

　　露露说："太草率了。"

　　齐玉京说："不，这是一种感觉，感觉你懂吗？虽然世界上的人有很多，但当你看到正确答案的时候，心里就立刻会有'是她没错'这样的感受啊。"

　　"我懂。"露露说，"我看到连绶，就会有这样的感觉。"

　　连绶及时插嘴："真巧，我也是。"

　　两人深情对望。齐玉京在旁边一脸失落。

　　露露冷酷地乜了齐玉京一眼，然后"霸气侧漏"地说道："所以事情就这么决定了：要么你跟他成亲，成完亲赶紧该干吗干吗去；要么我跟他成亲。"

　　连绶附和道："亲爱的女王陛下！你好霸气，我好喜欢！"

　　齐玉京说："其实我和一个男人成亲也不是不可以……"他叹气，哀怨地瞟了她一眼，露露虽然努力作冷酷状，也被他那双含情的桃花眼看得半边身子一麻，"可是现在有你在这里，我怎么可能当着你的面和别人成亲呢。"

　　连绶弱弱地说："等等，这个台词我说比较合适吧……"

　　"然而你还不是选择和我成亲？"齐玉京对连绶呵呵一笑，然后对露露温柔地说，"换作是我，我永远不会这样对你。我要用行动向你证明我对你的喜欢，真的不是在开玩笑。"他站起身来，"我走啦。转世的事情，我另想办法。虽然放弃了，但让我看着你和别人成亲，我做不到啊！"

　　露露看着齐玉京朝她笑着挥挥手，然后打开窗户，潇洒地跳了出去，心里竟然对这个漂亮的男人生出了淡淡的……不舍？

"哎哟！"漂亮的男人的声音从屋外传来，"跳个窗户都能崴着脚！"

露露默默目送齐玉京一瘸一拐地走远了。

然后她和连绶对视了一眼。

虽然过程很诡异，但结局居然很美好！

这个亲，居然真的抢成了？！

虽然过程确实非常诡异……

连绶说："你说和我成亲，你不会反悔吧？"

说出去的话如同泼出去的水，露露一直是板上钉钉的一条"汉子"。

露露说了"好"之后，立刻窝囊了："可是大家都知道你的新娘是男的，大变活人不好吧？"

连绶镇定地拿起盖头："把脸盖上，谁能看出你是男是女？"说完，他往某个地方瞟了一眼，"反正其他地方也不大能看得出来。"

况且按齐玉京的身材，露露把他的喜服穿出了宽松款的效果。在盖盖头之前，露露对着镜子照了照，郁闷地发现好像的确不大能看出是男是女。

可也不是那么不合身啦。露露看着镜子中的自己，一身大红的衣服，衬得脸蛋粉扑扑的，气色很好，春风得意的样子。

她怎么就和连绶成亲了呢？

她居然就这么和连绶成亲了！

露露保持着一副回不过神来的表情，顺利地和连绶一拜天地、二拜天帝，夫妻对拜转身的时候，她那身宽松款的衣服终于发挥了作用，脚下一绊，居然把头上的盖头晃掉了。

露露的脸就这样暴露在满座宾客灼灼的视线里。

露露和连绶对视了一眼。

露露眉目传情：完蛋了！要被发现了！

连绥回复她：别怕，我结婚，谁敢胡说八道！

宾客沉默良久，然后集体道喜："连仙君的夫人虽为男儿身，却和姑娘一般娇小可爱，连仙君好福气啊！"

"三哥和三嫂看起来真是恩爱非常啊！"

"啊，三嫂居然会害羞呢，脸红啦！脸红啦！"

露露望着笑容真挚的仙人们，心虚顿时荡然无存。她的腰慢慢挺直起来，只觉得"三嫂"是她听过的最美好的两个字。

你看，在大家眼里，她是配得上连绥的呢。

她笑着接受大家的好意——呃，除了一个人。

湖姗站在远处，双眼喷火地盯着露露，一脸的难以置信。露露隔着这么多的人，几乎也能感受到湖姗强忍着没有脱口而出的那句："怎么是你？"

想想就窃喜，露露的笑容不禁更真挚了。

这份好心情一直维持到当天晚上连绥对她说那句话之前。

连绥皱着眉头道："湖姗约我去蟠桃园见她。"

露露说道："她深更半夜约你去蟠桃园？"

连绥说道："而且我答应了。"

露露说道："你居然答应了？！"她脱口而出，"你居然放弃和新婚妻子洞房，去和野女人私会？"

连绥一愣，随即坏笑道："你时时刻刻都在惦记着和我洞房？"

露露："呃，这个……"

不小心暴露了内心世界的露露羞得面红耳赤，一头扎进连绥的怀里。连绥抱着她晃了晃："乖，她怎么有咱们洞房重要呢？她说了，只要见我一刻钟，一刻钟后，她便和我再不来往。"

露露立刻被最后这四个字打动了。加之连绥又说道："相信我，如果我要做什么事……"他低声道，"那绝对不止一刻钟。"

露露："你不要脸。"

"我有一定要去的理由。"连绥说道，"今天我本不想和她有什么牵扯，但她说，只有今天，她才愿意告诉我一件事。"连绥不禁深锁眉头，表情有些不好看，"而且这件事……关于你。"

露露抬起头："什么事？"

连绥表情不甚愉悦地说道："不太清楚，等我回来告诉你。"

露露这才不情不愿地放人。

然而在新房里坐了五分钟，她就坐不住了。

就算有一万个理由，湖姵凭什么在新婚之夜抢人家老公！

这句话在露露脑海里出现的一瞬间，她"噌"地就站起来了。

湖姵说了让连绥去，又没说她不能跟着去！她也要去，去偷看湖姵到底打着什么算盘！

露露立刻出发了。

蟠桃园不大，在无数"吃一个蟠桃多活一千年"的民间传闻里，这是露露在天庭少数比较向往的地方，连绥为她详细描述过数次。因此虽然是第一次来，当露露进入蟠桃园时，对周围有一种神奇的熟悉感。

蟠桃园四面围合，树木排列呈太极图状。在图中阴阳点位置处各有一口井，天庭默认，谈情说爱去阴井，寻仇报复去阳井，湖姵的目的露露用脚指头也能想出来。她憋着一口气，不情不愿地往阴井走去。

然而没有人。

露露十分诧异，难道自己把湖姵想得太坏了？这次她真是为了讲清楚？

露露又往阳井走，穿过整个蟠桃园的路程十分费时，然而在离阳井还有几百米的时候，她就看到阳井的位置上蓝色光芒大盛，刺得她情不自禁地闭眼，眼皮外亮了一下，慢慢暗淡下去。

这是在搞什么？露露连忙加快步伐。深夜的蟠桃园静得落针的声音都可闻，露露急促的脚步在落叶上擦出"唰唰"的轻响声。

阳井里蓝光未褪，湖姵一个人背对着露露的方向，负手站在井边，无声的风将她的头发和裙角吹得轻轻舞动。露露走到她背后两三米时，她轻声道："你来了。"

然后她转过身来。

露露看到她的脸的瞬间就倒吸了一口凉气，心里陡然生出一股非常不好的预感，几乎是厉声质问道："你把连绶弄到哪里去了？！"

湖姵歪歪头："弄到井里去了。"

露露立刻扑到井边，看了一眼，只看到刺眼的蓝光，只好退了回来。她跪在井边，一侧头就看见湖姵站在她旁边低着头看她，眼里全是不解和怜悯。

湖姵原本的脸不见了，现在用的是露露的脸。

露露咬牙说道："你没事顶着我的脸干什么？"湖姵的脸真是吓了她一大跳。现在距离近了，清楚看到湖姵用的是和她一模一样的面孔，露露看到那张脸上有着和她平日截然相反的表情，十分反胃。

湖姵浅笑道："你说的是什么话？这才是我本来的样子。"

"你胡说！"

湖姵仔细地打量着露露惊疑不定的神情，摩挲着发丝说道："我说的是不是真的，你其实自己也不确定不是吗？"她温柔地笑着，"毕竟，你什么都忘了啊，霜露。"

听到"霜露"这两个字，露露一惊。上次听到有人喊她"霜露"，还是那个名叫兰宿的邪修将他们送往梼杌幻境的时候。思及此，露露猛然想起，当时梣机幻境的阵法也发出这种蓝幽幽的光芒，这次，莫不也是一样？

"井里到底通往哪里？"

"能问出这样的问题的你，想必已经有答案了。"

"你和兰宿，究竟是什么关系？"

"兰宿？"湖姵的眼珠子转了转，她思索了一会儿，摇摇头说道，"这个人怕是你的故人，我可不认识呢。"

"那你怎么会和他用出一样的手段？"

"你说幻境传送阵吗？这个东西，远古时代的神祇和凶兽都有一个呢。"湖姵说道，"可不是什么稀罕的东西。"

果真是幻境？

"你把连绶送到哪里去了？"露露冷声问道，"你到底想怎么样？"

"唉……"湖姵轻叹了一声，"一口一个连绶，这个名字从你嘴里说出来，可真是让人不习惯呢。"她瞅着露露，嗔道，"我不想怎么样，我这么做，都是为了你好。"

露露立刻冷笑一声："今天早上还有人盼着我死在梣机的幻境里，晚上就变成为我好了？"

"忘了一切的你，问的问题可真是蠢到让人讨厌。"湖姵轻蔑地说道，"我不妨告诉你。"湖姵轻吸了一口气，"我，就是你。或者说，我曾经是你的一部分。我是你的一滴泪，一滴封存着你所有爱恨情仇的眼泪。"

露露蒙了："你说什么？"

"当年你和饕餮——也就是你现在称作连绶的那个人最后走向了决裂。在你们二人兵刃相见之前，你把关于他的一切一分为二。一半是你和他的回忆，你封进了蝙蝠洞中，然后封存了那里的时空；一半是我，你当时的一滴泪水，你对连绶的一切爱，一切恨，一切激烈或者平淡的感情都存在了这滴眼泪里。你将我扔进时间流中，我来到这里，化作仙身，一睁开眼睛就背负着你赐予我的一切。"湖姵盯着她，缓缓笑道，"我一直等着你，等这一天的来临。"

"我作为你的一部分，承载了你的感情，在碰到这个世界的饕餮时，我情不自禁地被他吸引，同时也希望你能够不再受这份感情所扰。可我最大的错误，就是我第一次见到你时竟然没有认出你来，没有想办法把当时涉足不深的你劝离他身边。等我回过神来，为时已晚。"湖姵说道，"没错，后来我有那么一刻，嫉妒即使什么都不知道、什么都不做就可以轻易获取饕餮爱恋的你，我想取代你，我想知道当初那份毁天灭地的感情发生在我自己身上是什么感觉，所以，我曾经希望你死。

"但现在，我放弃了，你就当我是良心发现好了。我终究做不到看着你一步步重蹈当年的覆辙，当你和饕餮拜堂的那一刻，我就知道不能再等了。饕餮可以不属于我，但绝对不能再次和你在一起！"

露露冷笑道："你凭什么替我做出这个决定？"

湖姵一字一顿道："因为只有我明白，真正的你，究竟有多恨他。"

恨？

露露愣了："我恨他？你在说什么笑话？"

"连绶也想知道这个问题的答案呢，所以他才会来见我。"湖姵笑道，"于是我趁他不备，把他推进这个幻境里。"湖姵强调道，"你的幻境。"

"去了这个幻境，当你明白你究竟想要什么的时候你就能离开。这是你的世界，你不想去看看吗？"她轻声诱惑着露露，"饕餮也在那里，你不怕他知道了你和他的过去之后再也不要你了吗？啊，井里的光芒就要消失了呢。"

露露闻言，下意识地往井里看，那蓝光的确在逐渐缩小，露露心里着急，试图在蓝光中寻找连缀的影子，只听湖姵在背后轻声说道："你们二人，果然一样蠢。"

话音刚落，露露只觉得背后一股大力袭来，一瞬间她的头脚翻转，向井里栽了进去，整个人瞬间消失在那片蓝色光芒中。

湖姵站在井边，低头往下看。那蓝光在吞噬了第二个人之后变得更加暗淡，衬得蟠桃园里更静。

其实并不是。湖姵侧头细听，分辨出有轻巧的脚步声从远处极快地走近。

湖姵轻轻舒了一口气。

"这样也好。"湖姵自言自语道，"我的身体，也快承受不起这样多的感情了。"

说完，她纵身一跳，也消失在了井中。

露露掉下井后的第一个想法是，又被湖姵这浑蛋骗了！

她的最后一个想法是，今天的洞房居然真的没有成功，好想哭！

一段熟悉而漫长的黑暗后，露露猛然睁开眼睛。苍蝇"嗡嗡"地在她面前打着旋儿飞过。蟑螂和不知名的甲虫在她脚边的垃圾里穿来穿去。

这个城市下着大雨，路上零星的行人打着伞急匆匆地走过，在他们不会注意的一条小巷深处的垃圾处理点，一个少女面无表情地站起来，身上的垃圾"哗啦啦"掉了一地。

然后她默默地抹了一把被雨水打湿的脸。心想，很好，这就是我的世界给我的待遇。

已经把自己定位为穷苦、悲惨、孤独的可怜少女，露露怀着阴郁的心情，就着这瓢泼大雨干脆把自己从头到脚都冲了一遍。污浊的气味渐渐散去，混乱的大脑里属于这具青涩而单薄的少女躯体的记忆也慢慢清晰，露露像看电影一样把原主人的记忆读了一遍，然后她整个人都不好了。

还记得齐玉京那个惨遭连缀肉体攻击的悲惨新娘吗？

形容新娘的悲惨，有一句话是：她父母双亡，给她留下一屁股外债，以及一个小她五六岁，成绩很好，快要高考的妹妹。当时露露左耳朵进右耳朵出，没有在意。

风水轮流转，她居然变成了那个"快要高考的妹妹"！

不用多想，露露就明白了现在她的处境。姐姐在婚礼上遇到了意外，那一屁股的外债自然落到了妹妹身上。读书也要钱，没钱怎么读书？

一想到读书，她心里竟然都还有些遗留的苦涩。

穷困到了什么样的地步，才会流落街头？

露露再次抹了一把被雨水糊住的脸，目光一转，冷冷地落在一边的高台上。

那处高台上有一方小小的遮雨棚，是附近唯一一处不会淋到雨的地方，按姚心的身板——姚心就是妹妹的名字——蜷缩一下还是能把自己安放进去的。然而她没有这么做，她把一块精致的蛋糕放了那里。

露露继承了一点儿姚心模糊的记忆。她隐约能够回忆起昏迷之前的一点儿事，那记忆表明，那蛋糕是她用身上剩下的所有的钱给"大黄"准备的。

然而只有"大黄"这么一个似是而非的名字能够回忆得起来。"大黄"是个什么东西？

一听这名字，就可以顺利"脑补"出一条摇着尾巴的黄色土狗。

记不起更多，露露真想替自己抽这姑娘两巴掌。

读书读傻了吗？圣光普照全宇宙？宁可自己又冷又饿昏倒在雨里，也要给狗吃蛋糕？

这女的到底有没有常识，狗一般都不喜欢吃蛋糕！

露露忍不住翻了个白眼，肚子"咕噜噜"地抗议着，她的目光一不小心又落在那蛋糕上。

嘿嘿，狗不喜欢，但她喜欢呀！

露露当机立断爬上高台，直截了当把蛋糕盒子拆了。蛋糕上写着"大黄，生日快乐"，露露想了想，把"大""生""快乐"抠掉吃了。

蛋糕上剩下了"黄""日"。露露邪恶地笑了起来。

拥有超强战斗力的露露把蛋糕吃得渣都不剩，吃饱了之后身上也渐渐暖和起来。此时雨渐渐停了，阳光从小巷外越拉越长，金黄色的光芒渐渐覆盖了姚心的身体。露露在阳光温柔的抚慰里抱紧了自己，意识慢慢模糊。

吃饱睡足，等她下次醒来，就要和这个世界战斗了。

只是不知道，连缓在哪里……

"喂！"一颗石子丢过来，砸中露露的手臂。

"喂，醒醒！"又一颗石子丢过来，这次直接命中露露的脑袋。

露露霍然睁眼："哪个小王八蛋，缴枪不杀！"

带有满满低气压的目光扫向离她三五米外的"小王八蛋"，那是一个瘦瘦的五六岁小孩，在她看过来的瞬间缩了缩肩膀，叫道："你怎么在这里？大黄叫你回去！"

露露狐疑地看着他："大黄？"

"大黄饿了，叫我来找你。"小孩说，"你不是说给他带吃的吗？"

等等……

露露问："大黄不是条狗？"

小孩猛地噎了一下，然后用"你居然敢骂大黄是狗，你死定了"的表情看着她。

露露心里"轰隆隆"闪过一道巨雷。

有这么乡土的名字，居然不是一条狗！

她把别人的口粮吃了！现在债主上门来追债了！

呃……

露露第一个动作是摸遍了自己全身上下的口袋，然而并没有一毛钱。

她讨好地朝小孩笑笑："小王……呃不，小朋友啊，你带钱了没有？能不能借点儿钱给我？我忘了给大黄买吃的了。"

小孩冷笑一声，脸上的表情换成了"你当我傻"，他轻蔑地看着她身边还没有被毁尸灭迹的蛋糕盒。

小孩不耐烦地说道："别磨磨蹭蹭了，大黄叫你赶紧回去，天桥乞讨业务很繁忙的，你别耽误我工作啊！"

露露想：现在的小孩怎么这么讨厌？

露露百般不情愿地从高台上磨蹭下来，小孩白了她一眼，转身就走。

七拐八弯地带她绕到另外一条狭窄的小巷里，小孩在一栋老旧的三层小楼外面停下了："快进去吧，待会儿下班晚高峰到了，我得赶紧回去。"说完，小孩转身就走。

露露磨蹭了一会儿，看他走远了，也想离开。

她才没兴趣见什么大黄！

还没等她迈出半步，一颗小石子从小楼里飞来，准确地命中她的脑袋。

"还不进来？"一道低沉的男声从二楼传来。

露露捂住脑袋，欲哭无泪。

连砸人的套路都一样！刚才那个小孩肯定是跟这个大黄学坏的！女孩子都砸，坏蛋！

怀着满肚子不满，露露踩上楼梯的脚步声特别响亮，恨不得把楼踩塌了。楼内光线昏暗，二楼相对排列的六间房中，只有背对楼梯的最里面一间在走廊上投射出一线灯光，露露走过去，推开了那道虚掩的门。

屋子面积不大，靠墙放了一张单人床，床上躺了一个人，床头放了一盏台灯。

那个人五官端正，英挺，脸色稍微有些常年不见光的苍白，但这丝毫不影响他侧脸的美感。他穿着深紫色的浴袍，被子盖到腰部，正对着一台笔记本电脑敲敲打打。露露进屋之后，他头也不抬说道："礼物放在门口，你可以滚了。"

露露尴尬地说道："什么礼物？"

闻言，男人瞬间抬头，诧异地看了过来。

露露两手空空地在门口立正，脸上的笑容十分不自然。

他的眼神十分犀利，像一把剑把她从上到下刺了一遍，然后轻笑一声："姐姐，是你自己千辛万苦打听到我的生日，一个月前就告诉我要给我一个惊喜。昨天你亢奋了一天，终于还是忍不住告诉我你打算为我买块生日蛋糕，求我今天务必不要吃饭，好仔细品尝你的心意。结果终于到我生日这天，你打算给我一个一点儿都不好笑的恶作剧和一天的饥饿作为生日礼物吗？"

居然还有这种"强行圣母他人"的剧情提要！露露听了之后"尴尬癌"都要犯了，她现在终于明白为什么原主宁可饿昏在垃圾堆里也坚决不吃那个蛋糕，原来那个蛋糕不是普通的蛋糕，它是一个圣母攒了一个月的大招！然而那个大招没有用到该用的人的身上，被她这个无名小卒中途跳出来打断了。如果圣母在天有灵，一定会吐一口郁闷的鲜血。

但马后炮是没有用的。

露露小声说道："我太饿了，都饿昏在垃圾堆里了……你看。"她抬起脏兮兮的袖子。

大黄立刻露出"你在垃圾堆里滚过，居然有胆量进我的屋"的愤怒表情。

被这样打量着的露露不能继续平静了。脑中在雨夜捡回他的画面适时浮起，她竟然脱口而出："喂，好歹是我救了你一条命，把你从外面捡回来。就算我这次错了，你能不能稍微客气一点儿？"说完她自己也是一愣。原来姚心对面前这男人竟有救命之恩？

她忍不住对姚圣母有点儿改观，却没料到大黄脸色一变，立刻喷回来："拜托，你是强行救助的好不好？当初我说了就让我待在那里，会有人来找我的，是你哭哭啼啼地抱着我不放，还说什么'不可以，这样你会死掉的，好可怜'！"

露露："呃？"

大黄气愤地说道："然后你用你那辆破自行车载我离开，过桥的时候一鼓作气带着我直接冲进河里，你倒是什么事儿都没有，我和你的车摔在河面的石头上。车摔碎了，我腿摔断了，呵呵，顺便还碰到了头。"

露露："呃……"

他冷冷地说："如果不是拜你所赐，我也不会瘫痪加失忆，连自己的名字都想不起来，只好被你叫作'大黄'！你说，我哪里黄！"

露露的三观都要碎裂了。

她现在诚心诚意地怀疑起湖姗当时说的"这个世界是她的世界"这句话了。

这种环境为地狱模式，人物自开"脑残bug"的剧情……真的是从前的她的爱好吗？从前的她爱好自残？

肚子里那个属于圣母的蛋糕不甘寂寞地躁动起来，果然圣母的东西凡人碰不得，露露的肚子毫无征兆地剧痛。一瞬间，她只觉得浑身的血液都往肠胃处涌去，额头上的虚汗瞬间就冒了出来。大黄看到她霎时苍白的脸色，皱了皱眉头，合上了电脑："不要告诉我你的良心突然苏醒，折磨你到这种地步。"

"我……我肚子疼……"露露情不自禁地弯下腰，摇摇欲坠道。

"怎么回事？"

"不知道，或许……"露露从牙缝中挤出几个难为情的字眼，"是

154

吃多了？"

大黄无语。

不是不报，时候未到。

露露的肚痛来得既突然又猛烈，两人面面相觑丝毫没有办法，只好先去医院。

大黄翻身下床，露露只觉得自己无药可救，居然还有心思观察到他走近她的这两步果然有点儿跛。他说："走吧，我背你出去。"

露露倒吸了一口凉气，然而这口凉气吸进去之后肚子更疼了："啊？！"

她把"这不科学"四个字咽了回去，小心斟酌道："这个，我们可以打个车……"

大黄鄙视地瞪她一眼："你知道这里叫什么吗？这里叫贫民窟。你知道这些房子叫什么吗？这些房子叫待拆迁鬼宅。哪个出租车司机吃饱了撑的到这儿来拉客？"

"可是你的脚……"

"我好歹能走，你现在走两步我瞧瞧！"

露露试探着把脚迈出去，然而肚子里仿佛拴着一根岌岌可危的橡皮筋，她一用力，五脏六腑就好像要被扯断了一样。

她缓了缓，歪过头去看大黄，大黄已经在她面前蹲下来了："赶紧的。"

露露伏在他背上，他平稳地起身，背着她下楼，沿着坑洼不平的小巷往外走。露露疼得有些脱力，就把脸贴在他的肩上，隔着一层薄薄的衣服，她分明也能感觉到那一小块温热且有力的肌肉。她知道大黄在尽力走快一些、走平稳一些，虽然因为脚伤还是有些摇晃，露露却觉得他的体温温暖了她，疼痛渐渐模糊起来，她有一点儿犯困。

贫民区的天空似乎都是不被眷顾的，昏沉得像是老人床头随时熄灭的台灯。在一片困倦而寂静的时空里，大黄终于说话了。

他说："你好重哦。"

露露没说话。

他又说："而且很臭。"

露露："对不起。"

大黄长长地呼出一口气："你知道吗？虽然你很重，但按我的体能背着你是没什么问题的，可是因为你身上的味道太馊了，我同时还要憋气，这就影响了我呼吸的频率。"大黄一边快速走着，一边怨气四溢地喋喋不休，"回去之后我一定要把外套丢了，不不不，把衣服、裤子、内衣、内裤都丢了。你这个味道杀伤力太强，周围一米都会造成严重污染……啊，那这么说来我应该去剪个头，洗头都没有用……"

露露说："别忘了，咱俩没钱。没钱给你买新衣服，没钱给你剪头。"

抱怨声戛然而止。大黄黑着脸闭上了嘴。

露露忍不住笑出了声。

好像啊……他和连绶。

——这种即使在尽力帮助人的时候也一定要说刻薄的话，恨不得在额头上写一个"凡人！别傻啦！我才不是善良的人呢"的别扭性格。

只是不知道她的连绶现在在哪里……在她饥饿的时候、病痛的时候，对连绶的思念就会越发无法忍耐。

如果面前的他就是……

露露忍不住抱有一丝希望地问："大黄，你……听说过连绶这个名字吗？"

大黄诧异地反问："你觉得你问一个失忆患者这种问题合适吗？"

露露："对不起，我忘了。"

露露失望地移开视线，发现大黄已经背着她走了很长一段路，今天她偷吃蛋糕的小巷，就在前方左手边不远。在周围一片灰扑扑的景象里，那崭新的、粉红色镶着金边的蛋糕盒子分外耀眼、分外嘲讽、分外……惹人心虚。

露露一指右边："看！那边有个美女！没穿裤子！"

大黄"呵呵"了一声，立刻往左边看去。

大黄问道："那个被拆得七零八落，里面空空如也，像是张着大嘴在嘲笑你的盒子，是今天你偷吃的我的蛋糕的盒子吗？"大黄又说，"现在我看到事发现场，才觉得你真是活该啊。"

说着话两人终于从那条小巷边走过。

大黄说："八寸的蛋糕你居然能吃得这么干净，连一点儿奶油都没有剩，跟新盒子一样，真是人不可貌相啊，你肚子里别的器官没有，就长了个胃吧？"

露露忍无可忍道："你说完没有，烦不烦？"

大黄立刻喷回来："一个今天过生日但没有吃到蛋糕的人正背着偷吃寿星蛋糕的小偷去医院，我烦还是你烦？"

露露无奈地说道："我烦。"

于是两人又陷入短暂的沉默中。

露露心里还是挺虚的，于是去看大黄的表情。大黄正侧着头望着马路，期望看到一辆出租车，深邃的双眼在凝视时显得沉静，白皙的面孔上没什么情绪，但显然不是很开心。

露露轻声说道："喂……你很介意没有吃到蛋糕吗？"

大黄冷笑一声："什么稀罕玩意儿，还值得我去介意？"

露露："到现在你都没吃东西，很饿了吧？"

大黄又冷笑一声："你以为我真的会等你？我吃过饭了。"

露露："那为什么让那小孩出来找我？"

大黄骤然闭上嘴，沉默。

露露垂下头："我又不会跑掉。"在他背她上医院后，她就这么想了。

大黄看看她："真的？"他停顿了一会儿，着重道，"你保证？"

露露愣了，下意识说道："是的，我保证不会离开。"

"说出去的话如同泼出去的水。"大黄凶巴巴地说，"要是哪天你敢悄悄跑了，把我弄失忆之后还把我一个人丢在这种狗都嫌的鬼地方，我一定会恨死你的……出租车！出租车！"

露露恍然大悟。所以说，他今天让小叫花子出来到处找她，让她赶紧回去，并不是图她的蛋糕……只是怕她不辞而别，怕留他一个人？

露露的心微微酸楚。所以，在大黄冷静毒舌、惹人讨厌的外壳下，是被他小心翼翼掩盖着的敏感和孤独，没有记忆，他也会害怕是吗？

露露看向大黄，正和大黄投过来的视线对个正着。

"你这是什么表情？"大黄一皱眉，嫌弃地说道，"别用这种眼神看着我，要是让我知道你在想什么乱七八糟的东西，我就把你从窗子里扔出去。"

前面传来一个欢快的声音："这样扔出去的话，会和这位先生一样摔断腿的哟！"

露露和大黄愣住了。

露露回神一看，自己竟然已经坐在出租车后排上了，大黄坐在她的旁边。前面开车的司机有着一个"韩范儿"的后脑勺，从后视镜看过去，却是一张浓眉大眼的娃娃脸。

司机说道："两位要去哪里啊？你们是我今天的开门生意，打八折！"

大黄说道："不用打折了。去最近的医院。"

司机一脚油门踩下去，一边开车一边说道："就算是最近的医院也要二十分钟，这边太偏僻了，女士的脸色看起来很糟糕啊！孩子还保得住吗？"

　　大黄说："你瞎说什么？她是肠胃炎。"

　　司机说："哦，这个季节就是容易闹肚子啊。养生专家说，柿子和螃蟹不可以同吃，你们注意到了吗？类似的还有牛奶和橘子，牛肉和板栗……"

　　大黄说："麻烦你别跟我们说话了好吗？"

　　司机"哦"了一声，不说了。

　　过了一分钟，他开始唱歌："大风车吱呀吱哟哟地转，这里的风景呀真好看，天好看，地好看，还有一群——大风车吱呀吱哟哟地转，这里的风景呀真好看，天好看，地好看，还有一群——大风车吱呀吱哟哟地转……"

　　露露本来平静了一些的肚子又开始随着"大风车吱呀吱哟哟"地转动起来，她难受地一把抓紧了大黄的手。

　　大黄低头看了她一眼，眼中不禁染上了些心疼，说话的声音更冷了些："也请你别唱歌。"

　　司机说："啊，真不好意思，我今天心情实在太好了。"

　　之后的路程，小伙子紧紧抿着嘴防止自己出声，然而快到的时候还是忍不住哼出声来："嗯嗯嗯，嗯嗯嗯嗯嗯，嗯嗯……"

　　到站的时候两人的脑海除了"大风车"已经容不下其他任何东西了——关键这还是一首残缺的大风车之歌。

　　司机踩下刹车，愉快地说道："十八元。"

　　大黄说："哦，忘了告诉你了，我没钱。"

　　"啥？"小伙子瞪大眼睛，惊讶地看过来，"那刚刚我跟你说打八折你还说不用？"

大黄平静地回答道："零乘以零点八还是零啊。"

露露扯扯大黄的袖子，朝司机勉强笑道："对不起啊，我们现在是真没钱，你留一个电话给我们吧，等我们有钱的时候一定还你。"

"不用了。""不用了。"在场的两位男士异口同声道。

司机接着说："你脸色太差了，赶紧去治病吧，车费免了，我今天心情好。"停了一会儿，他瞪着大黄，"喂，你有什么资格说不用啊？"

大黄抬起手，从手腕上取下一块表递给司机，然后说："虽然我现在失忆了没有钱，但你放心，以后我一定会有钱的。我查过这块表，这个牌子的普通表售价三十万元起，我这个还是限量版，姑且算五十万元。要么你拿着，回头我来找你赎回，要么现在你找我四十九万九千九百八十二元？"

司机顿时觉得自己拿着的不是表而是一块烧红了的炭，真是拿着也不是扔了也不是。

"我说话算话。"大黄朝他点点头，扶着露露下车。

临走时露露扒着副驾驶的窗框，难受地说道："那首儿歌的最后一句是'还有一群快乐的小伙伴'，以后能不能麻烦你唱完？"

两个人告别了不靠谱的司机，往医院走去。

这个医院和一般的医院不同，大门金碧辉煌。

露露说："等等。"她报了一个名字，"这个女明星是不是来这家医院生过小孩？"

大黄说："我失忆了，我怎么知道！"

露露叫道："这种一看就是专宰'土豪'的医院很贵的啊！卖了我都看不起病，你怎么选这里？"

"这里最近啊。"大黄不耐烦地说道，"而且咱们一分钱都没有，贵和便宜有什么区别？这种医院注重服务，说不定可以先看病后交钱，让他们晚一点儿知道咱们没钱这个噩耗，对他们也好。"

于是破罐子破摔的赤贫二人组走进了医院。

没想到，还没有进这所人性化医院的大门，他们就被一个医生一点儿也不人性化地拦住了。

"你们等等。"

露露心里"咯噔"一声。不会是他们太脏太臭，所以不让进吧？

那个医生把手从口袋里拿出来，摘下了口罩，露出一张笑脸来。

"齐亭兆，你终于来上班了？"医生说，"士别三日……"他皱了皱眉，突然掩住鼻子，"应当憋气相看啊。"

第十三章
你叫"杰克苏"

有熟人好办事。

在前大黄——现齐亭兆这个贵族医院医生的帮助下，露露走了个加急的后门，半个小时之后，确诊为肠胃炎的她就躺在了单人VIP病房里。

换了干净病服的露露拽着身上柔软轻暖的被子，问站在她床边的齐亭兆："这个病房真的是那个女明星生完孩子后住过的吗？真的吗？"没等齐亭兆开口，露露又激动地说，"你的名字怎么写？停尸房的停？回光返照的照？"

齐亭兆说："我怎么知道！"

露露又说："哎，你说那个女明星在这儿住了这么久，会不会丢了点儿什么东西，钱啊、金项链、车钥匙之类的？咱要不要把床拉开看看……"

齐亭兆忍无可忍，出去了。

露露幸福地躺在床上，心想，啊，这是要苦尽甘来了吗？

从她变成狗到认识连缕，再到现在，她一直都没有好好享受过有空调、有抽水马桶、有液晶电视的现代人的生活。如今机缘巧合让她捡到一个疑似落难的"土豪"，即使是在幻境里……但该享受的时候一定不可以犹豫！

于是露露愉快地打开了电视。

屏幕亮起来，新闻频道，一个主持人站在一座城堡一般庞大豪华的建筑前，语速飞快地说着："齐家老大齐玉磊原定于今日的生日晚宴宣布取消，对外声明是因为齐家老六齐亭兆失踪，全家无心享乐。齐亭兆失踪距离今日已经长达十五天，无论是齐家还是警察方面都并没有给我们带来更新的消息，有专家分析齐亭兆生还概率不超过百分之二十。齐家今年财运得意，命运却十分坎坷，这是半年来继齐家老七自杀身亡案后齐家成员牵涉的第二起命案，且都为受害人，这难道只是巧合吗？其中还有什么不为外界所知的内幕吗？请继续关注本节目……"

露露越听越傻眼，僵硬的目光从华丽的城堡上渐渐移到右下角的事件回放弹窗上。

亭，原来是亭亭玉立的亭，不是停尸房的停。

兆，原来是好兆头的兆，不是回光返照的照。

那个自杀身亡的齐家老七……不会是齐玉京吧？

露露的脑子里一片漆黑，只有一台打字机在运作着，"啪啪啪"地敲出一排雪白的大字："齐玉京，父亲是世界十强企业的总裁，母亲是世界身价前三的超模，此外还有六个什么别的爱好没有，就是都喜欢当总裁的哥哥。"

当年觉得超级"杰克苏"的光环，如今竟然笼罩到了自己身上……

连打车钱都给不起的齐亭兆居然真是个大型"土豪"！不，他一点儿也不土，他是个纯粹的"壕"！大写的"壕"！！

天上掉金砖！露露的心情陡然激动起来。电视下方还挂着齐家的寻人启事，提供线索者赏金高达一百万元，留的电话正是齐家老大齐玉磊的。露露颤抖着拿起手机，拨打了那个号码，她只觉得自己面对着的是一个装着一百万元的保险箱，钥匙就是她即将脱口而出的轻飘飘的一句话，有了一百万元，她想吃几块生日蛋糕就吃几块生日蛋糕，天天吃，吃到饱……

电话通了，"嘟嘟"声从露露的耳侧传来。

另一侧的病房门外，则传来了悦耳的手机铃声。

一个穿着黑西装的男人恭敬地推开病房门，紧接着一个身材高大、面容冷峻的男人走了进来，背后跟着一大串"黑西装"。男人一边走，一边低头划开手机屏幕，低沉的声音同时从他口中和露露耳边的话筒里传出："你好？"

露露目瞪口呆地看着他，然后像是触电一样挂掉了电话。

男人抬起头，冷淡的目光锁定住露露。

"真巧。"

说完他抬手，自然有"黑西装"从他手里接过电话，另一个"黑西装"已经搬了椅子放在男人背后，请他入座。

好有气场……露露甚至有点儿不敢直视他的眼睛，有些局促地问好："您好……"

"你好。"他轻轻抬了抬下颌，"小姐怎么称呼？"

"叫……叫我露露就好。"

"露露小姐，我是齐玉磊，想必你已经知道了。"齐玉磊说，"长话短说吧，非常感谢你在这半个月替我们照顾亭兆，我们齐家没有什么别的拿得出手的东西能够酬谢小姐你。""黑西装"递给他一支钢笔和一张空白支票，齐玉磊看着她，询问道，"一千万，略尽心意。露露小姐觉得可以吗？"

露露："啊……"

她眼神迷醉，已经彻底陶醉在"霸道总裁"的光环中了。

不谈别的先谈钱，实在是……太上道了！

这种"我们家什么都没有，穷得只剩钱了"的谦虚，实在是太有档次了！

而且这笔交易，简直是稳赚不赔！

虽然齐亭兆失踪了半个月，可之前默默付出的都是姚圣母，她露露捡了个大便宜，今天才开工不说，还非常没有奉献精神，吃了圣母给齐亭兆准备的蛋糕，用了齐亭兆的表打车，还托他的福住高级病房！

完全没有付出一点儿的露露觉得这钱拿得有些心虚，于是她不好意思地笑了笑："呃，其实我也没有做什么啦，齐先生别太客气，九百九十九万就好……"

齐玉磊眉目不动，从他身后的"黑西装"们里传出一声喷笑。

露露有点儿尴尬。

齐玉磊淡定地撕下支票："一千万，你应得的。"

"啊，那……那就谢谢啊……"露露没话找话道，"不过，你们怎么知道大……齐亭兆在这里？"

他抬起头，鹰一般冷锐的眸子锁定露露："你觉得呢？"

"呃……是因为齐亭兆在这里工作，你们听到他回来的消息？"

齐玉磊一挑眉："什么？你说亭兆他在这里工作？"

露露："呃……"

"齐亭兆在这家医院工作的事情一直瞒着我们，我们之前都不知情。"齐玉磊站起身，"我们知道亭兆在这里，是因为他。"

"黑西装"随着齐玉磊的动作整齐地朝左右两边各移了一步，齐玉磊从人堆里拽出一个人来，拉到自己身边。

露露："是你？"

出租车司机摸摸刘海儿，尴尬地笑了笑："嗨。"

他一抬手，一块金表在手腕上闪闪发光。

"介绍一下，这是我高中同学，苏阮。"齐玉磊摸摸苏阮的脑袋，"今天他生日，我约他小聚，送了他一块表当生日礼物。他看到的时候很惊讶，说今天开车的时候有人给了他一块一模一样的表当车费，我一看，是我弟弟的。"齐玉磊又说道，"亭兆的表也是我去年送的，我一眼就认了出来。"

　　齐玉磊从口袋里掏出一块一模一样的表，放在桌子上："这是亭兆的表。"他很认真地对露露说道，"其实我觉得，真的要感谢你这么穷，不然我们一家还不知道要多久才能团聚。所以我曾经有过犹豫，不知道给你钱，改变你现在的穷困是否合适，因为或许会让你错过一些别的东西。"

　　三观清奇，到手的钞票要飞！露露连忙说道："合适，您别多想，我觉得特别合适！"穷的时候错过的东西就错过好了！

　　齐玉磊点点头："那就好。"说完，他亲自拿过支票，走到露露身边，递给她。

　　露露两眼放光，假装矜持地理了理头发，然后准备接过支票。

　　就在她理头发的那一刻，骤然打开的房门凭空带起一股冷风。齐亭兆飞快地冲进来，冲到齐玉磊面前时还因为腿脚不稳而绊了一下。齐玉磊连忙去扶他，于是手上的支票被齐亭兆一把抓过，撕了个稀巴烂。

　　露露情不自禁道："天哪！"到手的钞票真的飞了！

　　齐玉磊专心地看着他弟弟，刻板的脸上第一次露出笑容："亭兆。"他温和地对齐亭兆说道，"听苏阮说你失忆了。我是你大哥，你还记得吗？"

　　"我摔坏了头，不记得了，这不重要！重要的是，"齐亭兆抓住齐玉磊的胳膊，"你大哥先生，你怎么能随便给我女朋友钱！"

　　姓"你"名"大哥"的齐玉磊半晌没有出声。

　　露露的心在呐喊：求随便！

齐亭兆说："告诉你吧，就算你是大哥，她也不是随随便便用钱就可以打发的女人！"

露露的心在呐喊：求打发！

齐亭兆轻咳一声，突然一个大跨步坐到露露床头。然后他以迅雷不及掩耳之势亲了露露的脸颊一口，宣布道："这是我的女朋友，你们明白了吗？"

屋里一片诡异的寂静。

齐玉磊说道："好吧，我明白了。"停顿了一会儿，他温和地朝齐亭兆微笑了一下，"既然是你的女朋友，的确是我不该见外。那么既然不该见外，医院的环境毕竟不够好，咱们家里有足够好的医疗条件，等下把出院手续办一下，你带这位露露小姐回家休养吧。母亲很想快点儿见到你。"

齐玉磊说完，朝齐亭兆点点头，转身便往外走。他的皮鞋毫不犹豫地踩上地上支票的残骸，走到门口时，他回头看了一眼，露露和他目光相撞。

一反刚才的温和，齐玉磊望向露露的目光阴沉不悦到了极点，使得露露遍体生寒。

齐玉磊很讨厌她？

应该的，他弟弟可是被一个一穷二白，连打车钱都给不起的女人拐跑了。

齐玉磊前脚刚走，后脚露露就被做事高效率的齐家人迅速打包带走，让她根本没有时间细想那个让人提心吊胆的眼神。当天天还没黑，露露就连人带她随身的所有破烂全部搬进了她今天在电视里仰望的豪华城堡中，然后开始了她长达一周的休养生活。

这一周里，露露锦衣玉食，吃好喝好，加之除了齐亭兆那个神龙见首不见尾的妈，齐家其他人其实看起来都还不错。

第一天，齐亭兆的大哥齐玉磊前来探望。齐玉磊是做汽车生意的集团总裁，送给她一辆跑车，供她日后出门买菜用。

第二天，齐亭兆的二哥前来探望，二哥是做食品生意的集团总裁，送给她一张送货上门无限消费卡，让她日后不用出门买菜。

第三天，齐亭兆的三哥前来探望，三哥是做百货生意的集团总裁，送给她一年量的卫生巾，其中夜用的超长。

第四天，齐亭兆的四哥前来探望，四哥是做服装生意的集团总裁，送给她一百套新款服装，并且暗示她穿成这样才勉强配得上他弟弟。

第五天，齐亭兆的五哥前来探望，五哥是做家电生意的集团总裁，送给她一台新款游戏机。

于是第六天、第七天，露露都在打游戏。

这是一款以末日丧尸为背景的角色扮演网游，露露所操纵的人物在"挽回叛变恋人"的任务中，被 boss 一招击中，轰然倒下，剧情动画适时插入，穿着一身白衣，眼神忧郁的恋人望向她的眼神仍然眷恋，他的眼眶中渐渐充满泪水。他渐渐远去，任凭主角如何挽留也没有停下脚步。

露露猛然从游戏中回神。

她的连缀呢？！他现在在哪里？

露露想，自己变成了姚心，那么连缀一定也在某人身上，而且这个人总不会离她太远，起码应该是她接触过的人。奈何她接触了的人还真不少，光齐家就有五位青年才俊加一个失忆少年，除此，最近还出现了一个……

露露把视线投向游戏界面。屏幕上她的尸体横在大马路上，一个短打少年拿着一把刀在她身上踩来踩去："姚心！姚心！再来一把！再来一把！"

过了一会儿又弹出来一条对话："不玩了吗？那出来和我见面好不好？"

从前的姚心也玩过这款游戏，露露却在记忆里搜索不出这人是谁，但既然他能喊出姚心的名字，总归应该是认识姚心的故人。

原本她并不想和姚心的故人有什么牵扯，但现在想一想，她都可以变成姚心，谁知道姚心的哪个故人的壳子里装着的是不是连缀？

露露回复："你是谁？"

"你把我忘记了吗？！"那个人大惊小怪地发过来一串哭泣的表情，"我是安左。"

露露立刻打开网页，百度了一下"安左"，弹出了一个财富榜。

齐家集团排名第一，安家集团排名第二，安左是安氏财团执行总裁。

好"狗血"。

有一种天上掉下来一块招牌，砸中的九个都是总裁的感觉。

露露满足地叹了口气。果然，这才是她的世界嘛。

被有钱人围绕的感觉太"玛丽苏"了。

目前来看，根据她的分析，如果连缀已经出现在她认识的人中，那么失忆男孩齐亭兆和神秘男孩安左是最有可能的人选。毕竟像齐玉磊这种快四十岁的……实在是有点儿难以想象。

"玛丽苏"露露心情愉快，身体恢复健康的第一天，她打算出门约个会。

在和安左约会之前，露露精心准备了"关于试探他是不是我的达令"等一百个问题，务必婉转而不动声色，免得认错了人还被识破自己不是真的姚心，那就不太好了。

"你在写什么？"冷不丁背后响起一道声音。

露露"唰"地把纸翻过来用手按住，回头看到齐亭兆站在她背后，她的房门大开，她惊叫道："你是什么时候进来的？怎么不敲门？"

"你没关门啊，我一推就开了。"齐亭兆郁闷地说道，"结果就看见你居然在我家和别人偷情——'我的达令'是谁？"

露露问："你看见多少？"

"就看见这四个字。"

"哦。"露露毫无诚意地说，"那你就当我说的是你。"

"喂。"露露说道，"那天在医院，你干吗说我是你女朋友？"

齐亭兆说："我又不认识他们，一上来就跟我认亲，万一是我仇家怎么办？这个世界我只认识你一个人，当然要把你带上，有福同享嘛。"

露露说："万一真是仇家，那我就被迫和你有难同当了。"

他一直站着，露露忍不住看了看他的腿："你的腿好了？"

"没有，哪能好得那么快。不过医生建议我多走走。"齐亭兆别扭地移开目光说道，"所以今天要一起出去吗？"

"啊？去哪儿？"

"城东新开了一家游乐园啊，"齐亭兆说道，"你听说过吗？今天开张第一天，第二位半价。"

露露当然知道，安左也约她去这家游乐园，而且用的借口也是第二位半价。

都是世界排名前几的"土豪"了，居然都还老想着占游乐园的便宜！

在犹豫的一瞬间，齐亭兆看着她，凶相毕露道："看你这样，你是约了别人？'达令'奸夫？"

露露本来想实话实说的勇气立刻被齐亭兆的气势弄没了。她窝囊地说道："没有，你想太多了。"

"那就这么愉快地决定了，你换衣服，半小时后我们出发。"

半小时后，刚好也是露露和安左约好去游乐场的时间。露露十分尴尬，立刻给安左发短信，刚打开手机，安左的短信弹了出来："好激动，我早点儿出发了，在游乐场等你！"

露露无语凝噎。

玛丽苏的故事通常都是这样开头的：我叫冰清玉洁·美若天仙·殇·不起·露，我住在奢华的豪宅里，鱼翅燕窝喝一碗倒一碗。今天我要穿着我的高级定制礼服，同时和两个大帅哥约会，他们一个是世界第一有钱，一个是世界第二有钱哦，呵呵呵。

露露穿着一件非常应景的印着"MARRY SU（玛丽苏）"的T恤出门了。一上车，她就对齐亭兆说："我觉得今天肚子有点儿不舒服，可能要拉肚子。"

齐亭兆立刻紧张地说道："那你不早说？那咱们不去游乐园了，我陪你去医院拿点儿药？"

"不行！"要是去医院了安左怎么办？露露立刻挤出微笑说道，"又不是什么大病，你的腿早点儿恢复，我早点儿安心。"

齐亭兆一脸感动状。

一路提心吊胆的露露终于到达了终点。首先，入场就是个大问题，因为只有"第二个"人在场的时候，才能够半价。

搞定一个是一个。到了游乐园的时候，露露平静地给安左发了条短信："我堵车！还要十分钟！你再等等我！"

安左立刻回复道："好的！我就在游乐园门口！"

同时也在游乐园门口的露露立刻低下头，贼眉鼠眼地环视了一圈。

果然，像这种出现在"玛丽苏"世界里的有钱男人，只要具备了"富"，那么也一定具备"高"和"帅"，就是这么不现实。露露一眼就看到被一堆女摊贩围得水泄不通却仍然鹤立鸡群的男人，他英俊逼人，手里拿着一堆被眼冒红心的摊贩们强行赠送的玩具和气球，露露精准定位，完美闪避，捂着脸和齐亭兆进了场。

进场之后，露露立刻就发觉这个城市里想占游乐场便宜的人可真不少。游乐场里人山人海，摩肩接踵，正中露露下怀。更中下怀的是，齐亭兆居然此刻贴心地提出要去买饮料和爆米花："你找个地方等我，我待会儿来找你。"

露露乖巧地说道："嗯，那我去海盗船那边排队，你待会儿直接过来吧。"海盗船排队的人最多。

齐亭兆一走，露露拔腿就跑。

不幸的是，游乐园入口和出口分隔两端，如果从出口出去再绕到入口来，时间太长就不妙了。露露直接冲到入口，对检票人员说："能不能通融一下，让我出去？"

检票员大妈皱皱眉："小姑娘，这里是入口，不允许出场。"

露露一把抓住她，一脸焦虑地说道："我儿子丢在外面了！"

成功拾取检票大妈同情的露露在出场的时候补充道："待会儿我重新带他买票进来，你可千万别说你认识我，不然他一定以为我不带着他，自己偷偷进来玩过了！"

大妈一脸"我懂"的表情，露露觉得自己这个弥天大谎扯得真是十分圆满，然后她顺利地和安左会合了。

而安左此时手里的装备已经多得要掉出来了。

"姚心！"安左一改冷面，对着她甜甜地喊道，"一个多月没见，你好像更漂亮了。"他把怀里的气球和糖往露露那边一推，"给你！"

周围女摊贩的玻璃心"哗啦啦"碎了一地，作鸟兽散。

而露露在看到气球的一刻，却想到了一个绝妙的试探方法。

当初在梼杌幻境，她为了挽回连绥的芳心，曾在晚上点亮了漫天的孔明灯，上面全部用法文写上了"Cochon"，却被不解风情的连绥全部射落。

露露捏着气球的线轻轻转着："这么多气球，让我想起了我从前做的一件事，你还记得吗？如果让你在上面写一行字，你会写什么？"

"从前做的事？"安左歪着脑袋想了想，"生日快乐？"

"法语啊法语！不记得了吗？"

安左诚实地摇摇头："我不会讲法语啊。"

露露心里顿时一阵失望。不会法语？那多半不是他了。

她这下已经不想再绕圈子，忍不住直接问："你听说过连绥这个人名吗？"

安左直截了当说道："没听说过。"

看来真的不是他。

露露强忍着直接抛弃安左的冲动，带着他买票过检票口。

检票大妈看见她和她前面抱着一大堆幼稚玩具的安左，脸上的表情十分震惊，一副有话想说但强忍着不能说的样子。

当安左先一步过关，检票大妈终于忍不住一把拽住露露。

"大姐，你儿子都这么大啦？你可真显年轻！"检票大妈低声说道，"怎么保养的，教教我呗？"

第十四章
游乐园惊魂

　　游乐园的一天，对露露来说，就像是精神分裂的一天。

　　她假借着拉肚子在两位"土豪"之间来回穿梭，和齐亭兆坐完海盗船又陪安左坐旋转木马。结果她在木马上"海盗船后遗症"发作吐了，被一群小孩嘲笑"她连坐木马都晕"。和安左看恐怖电影《疯狂的木偶》同时陪齐亭兆看《爱丽丝梦游仙境》，在齐亭兆问她观后感的时候她脱口而出："如果小女孩的头没有被吃掉就好了，其他也不是太恐怖。"

　　除了以上小波折，竟然基本算得上平安无事。

　　下午时分安左有事先撤，露露终于松了一口气。中午吃饭时她吃了双份鸡排饭和双份冰淇淋，放松之后肚子竟真的隐隐约约不舒服起来。露露拉拉齐亭兆的袖子，脸色难看得十分逼真："我去上厕所，你等着我。"

　　齐亭兆通情达理地点头："待会儿有花车巡游，人肯定会很多，我就在这儿，你待会儿找气球就能找到我了。"他手里攥着一把气球，三个蓝的一个白的，是女摊贩给安左、安左给露露、露露又借花献佛给了齐亭兆的。

　　露露一路小跑去方便，大概是因为花车游行快开始，原本人山人海的厕所竟然少见地有点儿安静，安静到露露出来洗手的时候听见男厕所里传来愤怒的质问声。

那个声音有点儿耳熟。他说道："苏阮，你和其他人结婚，为什么没有告诉我？"

露露心里一紧。齐玉磊那个阴寒的眼神仍然在她心头萦绕，导致她对齐玉磊神经过敏，听见他的声音就紧张。她忍不住八卦，悄悄关掉了水龙头，屏住了呼吸。

里面讲话的人显然没有注意到外面的动静，苏阮的声音里带着笑，他说道："老同学，咱们差不多有十年没见了吧？一见面就聊这种私事，你觉得合适吗？"

"你！"齐玉磊明显哽了一下，"我以为……"

"以为还是高中那样形影不离的关系吗？"苏阮冷淡地说道，"已经十年了，我早都清醒了，你还没有。"

思想先进的露露从这半遮半掩的话中隐约触碰了一点儿要不得的真相，这种豪门隐私她不敢细想，于是蹑手蹑脚地退了出去。

外面的花车游行已经开始了。猛然进入喧闹而明亮的日光中，露露的心情陡然好了起来。

在这个世界，齐亭兆说她是他唯一熟悉的人，她又何尝不是呢？其他的人来来往往，只有他一直陪在她身边，现在是全然可以得到放松的时刻，理应好好享受这灿烂的阳光不是吗？露露看着远处那串飘飘荡荡的气球，嘴角情不自禁地带了笑，脚步轻快地朝那里走去。

齐亭兆显然占据了一个不错的位置，游乐园的花车队伍也正沿着人群留出的道路朝气球那个方向行进着。人很多，露露在已经能够看到齐亭兆的身影的时候，发现挤到他身边仍然不容易。而齐亭兆也已经看见了她，转过身笑着朝她招手。他身后是一辆巨大的五彩的花车，前面走着七八个涂着可笑的红脸蛋的小丑，有一个小丑拿着火把做出夸张的舞蹈动作，然后突然一扬手，朝天空中喷出一个火球。

"哇!"人群爆发出一阵尖叫,又是好一阵推挤,露露被挤得又离齐亭兆远了一点儿。齐亭兆焦急地望着她,忍不住绕着人群往露露这边靠近。

这样一绕,他离小丑们就近了。那个拿着火把的小丑哈哈大笑,在那一瞬间,露露不知怎么的突然有了敏锐而锋利的感觉,似乎周围一切都寂静下来,寂静到一片空白,只剩下她望着她的齐亭兆和那个笑容满面的小丑。

寂静到她没有错过小丑望向齐亭兆的眼睛里,那满满的、致命的恶意。

露露猛然大叫:"亭兆!躲开!"

齐亭兆下意识侧过身体,热浪扑面而来,他的瞳孔被橙红色的光占据,那小丑竟然朝他的方向猛然喷出来一团火焰!

人群也吓了一跳。然而另一个空着手的小丑突然蹦出来,朝人群又笑又跳地挥手,又和那个喷火的小丑击掌,仿佛这只是一个早就被计算好的,绝对不会伤人的小小玩笑。

于是那一点儿紧张的气氛立刻褪去,人们又笑着随着花车队伍慢慢走动起来。

露露隔着三五米的距离,看着那个空着手的小丑和几个观众击掌,最后,又跑去和齐亭兆击掌。

他那活泼的动作仿佛在这一瞬间有些变质,露露分明看见,他原本摊开的两只手,有一只手攥了起来。

迎着阳光,里面锋利的白光一闪而过。

露露尖叫:"亭兆!"

然而这次没有这么好的运气,那小丑在齐亭兆旁边一触即走,仿佛只是给了他一个拥抱。齐亭兆与小丑飞速击掌的瞬间,他难以置信地闷哼了一声,他被刺伤了左腹,整个人湮没在了欢乐的海洋里,除了露露,没有一个人发觉。

露露再也忍不住，顾不得旁边人的抱怨和低骂，她拼了命往齐亭兆那边挤过去。齐亭兆也朝她靠近。

两个人渐渐近了，终于面对面站到了一起。

露露一把扶住齐亭兆："你怎么样？那人刺中你了？"

"我躲了一下，应该不是很要紧的部位。"齐亭兆皱着眉低声说道，"那个人下手狠毒，是亡命的手段。一击不中，他一定不会善罢甘休。况且周围气氛太奇怪了，这里一定还有其他人，我们快走！"

露露问："怎么会这样？怎么会有人要杀你？"

"你忘了最开始我是怎么被你捡回去的吗？"齐亭兆苦笑道，"早就有人要杀我，之前失忆是我运气好，他们没弄死我罢了！"

露露一惊，继而懊恼。自己怎么完全放松警惕了，齐亭兆最开始就是被人追杀啊！

然而还不等她说下一句话，一股人流突然向他们袭来。好几个小孩子箭一般地朝他们冲过来，露露下意识地松了手，等回神时，两个人又被挤开了。

而此刻，有几个人逆着看花车的人流朝他们跑来，显得特别显眼。

露露和齐亭兆对视了一眼。

怎么可能这么快就找到人群中的他们？

气球！

露露突然发现他手腕上还系着气球！原本让她感到温暖而愉快的蓝气球和白气球，此时却成了齐亭兆被人狙杀的活靶子！

露露喊道："气球！快扔掉气球！"

齐亭兆竟然摇了摇头："不行。"

露露瞪大眼睛。她拼命朝齐亭兆靠近，然而不由自主地被挤得更远。

原本两三米的距离，渐渐拉长到五米、十米……齐亭兆在攒动的人头中原来越远、越来越小……她几乎找不到他了。

如果没有那串显眼的气球……

露露心里猛然一跳！

是因为这样……是因为这样吗？

齐亭兆的手，紧紧地攥着气球的绳子。

那串气球猛然跑动起来，朝着游乐园大门的方向。

露露连忙跟上。

他冒着危险也不愿和她失散的心意……她不能辜负！

露露的运气很好，在人潮中她竟然找到了一条没那么拥挤的捷径，一路跑到游乐园门口。检票大妈仍然在那里，看到她的瞬间就瞪大了眼睛，喊道："小姑……大姐！你儿子呢？！"

露露一边迅速跑近，一边喊："又丢了！快让我出去！"

大妈连忙让开路，露露快速跑了出去，大妈的大嗓门还萦绕在耳边："哎，你还没跟我说你的保养心得……"

露露不知道为什么确定齐亭兆能和她心意相通，或者说她就是明白了，齐亭兆最后跑去的地方一定是游乐园外的停车场。今天他们开过来的车正是前些天齐玉磊送给露露的那辆。跑车很拉风，老远就能看见，露露眼尖，发现那串蓝白色的气球就在离车不远的地方，而且在渐渐靠近。

露露松了一口气，然后情不自禁地有些自豪。齐亭兆真厉害！带着这么明显的东西，居然都把追兵甩开了！她盯着那串气球，像是看着解开目前困境的钥匙，只要她跑过去和齐亭兆会合，两人开车离开，危险就解除了！

回家之后一定要吃顿好的……

露露的瞳孔猛然放大，那串气球就在她的视野里断了线，蓝色和白色，在耀眼的日光下，飘飘荡荡地飞了起来，刺得露露眼睛生疼。

旁边猛然伸出一只手，把露露拽到一辆车的背后。

齐亭兆捂住露露的嘴，在她看清他之后才松开她："嘘。"

露露惊魂未定："你怎么在这里？那气球呢？"

"我在这里等你。"齐亭兆低声说道，"那边是追我的人。我把气球系在别人的车上了，他们追过去发现没人，怕是很恼怒。幸好你来得快。"

"那我们……"

"别怕。"齐亭兆轻轻地握住她的手。

露露心中微微一动，低头朝两人交握的手看去。

不同于一般人交错握手的习惯，齐亭兆拉住她时，是下意识地十指相扣。而且特别的是，他的大拇指习惯性地折起来，没有按在露露的手背上，而是抵在露露的手心。

这是一种很特别的习惯，见过的人就不会忘记。

这也是一种很少见的习惯，露露只在一个人那里见到过。

这个人，在之前两人夫妻对拜的时候，他牵她起来，握过她的手。

人可以一无所觉，习惯却不会丢。露露看着齐亭兆警惕地望着周围的样子，悲喜交加，眼睛都模糊了："你……"

齐亭兆握着她的手，却没有回头，只是用了用力，然后又安慰了她一句："别怕，有我。"

露露突然就有了勇气。

这是她的世界。身边是她的爱人。

她有何畏惧？

两个人悄无声息地躲开了追兵，甚至坐进车的时候，都没有被四处张望寻找的追兵察觉。

齐亭兆轻轻转动钥匙，然后猛然倒车，踩下油门。

追兵们倏然转头看过来。

齐亭兆的车已经快速驶出了停车场。停车场外是一条一公里的直行路，然后是一个大型的十字路口。过了十字路口，追兵就不再容易追到他们了。

露露已经浅浅地松了一口气，她转头，情不自禁地看向齐亭兆专心开车的侧脸。

前方的绿灯一闪，黄灯只是一瞬间，然后变为红色。

他们没来得及冲过路口。

"糟糕。"齐亭兆突然说道。

"怎么了？"露露说道，"追兵们好像没开车，红灯也没关系。"

"不是这样的。"齐亭兆急速说道，"我们中计了！这辆车……这辆车的刹车有问题！"

"什么！"

然而已经来不及了。

横向的绿灯亮起，骤然形成了封锁前路的车流。齐亭兆猛踩刹车却毫无用处，跑车发出一阵尖锐的刺耳的声响，齐亭兆朝露露的方向猛打方向盘，把驾驶位完全暴露在了撞击的部位。然后，车子轰然撞在了一辆大货车上。

断了线的气球从十字路口上方慢慢飘过。这片天空下一片混乱，声息却不同于刚才那一声巨响，安静得如同什么事都没发生过，如同根本没有这场一波三折的精美阴谋。

露露总觉得，自己在认识了连绥之后，渐渐好像不再倒霉了。

或许……是因为把霉运转到了其他人身上。

就像这次车祸，露露居然只受了皮外伤，连救护车都没上，当场爬起来哭天抢地，而齐亭兆分外安静地躺在那里——头破血流，毫无知觉。

然后他被送进了重症监护室，三天三夜连续抢救，生死不明。于是齐家又一次上了社会新闻头版头条，只不过这次露露没闲心看电视了。她一点儿也不想看到自己失魂落魄地守在手术室外然后被那些记者拍下播出。

露露想，她好歹找到他了。湖姬在进入幻境之前告诉她，在她明白她究竟想要什么的时候就能离开。

她想要什么呢？她想要连缀啊。她想要连缀和她一起离开这里，这就是她最想要的。

只要出了这个幻境……只要出了这里！这些凡人的小伤，对于拥有仙身的连缀不值一提！

然而这又回到了最开始的问题，她究竟想要什么？

湖姬既然让连缀也来这里，那么就说明，她想要的东西必然和连缀息息相关。

对了，她现在想要连缀，想和连缀在一起，那么符合什么样的标准才算在一起？

恋爱？结婚？还是……让人羞羞的深入交流？

一定是这样没错。露露茅塞顿开，继而心塞起来。就算她想要把连缀怎么样，那也得连缀醒过来配合才行啊，难道让她去强迫一个重症监护病人？那样口味也太重了。

除此，她想要的……

她现在很饿，想要吃肯德基算不算？

露露猛然站起来，握紧拳头，大喊了一声："我想吃肯德基！"既然是她的世界，能不能显显灵，给她从天而降一份劲爆鸡米花？

鸡米花倒是没有从天而降，一记耳光倒是从天而降了。

露露在手术室外坐了很久，猛然起身之后头晕眼花，差点被这记毫不留情的耳光扇昏过去。她捂着脸靠在墙上缓了半天的神，眼前那一片欢乐的金星才慢慢褪去，露出一个威严的、愤怒的、美艳的阿姨来。

美艳的阿姨发着抖说道："你把我儿子害成这样，现在竟然只想着吃？"

露露捂脸说道："阿姨，你哪位？"

话音刚落，阿姨的背后就如同影子分身一般，一、二、三、四、五，出现了五个男人。他们是齐亭兆的五个哥哥。

露露心想：哦，糟糕……我知道是谁了。

果然，阿姨说道："我是齐亭兆他妈！早知道如此，我应该早点儿回来的！"她伤心说道，"是我们大意了。如果不是看到新闻，我们万万没想到……"

露露提起神："没想到什么？坏人抓住了？"

阿姨又是一副作势要扇她的样子，却被齐玉磊拦住了。阿姨盯着她的眼神很不善："我早就觉得你眼熟，却没想到，你竟然是害死我小儿子的女人的妹妹！"

露露："呃……"

她自己都快忘记了。她还顶着姚圣母的壳子招摇撞骗呢！

"你们姐妹俩都是扫把星。我恨透了她，却忘了她还有个妹妹，留下了祸根。"阿姨说道，"你们姚家是不是和我们齐家有仇？专门祸害我齐家的儿子！"

露露只觉得这种"狗血"的剧情，自己真是一万张嘴都说不清楚，只能弱弱地说道："我没有……"

阿姨怒喝一声："你滚！"

露露只能毫无底气地滚了。

然后她绕了一大圈，躲在了花园里，正好对着重症监护室的那面墙。

她刚刚想通怎样才能离开幻境，怎么会轻易离开连绥这个关键人物？万一她离开了他就死了怎么办？露露简直不能细想：如果连绥死了，离开幻境之后他还能起死回生吗？或者说……没了连绥，她还能离开幻境吗？

简直是"细思极恐"。

守人后门然后翻墙进入的事情露露不是第一次干了，只不过上次男主角是在洞房花烛之时，这次是在鬼门关外。露露十分熟练地趁人不备翻上三楼，蹲在隔壁的阳台上，正要翻到齐亭兆那屋的阳台上，猛然停住了。

齐亭兆那间通常不准探视的病房里，居然有人。

露露有种不祥的预感，她悄无声息地贴在墙上偷听。

那个人的影子拉得斜长。他摸了摸齐亭兆的脸，轻声叹了口气，自言自语道："为什么想要让你死？"

是齐玉磊！

露露脑海中瞬间串起一串线索，在这一刻，她突然全部都想通了。

齐玉磊和苏阮……作为世界第一富豪家族的继承者……交了女朋友，能够生下继承人的弟弟……

想要快快把她打发走……听到弟弟承认她是他的女友，忍不住对她的不善眼神……

游乐园里被动过手脚的跑车……齐玉磊送的跑车……

游乐园里无数的敌人……齐玉磊也恰巧出现在那天的游乐园里……

或许这一切都不是巧合！

说时迟那时快，在露露全部想通的那一刻，她猛然看见那道斜长的影子，手腕动了动。他手上多了一条细长的东西，中宽上尖——是刀！

　　露露立刻急了，来不及细想，从阳台翻入，踹开齐亭兆病房所在阳台上的半扇木门，"轰隆"一声！

　　"浑蛋，离他远点儿！"

　　话音未落，她就看清了，果真是齐玉磊！他端个小板凳坐在齐亭兆旁边，拿着一个苹果正在削。

　　露露愣住了。这剧情不对啊！

　　齐玉磊没有想到阳台上有人出现，神情十分惊诧，还没开口，监护室的门突然被推开了。

　　安左带着一个高鼻深目的医生进来，对齐玉磊点点头，说道："齐哥，这是法国来的颅脑专家，对亭兆的病情很有研究。"

　　说完，安左侧头，对法国医生说出了一串流利的法语。

　　就在不久之前，安左还告诉她，他不会法语。

　　这又是怎么回事？

　　露露的脑中一片混乱，傻傻地看着安左。

　　安左讲完话就朝她看过来，仿佛在期待她的反应。见到她这样，他缓缓地露出了神秘莫测的微笑。

露露以为凶手是大哥，其实他只是在削苹果。

本来排除了安左是连缀的可能性，但他有可能在撒谎。

剧情眼看着要被颠覆，露露已经对这个世界产生了深深的怀疑。

说好了是她的世界呢！？刚让她进入"白富美"的殿堂，就发展成这个样子，真的不是在坑她吗？

大脑的剧烈活动让她表现不出任何明确的情绪，她面无表情地对这个房间里的人说道："什么情况？"

安左和齐玉磊对视了一眼，安左抢先开了口："齐哥是代表齐家处理这次车祸的人，我带这个医生来见他。"

露露指着齐玉磊手上的苹果刀说道："齐亭兆连口水都喝不进去，你削苹果干什么？"苹果一定是幌子，齐玉磊一定是察觉有人，他拿刀一定是有别的图谋！

露露没说出口的话明明白白地写在脸上，齐玉磊看懂了。他尴尬地说道："呃，我没吃饭，本打算自己吃。"

"如果这个世界上选出最爱齐亭兆的人，那一定是齐大哥。"安左抄着手，悠闲地说道，"我保证你想象的那些事情的主角一定不会是他。"

"你胡说。"露露阴沉地说道，"最爱他的人一定是我。"她看向安左，

"你自己都说不清楚，就不要想着给别人辩护了，你自己明白。"

安左耸耸肩说道："我知道你想问什么，待会儿我可以跟你解释。"他指了指齐玉磊，"在这之前，他有话想跟你说，本来他就打算去找你的。"

齐玉磊说道："我们可以出去聊。"

"我刚被你妈扇了一记耳光让我滚，你确定现在我出去不会被扇一个对称？"露露回头看了看乱七八糟的阳台，"这边请。"

十分钟后，业务娴熟的露露和估计是人生第一次爬墙的齐玉磊，面对面站在了小花园里。

两人沉默了一会儿。齐玉磊先开口。

"姚心，据我所知，你是一个看起来温和善良，骨子里却很自私的人。"齐玉磊的第一句话就给露露下了判决书。

露露吃惊地抬起头，齐玉磊目光平淡，里边并没有什么感情，就像是在陈述一个无可反驳的事实："我调查过你。认识你的人都说你虽然命运悲惨，但始终乐观善良，总是无条件地帮助别人。连你自己恐怕都是这么认为的。然而我调查了最近的你，一些细节让我觉得吃惊。"齐玉磊就如同开了上帝视角一般，把之前露露做事的细节说得清清楚楚，"你在亭兆生日那天吃掉了他的蛋糕，毫无愧意，如果不是被监视，你不会回去找他。亭兆的脚分明因你而受伤，你却让他背着你走了那么久。当初的情况并不是十万火急，你只顾自己，并没有再想别的办法。到了医院，你自顾自住进病房，却没有丝毫考虑过亭兆背着你走了那么久，脚伤有没有加重，据我所知，之后你也没有问过他。"

露露越听越觉得羞愧。

她没想到齐玉磊居然是个如此敏锐的人。她前后的反差很好解释，因为之前温和善良的是真姚圣母，现在却换成了她——露露。然而她一直觉得她的行为还算恰当，没想到即使细微之处也被人看在眼里。而且，齐玉磊说的这些全都没错。甚至如果不是今天被点破，她永远不会意识到这些本不应是理所当然的事。

"之后，我给你支票，原本只是试探，我想看看你到底对我弟弟有着什么样的感情，然而我很失望。"齐玉磊目光冷锐地说道，"当时的你，其实很想把支票接过来，我说的有没有错？"

露露嗫嚅道："没错。"

"直到今天，我都很讨厌你。你应该能看出来。"齐玉磊说道，"因此我从未想过，以你这样自私自利的性格，竟然会为他翻窗撞门。"

露露愣怔地看向齐玉磊，他的目光陡然变得温和："我手上有刀。如果我真的打算对他不利，你打得过我吗？你不怕死吗？为什么你突然发生了这么大的变化？"

为什么？

露露理所当然地想着：因为，之前的人是"齐亭兆"，而游乐园之后，她就认定了他是"连绥"啊！

露露脱口而出："因为我爱他。"

齐玉磊猛地挑了眉。露露愣住了。

爱？

即使是对连绥，之前她也从未用这个字来形容她的感情。

为什么已经到了这样不可自拔的程度了呢？

露露猛然想起游乐园里的那串气球。

他背后是要他命的敌人，他紧紧握着那串气球，只为了她能够找到他。

他在停车场里安静地握住她的手，给她勇气。

生死攸关的那一刻，他甚至没有经过思考就猛然朝她的方向打方向盘，把自己完全暴露在撞击中，把活的机会留给了她。

答案很简单。因为那个人，即使在她不知不觉的时候，即使在他失忆的时候，也下意识给了她他所有的爱与保护。

这种下意识，是刻在生命里的痕迹，她的心就算宽广如同大海，碰上这样强烈的声响，也无法不给予回应。她和他就像一对磁铁，随着这么长时间的磨合，已经渐渐拥有吸引彼此的气场，即使强行分开，当下次再相遇时，也会不由自主地靠近对方。

这样的人，哪里还值得怀疑？

这样的爱，哪里还有第二份？

关于安左是否是连绥的疑虑突然消失了。露露轻声说道："我爱他。因为知道是他……刀和他在我面前，他给我的勇气，比刀给我的恐惧多一点儿。"

齐玉磊叹了一口气："知道你是这样想的，我很高兴。"

露露问道："你想说什么？"

"想要害亭兆的人不是我。"齐玉磊说道，"但我知道可能是谁。"

露露瞪大眼睛："是谁？！"

齐玉磊摇了摇头："我不能说。"

"为什么？"露露急促地说道，"他不是你最爱的弟弟吗？"

齐玉磊又摇了摇头，艰难地说道："我有我不能说的理由。"他吐出一口气，"我心里明白，所以会好好地保护他。你知道了又不会有什么用，我今天告诉你，只是为了让你明白我和你并不是敌对关系，你以后不要妨碍我，免得弄巧成拙，让亭兆遭殃。"

露露脑中闪过了一个想法，突然说道："你和苏阮是什么关系？"

齐玉磊表情一僵，随即平淡地说道："同学。"

露露看着他不由自主发红的耳根和悄悄收紧的拳头，也故作平淡地回应了一声："哦。"

当时在游乐园里的熟人，除了齐玉磊就是苏阮，她不得不这样怀疑。

哦……不，还有安左。

露露和齐玉磊告别，回到齐亭兆的病房。病房里没有人，露露到走廊上转了一圈，隐约看见尽头的露台上有个人影。她走过去，果然看到安左在露台上站着，手指上夹着烟，却没有点燃。

安左听见她的脚步声并没有回头，夹着烟的手搭在护栏上，侧脸带着一抹玩世不恭的笑意。露露总是对他有一种熟悉感，下意识生不出防备心，所以一直把他和连绥搞混。

即使现在确定了齐亭兆就是连绥，对于安左的身份，她仍然心存疑虑。

"你……"

"好久不见啊，露露。"安左突然开口，让露露浑身一震，他笑盈盈地道，"那日我走之后，你和仙君大人还是没有洞房，对吧？"

露露不知道要说啥。

安左说道："啊，我就知道，你一定还对我旧情难忘。"

露露气若游丝地说道："你……齐玉京……"

"是我没错！"齐玉京活力四射地拍拍她的脑袋，"仅仅一面之缘你就对我印象深刻，看来我一定还有机会！"

"等等！"露露把他凑近的大脸推开，"你为什么会在幻境里？"

"那日我向你求亲时，目睹你和仙君你侬我侬，一时置气才说放弃，现在想想，自己真是太冲动啦。"齐玉京理直气壮地说道，"我走了之后觉得无路可去，于是又回去找你，可你竟然不在屋里了。我循着你的气息去找，远远只看到一个女的跳进井里，我以为是你要寻死，于是也跟着跳了，没想到……"他伸着胳膊懒洋洋道，"别有洞天啊。"

循着气息……露露弱弱地说道："你是狗吗？"

齐玉京眨眨眼："毕竟是活了许多年的人，总有些神通。"

"那为什么之前我问你关于连绥的事情，你不说？"

"我干吗要说？"齐玉京说道，"说了之后好让你顺利跟他和好吗？"

露露无奈地说道："就算这样，我也不会喜欢你，我已经喜欢他了。"

齐玉京闻言摸了摸鼻子，也不见得有多伤心："我早知道啊。但是我可以等，万一哪天你们不互相喜欢了呢。"

话说到这分儿上，露露没话讲了。

齐玉京一把揽住她："故人相见，咱们去吃烤串儿吧！"

露露张张嘴，还没来得及说话，手机响了。

这个手机是齐亭兆——连绶回了齐家之后给她买的，还没来得及存别人的号码。露露如同触电一般接了起来。齐玉京看着她的反应，又摸了摸鼻子。

果然，露露挂了电话："是大哥打来的。"她脸上溢出一丝止不住的笑意，"他醒了。"

烤串没得吃，齐玉京无可奈何地跟着露露去了病房。

露露跑得很快，一阵风似的，到了重症监护室门口突然停住了，像是生怕吵到里面的人，疾风化细雨，她轻轻推开门。

连绶竟然已经能够坐起身了，听到门口有响动，他看过来，见到是露露，他的脸色居然猛地白了。

露露显然沉浸在喜悦里面没有察觉，她一下跳到连绶床边，轻轻搭上他搁在床边的手："连绶，你醒啦！"声音里自然而然带上对恋人说话时的绵软和娇嗔，脸上的眷恋掩都掩不住。

连绶脸色苍白，一把把手抽了出去，然后竟然往另一边躲了躲。

"露露，你快走。"连绶说道。

露露一愣，随即又是不解又是惊喜："你叫我什么？你想起来了？你的记忆恢复了？"

"你滚！"连绶突然吼道，"不要再来见我！"

当他昏迷的时候，他妈让她滚。

当他醒来的时候，他亲自让她滚。

呵呵，这个世界不会好了。

月色皎洁，却比不过小吃街摊位上明亮的招牌和灯。露露在"王记夜不收"的摊位旁和齐玉京碰了杯。齐玉京终于吃到了烤串，心情愉悦地说道："你看，等待的人总有好运，我的机会这么快就来了……"

"闭嘴。"露露灌了一口酒，打了个嗝，一脸哀怨的表情说道，"等着瞧吧，老娘我绝对不会轻易地'狗带'。"

小吃街弥漫着烤串和麻辣烫的香气，而一街之隔的医院，寂静、冰冷，空气里飘浮着淡淡的消毒水的味道，连绥侧着头看着窗外一动不动的树影，手指碰触到金属床架，凉凉的，有点儿刺痛，让他想起露露离开时回头的那一瞥。

刹车声和撞击声都很清晰，清晰地冲进他的脑袋，连绥清楚地感觉到车祸发生时自己的头遭受了重创。然而就是这重创像一把巨锤，狠狠地打散了他脑中那些似是而非的迷雾，齐亭兆的过去，他作为连绥的过去都陡然清晰，甚至还有一些难堪的过去。

她痛苦的闷哼声……血液黏稠的气味，他却冰冷残酷说出那让人遍体鳞伤的话语。一些碎片，在他昏迷时乘虚而入。

就像一个漫长的梦境，睁眼时他却没有一般噩梦醒来时的如释重负感，反而在清醒的一瞬间陷入恐惧。连绥从没有这样毫无根据地肯定过，那些梦一定都是真的。

他做过的那些事……那些即使在梦中远远看着都让人窒息的事……

"你醒了。"

当他第一次醒来，惶然不知所措时，听到的就是这样冷冰冰的问候。

他动了动眼珠，目光放在那个人影上，她转过身来看着他，容貌既陌生又熟悉。

"是你……"

连绶一愣，他没有想到，湖姵竟然突然出现在他的面前。

她既然会出现，是不是有什么事情她已经完成了？

果然，湖姵说道："那些过去，你都看到了。离开她，对你和她都好。"

"你费尽心思，就为了想让我知道这些？"

湖姵冷笑一声："因为我知道，当你知道那些事，你一定会选择离开她。放心吧，等她彻底舍弃你的时候，你们就能够离开这个幻境了。"

连绶问："梦里的事，就是当初我进入幻境你想让我知道的吗？"

"没错，"湖姵说道，"不然你不会明白，她当年为什么这么恨你。"

"我……我爱他……嗝。"

"王记夜不收"里热热闹闹，露露喝得脸色绯红，把一串吱吱冒油的羊肉串猛地举起来，"月亮，你听我说！"她突然"哇"地一声哭出来，"我爱他啊！"

这条小吃街左边是医院，右边是大学，每天上演着无数生离死别爱恨情仇，一条街上有五个人痛哭流涕，八个人寻死觅活的。因而露露的两行清泪并没有博得太多人的关注，大家除了被她一嗓子吓了一跳，该吃烤串还吃烤串。

只有一个齐玉京，上蹿下跳，大惊小怪地关注着她："不至于啊！他不就是让你走嘛……"

露露又是"哇"地一声："打人不打脸！"

齐玉京简直额头冒汗，脸上的笑容都要挂不住了，一边安慰她，一边哀怨地说道："喂，在你的追求者面前展现你对另一个男人的痴情，真的很伤人啊……"

露露吸吸鼻子，说道："我和他认识这么久了，他顶多会自己生闷气，可从来没有让我滚过。"

之前在梼杌幻境，她故意调戏他这个"皇后"，他也只是闭门不见，可现在……露露又流下一行泪水，悲伤地说道："我什么都没做，他居然让我滚，呜呜呜！"

齐玉京看着她的眼泪不要钱似的往外涌，眉头都快要皱碎了："这说明他不讲道理，放弃他得了！世界上还有那么多讲道理的男人。"

"我不！"露露的哽咽声戛然而止，她一脸倔强说道，"不搞清楚他为什么这样做，我誓不为人。"

为什么要这样？

连绶心想，即使他心理上没有做出决定，身体也会不由自主地给出反应。他不想承认，当露露猛然出现在他面前时，他的第一个反应……竟然是害怕。

她孑身一人百余年，本来已经像刺猬一样把自己保护得严严实实，他靠近她，却让她亮出柔软的肚皮。若梦中人是他，当他不能自控，他会不会……会不会再次对她做出残忍的事？

他不愿意伤害她，宁可自己忍受分离之痛。

连绶缓缓闭眼。如果就此沉沉睡去，不再思考，那该多好。

然而那是不可能的。

早上六点，连绶顶着两个硕大的黑眼圈，目光不善地望着楼下两人。

吵死了，吵得他睡不着。

距离不远不近，只看得到露露和安左两人亲密地坐在长椅上，一人膝盖上放了一大堆白色的塑料袋，里面不知道装着什么。

只见露露舀出一勺，亲自端到安左嘴边，安左却扭过头去。

连绶看得磨刀霍霍，心里的气一层层往上涌，也不知道到底是在气谁。

露露这个女人！他只不过退了一步，她居然转头就和别的男人卿卿我我！

连绥啊连绥，你自己说要放下，现在她追寻别的幸福，你有什么资格不开心？

还有那个安左！都亲自喂到嘴边了还不吃，我都没这种待遇！真想跳下去打他一顿！

长椅上，露露面带微笑，眼露威胁："再尝尝这个。"

"嗝！"安左脸色发青说道，"真是不是自己的男人不心疼，你变态是不是？不同佐料的粥你居然买了二十份，我这辈子都没吃过这么多早饭！"

露露神色不变地说道："你们男人的胃口想必相似，你不尝我怎么知道连绥会喜欢哪个。"她不由分说把一勺皮蛋香肠粥塞进安左的嘴里，然后捏住了安左的嘴，良久才放开他。

安左立刻干呕一声，不情愿地评价道："五分。"

一个小时后，露露把横尸花园的安左扔在一边，提着两份十分——满分好粥兴高采烈地上楼。

连绥醒来之后就转到了普通病房，门禁不严，露露轻而易举地进了门，一脸微笑却换来连绥一脸寒冰。

连绥目不斜视地看报纸，露露放粥的时候斜眼瞅了一眼。

——张嫂，张哥还在办贷款哇？早就没办咯，联系易贷网，电话138……

露露心里冷笑一声，装，让你接着装。

她清了清嗓子，温柔似水地说道："尝尝粥。我亲自挑了许多种，选出了最好的。"——虽然不是她亲自选的。

连绥一愣，脸上冰封的表情融化了些："你……粥是给我买的？"

露露趁他发愣，把一勺香喷喷的粥送到他嘴边："你尝尝！"

连绥没回过神，张口接住了那勺粥。露露立刻说道："你喝完这粥，我们就和好好不好？我想和你在一起，我想和你结婚，我们的婚还没结完呢。"

在一起！结婚！这就是她的终极愿望！完成了之后一定可以打破幻境回家了！

她充满希冀地看着连绥。连绥一口粥呛在嗓子里，顿时咳嗽起来。

一分钟后，露露连人带粥被丢了出来。伴随着男声低吼："你做梦吧，我绝对不会和你和好，也绝对不会和你结婚！"

说完，门就在露露面前合上了。走廊上的人纷纷八卦地看过来。露露面无表情地理了理头发。

齐玉京不知道什么时候"复活"了，站在她身后，表情有些心疼。

连绥觉得自己一定还没有好全，吼了她之后全身力气都被抽空了一般，关了门靠在门上，因此也能听到门外的动静。

他既希望露露快点儿离开，又希望露露再来敲门。

如果她再来敲门……

他一定会忍不住打开的。

然而，他听见的是一道该死的男声："被他拒绝了？"

露露的笑声很干："好歹喝了一口。"

"走吧。"齐玉京说道，"早上我吃了那么多，你还一口没吃呢，我请你吃大餐。"

走吧。连绥闭上了眼睛。

露露拒绝了齐玉京的邀请，带着两份满分好粥坐回了花园的长凳上。

她被齐家赶出来，又没有破房子的钥匙，没有可以去的地方，还不如就在这里守着连绫。

此时此刻，露露不知道自己是太爱连绫不计较他的情绪，还是已经变得更加成熟坚韧了，她竟然没有因为连绫的冷漠而消极，反而觉得……

没什么大不了的嘛！她的世界她做主！就要死缠烂打！

露露叹了一口气，唉，湖姬真的不是诓她吗？这个真的是她的世界吗？之前听连绫说起齐家的时候只觉得齐玉京真是大写的"杰克苏"，为什么她到了这里反而还不如齐玉京"苏"呢？

想到这里，她搅了搅粥。两份粥，一份咸口，是虾仁玉米粥；一份甜口，是雪梨银耳粥。

她舀了一勺银耳，又舀了一勺虾仁，同时放进嘴里。

呕……好奇怪的味道。

露露被这甜不甜咸不咸的味道刺激到味蕾，一瞬间眼泪溢出来了，心里的难过就好像被这股味道拔掉了塞子，让她不由自主地哽咽起来。

两个人在幻境里不是一直都携手并肩的吗？连绫为什么要抛弃她？为什么突然讨厌她？为什么不管她了？

或许根本没有什么她想象中说不出口的理由，他只是在记忆恢复的一瞬间觉得她配不上他，想反悔那场未完成的婚礼呢？

她已经很喜欢他了，她已经对他是爱了。如果他这个时候反悔，如果他这个时候不再喜欢她，那让她怎么办？

露露在花园里落泪，她知道连绫的病房就对着花园，如果他看到她哭泣，如果他还有半分在乎，会不会……

迷迷糊糊间，有一个人影在她面前蹲了下来。

露露的心狂跳，连忙抬手抹去泪水。

视野清晰的那一刻，她看到了一个穿着西服，抹着发油，一看就是典型的高级管家装扮，但表情十分亢奋，一点儿也不高级的男人。

那个男人说道："小姐，我终于找到你了！"

露露叼着勺子，觉得莫名其妙。

男人激动地看着她："这是玛丽·冰紫雪梦妍·殇家族的家族封印啊！被解开了！你一定是失踪多年的玛丽·冰紫雪梦妍·殇家族的大小姐！"

露露恍惚间觉得自己听到一个特别不得了的名字："等等，刚刚你说什么家族？还有，什么家族封印？"

男人望着她的头发，表情如同望着神迹，崇拜之情简直要溢出来了："在解开家族封印之前，小姐和旁人并没有什么不同，但在这一刻，小姐已经蜕变成最美丽的女人了！"

露露闻言看向自己的头发，然后一口粥喷了出来。

她发现自己的发梢不知道什么时候变成了红橙黄绿青蓝紫——七彩的颜色，露露揪着头发震惊地说道："你不要告诉我，我现在整个头都是这种颜色！"

男人抹了一把脸："当然！"

想什么来什么！这么"苏"的名字，这么"苏"的发色……

所以之前的糟遇都是"玛丽苏"剧情的铺垫：无父无母，失去亲人，穷困潦倒，最后还被唯一可以依靠的恋人抛弃……

为什么之前她竟然没有觉得这些事情如同言情小说一般苦情且"狗血"呢？

所以这个世界其实从来没有崩坏，它甚至一直沿着既定的轨迹行走……

现在，她终于要蜕变成真正的"玛丽苏"了吗？

露露仰望天空，觉得自己苦尽甘来，有点儿想哭。

面对这种超级"玛丽苏"的设定，她头发都不科学地变成彩虹色了，万一眼泪流出来也是七彩的……

简直不能细想。露露立刻把眼泪憋了回去。

"你们……呃，我们这个家族叫什么？"

"玛丽·冰紫雪梦妍·殇家族！"

"家族封印怎么解开？"

"同时吃虾仁和银耳就能解开！"

"听起来真 low（低级）……那么我叫什么名字？"

"大小姐，你叫玛丽·冰紫雪梦妍·殇·美到哭·里欧·苏！"

"你们还是叫我小名露露就好。"

半个小时后。

露露坐在一个高十米的巨大客厅里，手边的沙发扶手金光闪闪，估计都不是镀金而是真金的。她在心里一边"吐槽"着虾仁和银耳解锁，一边打量着对面的女人。

如果用"玛丽苏"语言来形容，这是一个极致优雅，极致美丽，三岁就能倾倒全世界男人的女人。而且她也有一头七彩的长发。

而且这个女人正哭哭啼啼，她的眼泪果然是七彩的！

太可怕了！

那个女人哭道："我苦命的女儿啊，看看你，都瘦成这样了，一定吃了很多苦……"

哦，原来是"玛丽苏"的妈妈。

那个女人哭道："造孽啊，为什么是这个时候解开封印，妈妈宁可你死在外面也不想让你回家啊……"

露露被自己的口水呛到："喀喀……等等，你刚才说什么？"一般不都是"幸好没死在外面，妈妈做梦都想让你回家"吗？

那个女人抬起头来看着她，七彩的泪珠滚滚而下，露露心里念了一句"天哪"，连忙别过脸，就听女人说道："就算在外面辛苦一点儿，也比嫁到仇人家受尽折磨好啊。"

从"玛丽妈"嘴里，露露听到了关于这个"玛丽家族"的冰山一角。无愧于这么长的家族名，家族的设定十分"逆天"——父亲是某国王爵后代，拥有那个国家和世界其他国家的许多金矿，并且十分懂得经营；母亲是全球身价第一的超模，和某国黑手党沾亲带故；而她本人和另外一些哥哥，则纷纷从小展现出赚钱技能、科研技能等各种技能。

露露觉得这个设定怎么好像在哪里听到过："你说我们家是世界上第一有钱的？和齐家比呢？"对了，不是说齐玉京他爸是世界十强总裁，他全家都是总裁，特别有钱，还有……

"你和齐家的女主人，到底哪个是身价第一的超模？"

"玛丽妈"的脸色骤然阴沉下来。

"乖女儿，我没来得及告诉你，我们的仇人就是齐家。"

"啊？"

"小小家族，不自量力，竟然敢自称世界第一有钱。如果不是我们家族的生意有太多不能曝光，轮得到他们跟我们联姻？""玛丽妈"七彩眼泪也不流了，轻蔑地说道，"还有，我才是身价第一的超模！我才是！我拥有彩虹色的头发和眼泪，我高兴的时候头发是直的，不高兴的时候头发是卷的！还有，我高兴的时候会下樱花雨，不高兴的时候会下玫瑰雨！"

"好好好，您说得对，这理由一听就十分有说服力。所以我们为什么和齐家有仇？"

"因为我们才是第一有钱！我才是身价第一！我高兴的时候……"

"我明白了！"

"玛丽妈"自言自语："听说齐家男人都貌丑如鬼，各个青面獠牙。"

露露："扑哧！"

口是心非的女人，既嫌弃人家丑，又嫌弃人家穷，还要跟人家联姻。"玛丽苏"都这么别扭吗？

露露呆坐在沙发里，回味着这种种"逆天"的设定，脑海里突然"叮"地响了一声。

等等，联姻？

"玛丽妈"最开始时说什么？说她露露要嫁到仇人家受尽折磨……

嫁到仇人家？

嫁到齐家？！

嫁给连绶吗？

哈哈哈！老天保佑！

要不是碍于"玛丽妈"在场，露露真想仰天长笑——真是得来全不费工夫！

等她身份大变再去找连绶，连绶一定会吓到连眼珠子都掉下来吧。

哼哼，这下她要看看连绶还怎么拒绝她。

虽然露露现在名义上是玛丽·冰紫雪梦妍·殇家族的人了，但露露没有忘记她的终极目的——她要和连绶一起离开幻境。可还没找到那个试图伤害连绶的人，她不能离开连绶太久，不能允许她不在的时候出现不可掌控的事。

头发"杀马特"到不行，但幸好只是头发——在得知头发绝对不可以染成黑色之后，露露机智地买了一顶帽子。到了医院，她径直往病房走，和一个小护士擦身而过的时候，她突然站住了。

然后她叫住了护士："你等等。"

护士回过头，疑惑地看着她。

露露从怀里摸出一张支票。她现在也是可以写一千万支票的女人了，哼！

将头发整整齐齐收进白色护士帽的"护士小姐"，戴着口罩，故作镇定地进门，被眼前的一幕惊呆了。

连缀躺在床上，病床左右居然站了八个女人！

左边的四位说道："少爷，粥好了。"

右边的四位说道："少爷，请慢用。"

露露拿着针管，目瞪口呆地看到八位如花似玉的少女依次走到连缀面前，用精致的小勺将粥送到连缀嘴边。

连缀皱眉："不是这个。

"不对。

"有点儿像，但不是。"

轮过一圈之后被全盘否定，为首的一位少女不安地问道："少爷到底想喝什么粥？"

"咸粥，很鲜，具体我想不起来了。"连缀摆摆手，"你们再去找。"

好浪费！真"土豪"！没想到他这么快就适应了这种奢靡作风了！露露心想，但马上又觉得不对，他想喝粥……不会是想喝昨天她带给他的，他只尝了一口的虾仁玉米粥吧？"

想到这里，露露心里像是打翻了调料瓶，酸酸涩涩，说不出是喜悦还是委屈。她低头眨了眨眼，借着整理托盘，悄悄朝连绶瞥去。

连绶的头似乎仍然有些不舒服，脸色苍白地靠在床上，微皱着眉，在太阳穴处轻轻按压。偶尔下意识地向小花园里望望。露露顺着他的目光看去，什么也没看到，再收回目光看连绶，连绶垂着眼帘，一副自嘲又失落的样子。

露露心疼他，忍不住总是看他，不料他蓦然抬头，眼神直直地瞧过来，似乎知道她偷看他。

露露的心"咚咚"跳起来，她穿的不是自己的衣服，又蒙得这么严实，不会被看出来了吧？

正紧张着，连绶看着她说话了，似笑非笑地问："你在干什么？"

露露低头一看，顿时蒙了。

她紧张起来手就不听使唤，一支空针筒，一瓶打开的药，然而手上的针筒没有插进打开的药瓶里，反而是插进了旁边的茶杯里，吸进去半管黄澄澄的茶。

这下要完了！露露觉得自己如果是一只动物，现在肯定炸毛。她根本不敢往连绶那边看，只能低着头，装作无意，尽量隐蔽地把针筒慢慢从茶杯上面撤回来……

连绶那边轻轻咳嗽了一声，又像是忍耐许久的轻笑。正在露露低着头面红耳赤时，他说话了。

只不过他不是对着她说话："下一个。"

下一个？粥？还是……

病房门被推开的瞬间，一阵若有若无的香味飘了进来，可惜不是饭香，而是高级香水的味道。

露露的视野定格在地上，看到一双裸色的高跟鞋，鲜红的裙摆，走路的时候裙摆扬起优雅的弧度，露出被鞋带环绕的白皙的脚踝……那个女人从她身边轻盈地走过去，然后坐在了连绶床头的位置。

连绶的声音有点虚弱，但仍然有礼含笑："你好。"

露露斜眼看去，有着漂亮脚踝的女人果然是个美女，身材纤细，脸上化着不讨人厌的淡妆，眼睛一闪一闪，像是在勾人："齐小少爷，你好。"

连绶这个浑蛋，居然在病房相亲？

露露的手都快把针筒捏断了。

　

没错，连绶就是在相亲——在他大哥的强烈要求下。

连绶看着露露假装镇定，实则手抖地端着托盘出去，他的目光跟着她，最后落在门上，停滞了许久。

他在和露露的视线碰撞的那一刻就认出她来，毕竟彼此已经非常熟悉，能够用这样的眼神望着他的人，在这个世界上只有她一个。惊喜是肯定的，他甚至想张开手臂拥抱她，轻嗅她身上的味道，然而……他不能。

昨天已经迈出了第一步，既然断就要断得彻底。刚好齐玉磊今天急匆匆地来找他，告诉他，他们齐家一直有一个仇家，原本两家井水不犯河水，然而两家在今年一场重要的拍卖大会上必须联手，这场拍卖会很重要，二十年前就开始策划，为了保证不出差错，他们甚至未雨绸缪定下娃娃亲。谁知定亲归定亲，这二十年来两家互相没少朝对方扔刀子，关系一如既往地差，这就让被定亲的双方有点儿尴尬。

"我是为了你好。"齐大哥说道，"原本定下的是他们家的大女儿和我们家的小儿子，然而大女儿多年前失踪，玉京又早逝，原本不了了之。然而今年拍卖大会提上日程，她家失踪的大女儿突然回来了，听说她貌丑若鬼，五大三粗……"

连绶惊悚地说道："所以呢？"

齐大哥用同情的眼神看着他："我给你安排了十位名媛，今天下午

204

开始相亲。"

连绥目送露露出去，名媛C有点儿不开心了："你在看谁？"

连绥收回目光，原本的绅士与温和一瞬间统统不见了。

"我没看谁。"他面无表情地说道，"你用的香水太呛了，我刚刚有点儿想吐，所以回避一下。"

五秒钟后，名媛C夺门而出。

连绥无所谓地耸耸肩。对于他来说，只要不是露露，无论是名媛还是丑女，没有什么区别。

"下一个。"

门开了，吹进来一阵风，脚步声轻巧，连绥甚至懒得抬起眼皮看一下，直到他的视野范围内进入了白色的衣摆，白得瘆人，白得刺眼……

连绥顺着这衣摆缓缓看上去。

"护士小姐"终于摘掉了口罩，笑容特别灿烂："齐先生，你好。"

连绥好久没这样近距离看过露露的笑容了，一时间竟然觉得像是迎着光看金箔，眼前一片金光。

在这一片怦然心动的光芒里，连绥都有点儿佩服自己的冷静："你来干什么？"

露露又是嫣然一笑，仿佛笑容不要钱似的："我来相亲啊。"

连绥说道："下一位女士我见过，不是你。"

"哦，你说刚刚门口等候的那一位吗？她看到我，自然就知道她名不正言不顺，早走早好。"露露说道。

连绥笑了笑："凭什么？"

前面铺垫了那么多，终于等到这句话，露露看着他的眼睛微微一笑，故意放慢动作，缓缓……地摘下了帽子。

一头七彩流光的长发披散而下时，露露不得不承认，此时此刻她的心里真是爽翻了！

连绶对此的反应是："扑哧！"

之前装作的冷淡立刻破功，连绶的手忍不住放在了面前这颗魔性的脑袋上，大笑道："露露！哈哈哈！你怎么了，这么想不开！哈哈哈！这个'杀马特'头发看起来真令人迷醉！哈哈哈……"

露露纹丝不动，看着连绶的笑容僵在脸上。

齐玉磊曾经说过："仇家有一个显著特征，她们家的女人都有七彩的头发，七彩的眼泪。"

连绶惊诧地看向露露，目光里充满了不确定。

露露当然看懂了这个眼神。她深沉地说道："没错。我就是玛丽·冰紫雪梦妍·殇·美到哭·里欧·苏——玛丽·冰紫雪梦妍·殇家的大小姐，你们齐家老六齐亭兆先生命中注定的未婚妻。"

露露没想到她居然能把这么一长串名字准确无误地念出来，但她真的念出来了。

露露本以为连绶听到这么"苏"的名字会笑出声，但他没有笑。

连绶只是看着她，温柔而无奈地叹了一口气。

他放在露露头顶的手轻轻摩挲了两下，慢慢滑下来，单手捧住了露露的脸，说道："露露，你这是何苦。"

一句话就把露露这几天来故作坚强、假装无懈可击的盔甲卸了个七零八落。

他的手心凉凉的，露露却觉得一瞬间眼眶灼热起来。她在遇到连绶之后就一直学不会坚强，总是爱哭，然而在眼泪流下来的前一秒，她突然想到自己的眼泪是七彩的……

真是煞风景。露露抽抽鼻子，强行把眼泪憋回眼眶中。

露露把手按在连绶的手背上，两人默契而自然地调整成了十指相扣的姿势。

露露说道："我不明白，你没有恢复记忆时还会保护我，恢复了记忆为什么却推开我？"

连绶垂下眼帘："我有我的理由。"

"你有什么理由？不能告诉我？"露露真的不解，"我们之前同甘共苦过那么久，经历了那么多次生死险境，你难道还信不过我？"

"我不是信不过你。"连绶忍不住说道，"我是……信不过我自己。"

"你自己？"露露疑惑，"什么意思？"

话说到这个地步，再隐瞒也没有意思，不如和她说清楚，让她知难而退。

连绶苦涩地解释道："我过去伤害过你，你忘记了。未来，我不能保证伤害不会再次发生。"

说完他就松开了露露的手，想缩回去，却被露露一把按住。

露露难以置信地看向他，几乎都要爆粗口了："你这个浑蛋，你就因为这种野鸡理由？"

"我……"

露露想了很多种可能，万万没想到居然输给了连绶莫名其妙的猜测。她一时气愤，竟不知道如何下手，情急之下竟然凑过去，在连绶的脖子上狠狠咬了一口！

"你因为这种大家都不记得，之后也并没发生的事情，就要放弃你我的现在？"露露简直要气昏了，"你是白痴吗？啊？小连子，你的脑袋真的坏了吗？"

连绶皱眉，继续说道："可是，之前的那些事情，我确定发生过，我真的无法面对，如果以后……还不如防患于未然，现在就……"

"防你个大头鬼！"露露的声音忍不住提高八度，整个人简直要跳起来了，她指着连绥的鼻子说道，"未来的事——你能不能对你自己有点儿信心？你自己都掌控不了你自己吗？你觉得你会伤害我吗？要伤害我，当初车祸的时候你不打方向盘不就一了百了了！"

连绥说不出话，静静地看着她。

露露气呼呼地说道："还有，就算你说过去的那些什么破事都是真的，现在我不知道，我也不想知道。你能不能对我有点儿信心，我会因为过去的你，放弃现在这么好的你吗？你就信不过我对你的爱吗？"

连绥突然问："你说什么？"

露露哽住了。

连绥笑道："你觉得我很好吗？还有刚才最后一句，你再说一遍？"

她居然情急之下当面表白了！好丢脸！

露露的脸"噌"地红了个彻底。她干笑一声，摆摆手就想往后退："啊，随便说说，你别当……嗯……"

连绥眼神温柔地看着她，单手揽住了她的脖子，把她拽到床头，然后仰头，轻轻地吻住了她。

窗帘轻轻飘荡，屋外的阳光灿烂得恰到好处。

屋内，拥有耀眼长发的少女弯着腰和黑色短发的男人接吻，两人的脸都泛着红。美好而安静，像一幅画。

良久，连绥的手松开，两人轻喘着分开了一点点。露露不知道自己什么时候已经坐在床上，半靠在连绥身上，双手隔着被子，松松地环着连绥的腰。连绥摸摸她的头发，和她鼻尖碰着鼻尖，突然轻声说道："你不想先说没关系，那刚才我当作没听见，现在我先说。"

露露的心猝不及防地极速跳动起来。

连绥看着她，一字一句，非常笃定："我爱你。你说得对，我应该对你有信心，也应该对我对你的爱有信心一点儿。"连绥捧着她的脸，眼中是不会错认的深情，"我爱你，只要未来的我还是我，就绝对不会允许自己对你有一丝一毫的伤害。"

露露的鼻子酸酸的："这可是你说的。以后可不能再像之前那样对我……"

"我保证。"连绥望着她，眼中只有她，"之前……我是受了不相干的人的影响。"想起那个女人，他的眼神冷了些，"她和你之间，我绝对不会再选错。"

"嗯。"露露点头，停顿了一会儿，小声说道，"我也是。"

"也是什么？"

露露脸红红的，飞快地说道："我也爱你。"

连绥笑了起来，又吻了吻她的鼻尖。

露露说："离开这个幻境的条件，是要明白我想要什么，我觉得……"露露不好意思地说，"我想要你。"

连绥坏笑道："哦？怎么要？现在吗？"他低头看了看被子下面，故作犹豫道，"虽然体力没有恢复，但也不是不行……要不然，你上？"

露露没想到连绥突然这么不怕羞，脸一下子红了："上……上你个大头鬼！"仿佛床上有烙铁一般，她"噌"地一下弹起来，然后箭一般地逃出了病房。

连绥连她的背影都没捕捉到，不由得失笑。

这是他的露露……只要在他身边，她就一直是这样充满活力、生机勃勃的样子，他喜欢的样子。

或许，他的确应该对他们的未来更有信心。

震惊全球的大消息！娱乐新闻头版头条！财经新闻头版头条！

位于全球财富排行榜第一位的齐家，要和隐形巨鳄玛丽·冰紫雪梦妍·殇家族联姻了！

堪称世纪婚礼！话题横扫全球各大社交网站！

然而对于两位"二婚"人士来说，既然已经结过一次婚，大家都比较熟练……那么就随便一点儿好了。

重头戏当然是万众瞩目的洞房！

社交网站上的话题第一名继"镶钻十斤豪华婚纱""皇家花艺师的婚礼现场"之后，今天终于换成了"超kingsize（超大尺寸）大床放着我来"。

而现在，这张"超kingsize大床"，就摆在满头黑线的露露面前。

各位，你们见过一个教室那么大的卧房吗？

重点是，你们见过一张教室那么大的床吗？

真的……好大一张床啊！完全可以供一个加强排的人在上面摸爬滚打！

况且……

露露面无表情地听管家在旁边兴奋地叨叨："大小姐您看，床上铺的玫瑰花瓣是今天早上从法国采集，一个小时前空运过来的，非常新鲜，为了铺满这张床，足足使用了十公斤花瓣；在房间旁边的衣帽间里，我们准备了一百套情趣睡衣供您挑选；在床头柜里，我们准备了一百种情趣用品供您挑选……"

露露脑海中不禁浮起了一幅十分要不得的画卷——赤裸的皮肤，染上了玫红色的汁液……两人在花瓣、睡衣和情趣用品的裹挟里嬉笑打闹："来啊……来追我啊……"

一股恶寒从脚底冲到天灵盖，露露突然有拔腿就跑的冲动。

管家还站在她的身后，她故作镇定地挥挥手："你……你先出去吧……"

"你让我去哪儿？"声音含笑，音色竟已截然不同。

露露猛地转头。

管家不知道什么时候已经走了，连绶站在背后，笑意微醺。之前露露一直觉得仙君长发飘飘、宽袍广袖的样子是最迷人的，今天看到他短发利落、西装革履地朝她微笑的时候，她甚至连直视他都做不到了。

连绶抬起手扯了扯领带，西装外套已经脱下，丢在一边。露露垂下头，眼神不由自主地落在他的腰上。衬衫的下摆塞进了西裤，腰部的线条劲瘦有力，这样的腰，摆动起来一定非常有力、非常持久……

等等！露露突然醒悟自己在想什么，整个人都不好了，恰好连绶又笑言了一句："你在看哪里？"

露露脑子里的弦"啪"地崩断了，思想付诸行动，她真的转身就跑。

连绶眼疾手快，在她转身的一瞬间就伸出手臂，一把揽过她的腰，将她拉进怀里。

露露说话的声音都哆嗦了："你……你给我放开……"

"我不放。"连绶的声音慢吞吞的，露露只觉得她就是砧板上的肉，连绶却还要变成一把钝刀，慢慢折磨她，只听他说道，"曾经，有两次机会摆在我面前，我没有珍惜，直到今天才后悔莫及……"

露露脑海中立刻浮现出山洞里的那次"未遂"和上一次洞房的"未遂"。

"如果再给我一次机会……"连绶的声音再次响起，竟然已经近在耳边，露露睁大眼，不知何时，她竟然已经被连绶放倒在满床的玫瑰花瓣中，双手被他单手钳制在头顶，他的另一只手撑在她身边，竟低头咬了咬她的耳朵。

露露整个人像一张弓一样绷紧了。然后，就听见连绶在她耳边轻声坏笑道："我会选择……你一万遍。"

　　第二天傍晚，露露终于睁开了双眼，从香甜的梦境中苏醒。

　　醒来之后，暂时麻痹的神经恢复，知觉席卷回归，露露只觉得浑身上下只剩呼吸和眨眼能够自主，剩下的部位就像被车碾过、马碾过、坦克又碾过一样……累到快要残废。

　　如果和连缓洞房一次就可以回归本来世界的话，如今这个程度，大概已经超越了本来的世界，飞出太阳系，飞出银河系，飞出宇宙……露露胡思乱想着，眯起眼睛，透过离她十分遥远的窗子遥望夜色……

　　等等！为什么房间仍然这么大！窗子仍然这么远？露露猛地闭了眼，又重新睁开……竟然不是梦，她还在这张 kingsize 床上躺着！她居然没有回去！

　　这怎么可能！

　　就好像本以为自己已经拿到通关秘钥，结果打开门之后发现居然是个死胡同，露露整个人陷入了震惊中。直到一条手臂揽过来，连缓的声音在头顶响起："不是吧，我以为我交了满分答卷，为什么你的表情还这么不满？"

　　吃饱喝足的连缓不同往日，一开口这尺度就像脱了缰的野马。露露面红耳赤地把他的胸膛推远一点儿，仰头说道："为什么我们还在这里？"

连绶坏笑道："不然在哪里？浴缸里？桌子上？衣帽间？"

"昨晚过后你脑子里是不是只剩黄色废料了啊！"露露气得想打他，然而没有力气，只好让眼神变得尽量犀利，"为什么咱们还在幻境里？我的愿望按道理说已经实现了，为什么出不去？"

连绶一本正经地说道："大概你的愿望好像进度条，我们现在只完成了百分之五十，剩下百分之五十……"他翻了个身，俯视着露露说道，"大概还要再辛苦一下？"

露露看懂他眼中的意思，顿时炸毛，她惨叫道："你滚开！我不来了！"大概是真的急了，露露不知道从哪儿来的力气，手脚并用爬出连绶的包围圈，一边把自己紧紧裹在被子里，一边口不择言道，"像你这种之前几万年都荒着的'老处仙'，是不是一开荤就完全失去理智啊！这么变态！"

连绶"变态"地咂咂嘴，笑道："哇，没想到评价这么高，谢谢夸奖。"说完他拍拍自己身边的位置，"过来。"

露露抓紧被子，警惕地看着他。

连绶温柔地说道："不闹你了，过来说话。"

露露这才磨磨蹭蹭、小心翼翼地投进他的怀里。

连绶低头亲亲她，感叹道："幸好你对我死缠烂打，让我放弃她选择你，不然哪有今天这样的艳福。"

"她"不是第一次被提到了，露露问："你说的是谁？"

"还能有谁？引我们入瓮的人，"连绶淡淡地说道，"湖姵。"

露露微微睁大了眼睛："湖姵？她出现了？"

"嗯，我醒来之后见到的第一个人就是她，因此才被蛊惑。"连绶冷冷地说道，"你猜猜看她是谁？你一定想不到，这个人你也见过。"

露露眨了眨眼睛，想了想。她见过的……能够第一时间进入连绶病房的……

呃……

看到露露睁大眼睛，难以置信的表情，连缓点头："没错，就是我那个当超模的妈。"

"湖姵口味也太重了……"露露喃喃着，突然倒吸一口凉气，"等等，那么游乐园的事……"

零散的线索在此刻飞快串联：对连缓非常熟悉，甚至认识大哥刚送她的新车的杀手；齐玉磊知情，却都说不出口的幕后指使者……

她和连缓一对视，立刻看懂了对方也想到了这里。

"游乐园，是她做的？"

"想来没错。"连缓道。

"我不知道她到底想要干什么，我只知道她费尽心思想拆散我们，甚至不惜以伤害我为代价。"连缓搂着她的手臂紧了紧，"说实话，我认识湖姵很多年，之前她虽说不是十全十美，但也温柔懂事，不知道为什么会突然变成现在这样。"

露露听到连缓夸湖姵温柔懂事，心里有些酸溜溜的，但她也知道这不是重点。重点是她现在能不能，告诉他湖姵其实和她脱不了干系，她的变化也是在她本尊出现之后才开始……

那湖姵这样害他，他会不会多想……露露只是稍微考虑了一下就放弃现在坦白，以后还有机会，以后再告诉他好了。

连缓没有察觉她内心的变化，说："所以如今看到我们这样声势浩大地在一起，她一定会有所动作。"

露露回神："所以网络上还有报纸上的那些消息，都是你授意放的？为了刺激她？"

"嗯。"连缓说道，"我早知道不会这么快结束。最近我一直没有给她机会接近我，就是为了确保让她接下来在见到我时对我发难，我不想再等了。"

露露看着他，有些不解。

连绥又低头亲亲她的鼻尖，笑了笑："筹备了二十多年的拍卖大会，我也有点儿好奇，这幻境里有什么东西这么珍贵，值得这样兴师动众。"

三日后，拍卖大会。

这不是露露第一次跟着连绥进入这样的场合了。再次和他一同入场，她心里有一种时间循环的宿命感。只不过，第一次的时候，她还半人半狗，跟连绥之间还有"物种"的巨大鸿沟。而如今，她戴着白色丝绸手套的手轻轻穿过连绥被黑色西服包裹着的臂弯，她的眼睛能捕捉到众人的艳羡，她的耳朵能听到窃窃私语。

"那是齐家和玛丽家联姻的那一对吧！真是强强联手……"

"听说玛丽家那小姐和安家关系也不错……"

"哇，你看玛丽家的小姐的头发还是七彩的，好酷炫……"

算了，还是别说了。露露的嘴角抽搐。

连绥显然也想起了上次带她进拍卖场的事情，脸上带着绅士的微笑，却低头对她说道："连夫人，今天可以不用看表了呢。"

"什么意思？"

"因为你零点不会变身啊！"

"连绥你好冷。"

即使是简单无聊的对话都能让人开心，这大概就是相爱的魔力吧。

露露和连绥在拍卖场的第一排就座，露露兴致高昂，仿佛凳子上有钉子，一直动来动去："连绥，你说，等下咱们是不是要像上次一样，拍下压轴拍品？"

连绶说道："上次是有用，这次万一压轴拍品是绝世美女怎么办？"

露露立刻不说话了。但没过几分钟，她就又跟连绶窃窃私语道："坐着好无聊，我去上个厕所。"

连绶无奈而包容地看她一眼："马上就开始了，你快点儿。"

露露整整衣服，脚步飞快地走了出去。

拍卖场里此时人群熙熙攘攘，女人们都穿着漂亮鲜艳的晚礼服，很容易让人迷失目标。露露的目光紧盯着前面不远处一袭翠绿旗袍，看着她辗转挪移，最终闪进了旁边的走廊，露露立刻跟了进去。

今天入场的时候她就注意到了，湖姵穿的就是这样一身旗袍，何况刚才她坐下之后，湖姵一直盯着她看，等她发觉湖姵的目光看回去，湖姵还对她饱含深意地一笑。

在其他人眼里，这只是齐家女主人和儿媳的互动；在连绶眼里，这也只是湖姵与她的来往。只有她和湖姵清楚她们的身份，湖姵不过是她的一部分，一而再再而三地为难，是没有把她放在眼里。

她要去和湖姵说清楚。

那袭翠绿旗袍走得很快，等露露拐进走廊的时候，只看见旗袍的影子在走廊尽头的拐角一闪，露露没有办法，只好追过去，幸好拐弯过后的走廊极长极深，"翠绿旗袍"就站在离她不远处的一个花瓶前面，背对着她，低头像是在仔细研究花瓶上面的花纹。

露露没有多想，跑过去拍拍她的肩。

"翠绿旗袍"转身，笑盈盈地看着她。

露露愣了，把手收了回来："怎么是你？"

与此同时，另一袭十分相似的翠绿色旗袍袅袅而来，湖姵穿过人群，在连绶身边优雅落座。

连绶正看着台上摆放的一条老坑玻璃种手串，余光感觉到有人在身边坐下了,他说:"露露,这条手串不错,你……"他侧头看向身边,声音戛然而止,脸色骤然冷了八度,"怎么是你?"

拍卖场里人声鼎沸,走廊却安静得落针可闻。露露看着面前年轻美丽的名媛,名媛换下了大红色裙子,换下了细跟凉鞋,穿着和湖姵几乎一模一样的旗袍,朝她温柔一笑:"我就想看看,齐亭兆选中的女人究竟有几个眼睛几个鼻子。"

这种"战五渣"的挑衅露露根本懒得理,翻了个白眼就想走,却被名媛伸手拦住:"怎么,现在好歹是齐夫人了,连和我说句话都不敢吗?"她自豪地挺了挺胸,"哦,也是,现在结婚离婚方便得很,谁知道今天你姓齐,明天还姓不姓。"

"我不姓齐。"露露走不掉,干脆抄着手笑道,"我姓玛丽·冰紫雪梦妍·殇,一个你配不上的姓。"

名媛的脸极快地扭曲了一下,但很快又笑起来:"那又如何?"说着,她极快地往露露的小平胸上扫了一眼。

"战五渣。"露露的回应是拨了拨她流光溢彩的杀马特长发。

"我身材比你好。"

"哼。"拨头发。

"我比你会哄男人。"

"哼。"拨头发。

名媛气急了:"你就没有别的招数吗?低级!"

"有啊,我还有更低级的招数。"露露笑了笑,突然压低声音,"你以后上厕所的时候可千万要小心。"

"你什么意思?"

"因为……"露露勾勾唇,"我一定会想方设法偷拍你如厕的照片,然后倒手卖了，赚个十万八万的，这才不愧于我家族的名声。"

"你！"名媛气哭了，"恶毒！下流！"

另一边，连绥冷声说道："这里有人了，麻烦你让开。"

"我可是你的母亲。"湖姵敲敲扶手，"你看看周围，没有一个人注意我们这里，毕竟母亲来找儿子说话再正常不过的了。"

"你故意把露露支开，想要干什么？"

"我要干什么，我一早就告诉过你了。"湖姵叹气，"让你离霜露远一点儿，你怎么不听呢。"

连绥说道："我没有必要听你的。"

"哦？"湖姵说道，"如果我告诉你，你一日不离开她，你们一日就走不出这个幻境呢？"

连绥笑了笑，说道："就算一直在幻境里，我只要和露露在一起就没关系。"停顿了一下，他又说道，"何况，我们在这里有钱有权，也没什么不好。"

"你……"湖姵的眼里极快地闪过一丝怨恨，"你就不怕梦里的事再次发生？"

连绥终于正眼看她了："我爱她，我不会让自己做出那样的事。她也爱我，她不会介意过去。"

闻言，湖姵突然轻声笑了。

"你现在的信心可是建立在她对过去一无所知的基础上。"她慢悠悠地说，像是很笃定，"若是有一天她自己想起来了，你敢肯定她仍然不会介意？"

连绥沉默了一会儿，然后说道："我相信她。"

"真是伟大。"湖姵轻声笑起来。

她慢慢地站起身，在他耳边轻蔑地说道："只可惜，她可对不起你这样全心全意的信任。就说现在，倘若没有你不知道的理由，我怎么可能轻易支开她？"

湖姵轻飘飘地走了，连绶垂下头，将手放在座椅扶手上，轻轻地握了握，表情高深莫测。

没过一会儿，露露脚步轻快地回来了，刚坐下，连绶就侧过脸看她："去了这么久？"

露露语气轻松："拍卖场这么多人，厕所里人也很多嘛。"

闻言，连绶的眼中极快地掠过一丝失望。但他收回目光，没有再说什么。

或许真的有所隐瞒吧，不过没有关系。连绶心里想，他信任露露，并不代表露露需要事无巨细交代所有事情，所以他不会介意。

"哦！拍卖开始了！"露露的心神已经全部放在了拍卖场上，"哇，此时此刻，就差一桶爆米花。"

她的语气如此轻松愉快，像是什么事都没发生过一样，连绶略微紧绷的下颌也放松了些。

或许是他太大惊小怪了，之前他还对她说会一直相信她，这才短短几天，他们之间的信任不该脆弱到再次被湖姵挑拨。

嗯，就是这样没错。他确定她对他的感情，只要他们相爱，没有什么可以击破他们的盔甲。

两个小时如同流水一般过去，在场的除了真正的核心人物，几乎没有人知道这场看起来和往常拍卖没什么不同的拍卖会，隐藏着两家筹划二十年的汹涌暗流。

看起来只是规格高些，参会的人多些，大多数拍品品质不错，基本上都敲出了好价格。所以压轴拍品出场时，大多数人仍在闲聊，男士们有些不耐烦地看看手机，女士们忍不住聊起朋友今天佩戴的珠宝。没有人注意到，那个紫檀木盒被摆上场的时候，坐在最前面的人物们突然都安静下来。

在那个盒子亮相的第一秒，露露的眼睛就粘在上面移不开了。她的心突然加速跳动起来，几乎是一瞬间的直觉，她确定这里面一定是对她而言非常非常重要的东西。

连缓看她一眼，轻轻碰碰她的手背："怎么了？"

露露紧紧盯着盒子，茫然地摇摇头："我也不知道。"

连缓移开目光，看向不远处的湖姵。

湖姵的腰挺得笔直，眼睛同样望着台上，脸上挂着神秘莫测的笑。

"最后一件拍品！"主持人介绍道，"来自齐家的传家之宝，是齐家给现场各位的一个惊喜！"

人群里发出善意的嘘声，主持人比画手势压了压，等安静了些才逗趣道："传说中啊，这是每一任齐家夫人传给儿媳的宝物。可大家都知道，齐家这一辈可有好多儿媳啊！"停顿了一会儿，他眨眨眼，"不过，既然是在今天这个场合拿出来，那要传给哪位儿媳，大家心里想必都很清楚！"

人们哈哈大笑，纷纷把目光投向露露。主持人用力一挥手："那么，接下来，就由相亲相爱的齐夫人和新儿媳共同上场，打开我们这件宝贵的拍品！"

"好！"

在众人的目光和叫好声中，露露面带微笑站起来，心里却一片茫然。

湖姵这是什么意思？当着这么多人，她要做什么？

她向前走了一步，却突然被连缓抓住手腕。

露露回头看向他。

连绶的眼神有些复杂，却对她温柔地笑了笑："没事，有我在。"

露露的心便立刻安定了。

是啊，当着连绶的面，湖姵能对她做什么？

露露挺直脊背，一步一步走上拍卖台。湖姵也走了上来，像和她很亲密一样，贴着她站在她身边。

趁着主持人在那儿手舞足蹈地调动气氛，露露低声问道："你要干什么？"

"不干什么。"湖姵的脸上自始至终挂着一丝奇妙的笑意，仔细分辨，像是解脱，"完成一件我早就应该完成的事情而已。"

全场的气氛已经热了起来，主持人不知道从哪儿掏出两把大钥匙，塞进两人手里："那么，就请两位共同打开盒子，向全场的各位展示我们的压轴之宝吧！"

湖姵一把抓住她的手："很想看看吧？"露露有种不祥的预感，不由得说道："这么多人，你可别乱来。"湖姵的脸上压抑着肆意的笑容，拽着她站到盒子边，握着她的手插入钥匙孔："这有什么关系，反正这一切不过是幻境，不必在意。"

露露通过钥匙碰到盒子的一瞬间，原本就十分强烈的吸引力突然像是放大了百倍，露露情不自禁地转动了钥匙。

紫檀木像是拥有机关，在两把钥匙转动时，"咔咔"声连续响起，几番转换，盒子像莲花一样绽开，一颗银色的宝石出现在露露眼前。

明明不是很亮的光芒，露露的瞳孔却在捕捉到宝石的一瞬间骤然放大。眼前缓缓绽开一片雪亮的光芒，伴随着湖姵激动到有些扭曲的说话声："还认识这个东西吗？这是你的！也是我的！霜露之泪！"

霜露之泪怎么可能出现在这里？！

那现在站着的湖姵······

残存的震惊让露露骤然转头，看向湖姵。

她这才注意到，湖姵面如金纸，眼睛里泛着层层死气，却仍然笑着，笑得有些诡异："没错，这是我的原身······我现在······现在还给你······"

露露突然意识到，不论目的是什么，湖姵竟然抱着必死的决心！

露露下意识地退后。

"来不及了。"湖姵大笑道。

湖姵苍白的手猛地抓向露露的衣襟，仿佛回光返照，不知哪里横生的蛮力，一把把露露拉向展示台，猛地掐住她的脖子，将她按在台上。露露的额头被湖姵牢牢地摁在霜露之泪上，只觉得额心冰凉了一会儿，之后是席卷而来的刺痛，仿佛有一根又冷又尖的冰凌直直插进她的脑袋。

这变故来得突然，拍卖场里惊呼声、走动声响成一片。残存的理智让露露拼命挣扎，却只能小幅度地扭转视线，最后看到连绶倏然起身。之后，她眼前一黑，整个人失去了意识。

　　基于之前的经验，露露基本可以断定，昏迷之后迎接她的一般都没什么好事。换个身体什么的都很平常。露露觉得自己已经做好了迎接一切的心理准备，然后她果断地睁开了眼睛。

　　果然，面对现实的那一刻，她就发现自己像是开了"上帝视角"，视线范围内，有个单薄的小女孩在哭。

　　不是梨花带雨地哭，而是号啕大哭。

　　山风瑟瑟，她缩成一团，面对一块巨大的石头在哭，一边哭一边说道："为什么我头上没有犄角？为什么我背后没有翅膀？为什么我的哭声是'呜呜呜'而不是'嗷嗷嗷'？我是不是三无产品？是不是三无？"

　　露露一脸黑线。这都什么乱七八糟的。

　　然而更惊悚的事在后面，下一秒石头居然说话了："你没有犄角，是因为你每天都要扫地，如果有犄角，在房间角落里头就会顶到墙，那么就扫不干净了；你没有翅膀，是因为你每天都要给我端茶倒水，如果你有翅膀会飞，茶水很容易洒出来；你的哭声是'呜呜呜'，我才能从满山'嗷嗷嗷'的野兽里把你捡回来，这样你还有什么不满意的？"

　　小女孩抽噎着抬头，看到那石头后面转出来一个穿白袍的少年，少年手里拿了一把大蒲扇，笑得风流倜傥："不过你记住，在做我的仆人之前，你是个祖神。就算你是个被祖神合伙抛弃的可怜虫，你的血统也比那些跟你胡说八道的人要高贵多了。"

这是……年幼的霜露和年少的饕餮？露露张了张嘴，刚想发表点儿意见，画面一花，如同电影画面切换一般，又换成了一个截然不同的场景。

黑乎乎的蝙蝠洞里，英俊的青年深一脚浅一脚地往前走，不时有蝙蝠从他身边飞过，他眉头越皱越深，挥手打开："霜露！你在不在？！"

他没有看到，拥有修长蝠翼的少女其实亦步亦趋，表情有些窃喜。

露露甚至能听到她在嘀嘀咕咕："哼，我有翅膀了，等下吓饕餮一跳，给他一个惊喜。"

然而，饕餮突然发火，徒手抓住一只从他身边飞过的蝙蝠："烦死了，这些肮脏的东西！"他骤然发力一握，松手时蝙蝠就软趴趴地掉落在地上。

饕餮嫌恶地在旁边的石壁上抹掉手上的血迹。

石壁光滑，上面的影子影影绰绰，饕餮若有所感，猛然回头，眼睛一下亮了："霜露！你在这里！"

少女的笑容有些苍白，但背后已经没有了翅膀的半分痕迹。

饕餮很开心，上前一把将她抱住。少女身形单薄，轻而易举就被他抱在怀里。饕餮情不自禁地亲了亲她的头发："总算找到你了，咱们快离开这个恶心的地方！"

霜露的脸埋在他的肩头上，谁也看不到她的表情。

画面静止，然后从露露眼前猛然被扯去，场景又是一变。

成年的霜露面容艳丽，尤其是在她的剑上见了血的时候。不周之战刚开始，她就把专注找碴儿三千年的梼杌捅死了。看着梼杌的仆人兰宿带着尸体离开，霜露提着满是鲜血的剑，兴奋地去找饕餮。

然而她刚与梼杌酣战一场，用尽全力，不由自主地露出了蝙蝠的形态，甚至连自己是飞到饕餮面前的都没有发现。

风水轮流转，转得也是太快了。

她刚落地就被饕餮捅穿了肚皮。

祖神不会被轻易杀死，但是会痛。霜露诧异地望着爱人，可爱人环顾四周，眼中分明没有她。良久，他才收回目光，施舍般看她一眼。

"这家伙，又不知道跑到哪里去了。"饕餮的嘴角甚至含着笑意，像是在过去无数次找她时一样，带着些无奈，然而，他的眼睛完全倒映不出她的影子，"你剑上的血是谁的？"

露露在高处俯视着他们，只觉得心痛难当。

"你看不到我吗？"她喃喃着，和下面霜露的口型凄然重合。

饕餮给她的回答是，若无其事地一把把剑抽了出来。

一瞬间，露露几乎失去了旁观者的冷静自持。她几乎感同身受，那种冰冷的触感猛地离开她温热的身体，留下一个洞，吹得心都凉透了。

不知怎么，眼前的场面突然与之前在梼杌幻境中蝙蝠洞的情形重合，仔细一想，竟是惊人地相似。

无论是饕餮还是连绂，都厌恶蝙蝠，也厌恶拥有蝙蝠血统的她。他们心中的恋人恐怕只是那个"血统高贵"的祖神而已吧？

想通这一点，露露只觉得寒意一下子在全身蔓延开来，就像是被人当头浇了一盆冰水又扔进了冰窟里，身体不由得瑟瑟发抖。

她的确是在瑟瑟发抖。

或许是露露与霜露的心发生了共振，或许是霜露濒死，天旋地转间，她竟已经和霜露合二为一。

所有记忆全部归位，露露奄奄一息地趴在石床上，一直闭着的眼睛慢慢睁开了。

就在这一刻，露露只不过是她残缺而单纯的过去。现在的她已成为霜露，满腔怨恨，满腹心酸。

她曾经一心爱着，毫无保留相信的那个人就站在她身边，说话的语气却仿佛是对着一具尸体："即使有着同样的脸，气味还是那么令人讨厌。"

原本以为已经僵死的心仍然会痛，霜露自嘲地低声笑道："你错了，这原本就是我。"

"你是谁我不关心，可你不该抢走我的爱人。"饕餮却很固执，手指毫不留情地捏起她的下颌，逼她和他对视。

"这具身体，我曾经和她相拥而眠，这嘴唇，我曾经深深亲吻。"饕餮的手指轻轻地擦过她干裂的双唇，姿态仿佛对待宝物，可说出的话让霜露瞬间战栗，"要怎么办呢？翅膀太碍眼，那就折断好了。"他仿佛看不到霜露陡然睁大的眼睛，难以置信的眼神，犹自轻声慢语，"血里的气味……真是让人头疼。"

惊惧一瞬间席卷霜露的全身，她几乎以为自己已经死去："你……你要干什么？"

饕餮的回应，是残忍无情的笑容。

不能动弹的霜露，眼睁睁地看到他双手握住了她的蝠翼，然后用力一掰。

"啊——"

惨烈至极的哭号几乎撕破了霜露的嗓子。霜露痛得几乎晕倒，眼泪一滴滴落下，渗入泥土，就像她卑微的尊严。

"现在只剩血液了。"饕餮轻声说道，"也不是没有办法……来人啊。"

不周之战，凶兽们也有了自己的喽啰，他一声传唤，就有千奇百怪的妖兽进来待命。

露露的眼前一片模糊，五感几乎失去了。然而饕餮冷冰冰的两个字仍然像烙铁一样烫在了她的胸口，在她斑驳残缺的心上给予致命一击，让她无比清楚，过往的一切，只不过是个可怜可悲的笑话。

饕餮说："换血。"

"饕……餮。"她听见自己沙哑的声音，每说一个字，血气都涌上喉头。

饕餮的目光凉凉地扫过来。

"你记住接下来我说的每一个字。"痛到极致，霜露惨然笑道，"我霜露，永生永世，与你不共戴天！"

永生永世！不共戴天！

饕餮却只是轻蔑而淡然地一笑，移开了目光。

接下来发生的一切，她以为会是她永生的噩梦。

神志在一瞬间抽离，霜露原本以为自己死了，漫长的黑暗过后，她睁开眼睛。

她还在拍卖场，坐在地上，周围一片嘈杂混乱。

一切记忆都回归原位，她终于想起最后的一幕。过去那些太残酷，她终究无法承受，在不周之战的最后，她和饕餮血战十日，最后几乎同归于尽。临死之前，她没有抱着仇恨逝去，而是软弱地选择了逃避。

蝙蝠洞被她永远封存，所有激烈的爱和恨都锁进了她的一滴泪里。当这一切回归，她竟然没有崩溃，而是缓缓握紧了右手。

湖姵死在她身边，死不瞑目，却面带微笑，手中的刀想必是她给的。

正合她意。

变故发生得太突然，连绶眼睁睁地看着露露和湖姵一同摔倒在台上，只是跑上台的那短短几步，他就体会到了什么叫心急如焚。

他看着露露的神情一瞬间大变，从失措到痛苦再到平静，死水一般，让他心狂跳，只觉得一定有什么事已经发生。

"露露！"他疾奔上去，霜露闻言抬头，望向他，脸上绽出一抹奇异的笑，连绶没有多想，一把把她抱进怀中，"你有没有事？"

"你说呢？"霜露轻声说道，"我好痛啊，饕餮。"

连绫的瞳孔陡然放大，身体剧烈颤抖。

他想放开她，却已经来不及了。霜露紧紧回抱住他，一只手握着刀，已然推入他的胸膛。

"湖姵没有骗我，当我知道我想要什么的时候，我就能离开幻境了。"霜露轻笑着，笑声渐渐如同泣血悲鸣。

她一字一顿，心中的愤恨和当年被折磨的霜露重合。

永生永世！不共戴天！

霜露厉声喝道："我想要你死！"

霜露在床上仰躺着，睁着眼睛，出神地看着窗外漆黑的夜空，许久，百无聊赖地翻了个身。

又到一年中秋了，距离她回到现实生活已经过去了三年零五十四天。

距离饕餮——或者该叫他连绫——死去，也已经三年零五十四天了。

在记忆回归的那一刻，霜露已经重获神体。如今拥有远古资历的她显然也不能再到人间混吃等死了，天庭给她修了座新府邸，豪华大气上档次，她一个人住在里面，三年零五十四天，看着太阳升起，看着太阳落下，生活像一潭死水。

虽然无聊，但也很平静。

因为连绫不在了。

他一点儿痕迹也没有留下。除了她，没有人记得连绫曾经存在过。

霜露回来之后没多久就发现了这个现实世界和原来的世界似乎有了微妙的偏差。这偏差只限于连绫的一切过往，就像是时空裂开了一条细缝，把关于他的一切都吞噬进去。在这个世界，连家只有四兄妹，福神的位置不曾存在过，连有一次她偶遇兰宿，兰宿也像是不认识她，冷漠地和她擦肩而过。

或许，在她把刀推进他心脏的时候，他就注定会死在她的幻境中。

别人不记得，湖姬也消失了，从此，他只存在于她一个人的记忆里。

回来的第一年，霜露每夜都会梦见他，或许是他不甘心的灵魂在她设置的困境中挣扎，梦境里出现的总是那最惨痛的一幕，折断翅膀，抽干血液……她清醒过来，毫不犹豫地把刀捅进连绶的心脏。然后，她会尖叫，会冷汗涔涔地醒来。

她惧怕这样的梦，怕得不敢睡觉，一到天黑，就逼着自己睁着眼熬过去。然而第二年的时候，有一晚她太累，终于支撑不住昏睡过去，梦境里出现的是她和连绶在山洞里相拥看星星的画面，两个人都静默，却不同于当时，梦境漫长静默，更像是无话可说。

醒来之后，霜露第一次痛哭失声。之前再痛、再怕，她都没有像这样哭泣过。

到了现在，三年多了，霜露在深夜里仍然会偶尔醒来，然后失眠。现在她的梦境中，已经鲜少会出现任何画面，漆黑，只是一片漆黑，只有连呼吸声都会吞噬的虚无。

每当突然醒来，她就像从一片黑暗望到另一片黑暗。这时候她总会不由自主地想起，连绶曾经跟她说，在天庭里，夜晚是看不到星星的。

她本以为即使连绶死去，她仍然会恨他，然而时间果然是能够抚平一切的。伴随着他越发稀薄的存在感，连和他相关的一切都变得不真实，即使是之前连触碰都会痛到颤抖的回忆，如今也像隔了一层纱，变得模糊，不真切。

她甚至觉得自己快要忘掉他了。终于，她开始主动回忆两人之间发生的一切。开始是偶尔为之，后来越来越频繁，直到无时无刻不在想他。似乎只有这样才能使他不被她遗忘在永无人知的角落中。

可是，因为没有他在身边倾情演出，她越发能以一个旁观者看待，一切好的坏的，她都去回味，直到最可怕的画面也激不起她心中半点儿涟漪。

她突然明白，直到这一刻，她对连绥，大概才是真的放下了。

因为只有在仍然抱有感情的时候，才会去爱他、去恨他，现在回头想想，心里的感情最多只能让她微微一笑，嫌弃自己过去的偏激。

这样很好。她想，人总是要向前看的。

何况，这三年多，并不是没有人陪伴。

天空没有光，乍一看，霜露判断不出此刻的时间，但幸好天庭与时俱进，大家纷纷用起了手机——虽然天庭没有网络信号，玩手机好比打单机游戏，但好歹看个时间还是可以的。

四点五十分，这个时间，齐玉京差不多该回来了。

思绪刚转到这里，下一秒，她就听见外面"砰砰砰"的敲门声。

霜露会心一笑，起身跑出去开门。

门外站着的果然是齐玉京。他穿着一身黑衣，几乎和夜色融为一体，倚靠在门柱上的姿态带着漫不经心，让人想起天庭里仙女们议论他时经常用到的"贵公子的气质"。

霜露望着他，心里又温暖又感慨。齐玉京——齐琼——穷奇。这么简单的文字游戏，她怎么就没有看破呢？那个在远古时代一直守护在她身边的穷奇，即使当面不相识，也会下意识地再次和她做伴，拥有这样一个不会因时间变化而改变的朋友，她是有多幸运！

然而，下一秒，什么温暖什么情怀，统统被打破。一阵夜风吹来，仿佛是压倒齐玉京的最后一根稻草，齐玉京晃了晃，笔直地朝门口倒下来。

霜露吓了一跳，赶紧伸手扶住他，却被他反抓住手臂："水水水水！"

霜露赶紧端了一碗水，看齐玉京"咕咚咕咚"牛饮下去，然后一抹嘴抬起头。霜露见到齐玉京的样子忍不住笑喷了，指着他的鸡窝头和煤灰脸："你刚挖完矿回来？"

"比挖矿还惨！"

齐玉京累惨了，"贵公子的气质"早就丢到九霄云外，整个人往地上一坐，目光呆滞地说道："现在人间越来越不好混了，轮回一世简直就像度一次天劫，你知道吗？就在刚才，我差点儿死在这一世的恋人手里，幸好我跑得快。"

霜露好奇问道："还有这等人物？"

"不是人物。"齐玉京愁苦地说道，"是个母螳螂怪啊，她说爱我就要吃了我！"

"哈哈哈！"

配合着齐玉京的鸡窝头，霜露只觉得这剧情简直让人乐不可支，笑了好一会儿，才在齐玉京谴责的目光下勉强止住了。

齐玉京抱怨道："要不是为了让轮回时间尽量缩短，哪里会搞得这么狼狈。"

"这是第几次轮回啦？"

齐玉京得意一笑："第四百九十九回了。"

闻言，霜露还真吃了一惊："三年你轮回了一百世？"

"天上一日，地上一年嘛，平均一次轮回十多年。"齐玉京白了她一眼，"基本每一世都不得善终，还不是因为你！"

"我？关我什么事！"

"哼，趁你单身，我要抓紧。"齐玉京理直气壮地说道，"五百世的轮回简直是债，不把债还完，我哪敢追你？"

霜露闻言，眼神有些闪烁。齐玉京虽然也曾进入幻境，但他也不记得连绵了。

她的恍惚只是一瞬，很快就笑着问："万一五百世过后你大彻大悟，发现自己其实比较喜欢男人怎么办？"

"呸呸呸！"齐玉京大惊失色道，"这不可能！"

"是吗？"霜露故作怀疑状，"我记得这五百世你交往的可不都是女孩子啊……比如说，第四百五十世的时候……"

"你又来！赶紧闭嘴啊！"齐玉京抓狂道，"都说了，那是我的噩梦！"

和往常一样调戏完齐玉京，霜露的心情愉快极了。她把齐玉京丢在院子里不管，抄着手施施然回屋去睡觉了。不是她没有同情心，而是齐玉京每次回来的时间都很赶，用他的说法，在天庭睡一晚上就等于睡掉了人间半年，既然如此还不如早点儿轮回，去人间睡个痛快！

霜露才不管这种时间差，这晚她倒是睡得痛快了，久违的香甜一觉，醒来的时候窗外日光熹微，只不过不是在东边，而是在西边——她居然睡了整整一天！

奇妙的是，她刚醒来没两分钟，外面又一次传来了"砰砰砰"的敲门声。霜露不禁挑眉，齐玉京的速度未免太快了吧？难道这次在人间又是相爱相杀，才半年就同归于尽了？

想到待会儿又可以听八卦，霜露的心情不由得大好，脚步轻快地去开门。一开门，一个人跌进来，定睛一看，是个不认识的小仙。

"神尊！"那个小仙脸色惶恐，"大事不好了，你快去看看吧！"

半个时辰后，霜露站在了天帝的大殿上。

天帝亲自给她交代了来龙去脉，可见事态严重。天帝说道："齐玉京在人间遇到点儿麻烦。"

人间果然是越来越不好混了。天帝一番解释，霜露才知道，此时人间几度变迁，盛极必衰，繁华都市在一种超级细菌的感染下，已经处于了弱肉强食的末日。齐玉京最后几世轮回都是在末日中完成的。到了最后一世，天命大概也要稍微为难一下他，这次他的情劫居然拴在了一个邪恶女科学家身上。这个邪恶女科学家是超级细菌之父的关门弟子，一生都在为搞死人类而奋斗……遇见了齐玉京之后，他们坠入了爱河。然而邪恶女科学家三观都是邪恶的，她认为的爱情就是研究出不死病毒，然后和恋人一人一半，你干杯我也干杯，从此两人获得永生。

永生？齐玉京怎么会同意！一世九年他都嫌长，要是在人间耗个百来年的，回来发现霜露跟别人跑了怎么办？齐玉京当然不干，扭头就跑，被气急败坏的科学家抓了回去，关了起来。

霜露问玉帝："那么我这次就是要去救齐玉京回来？"

"不仅如此，"天帝沉吟道，"还有更重要的事情要你完成。按我们的推算，人间的末日本应出现在三千年后，现在陡然提前，不祥。我们天庭领导班子成立专门队伍，对此情况进行彻查，要做到消除隐患，及时整改……"

"官腔停！说正事。"

"总之，发现了我们在天庭干部工作分配上的疏漏。古往今来，天庭设置了寿喜禄财这四个职位，负责发放平衡六界的喜乐之事，却忽略了这四个职位管不到的福运，比如扶老人不被讹啊，跟团旅游不进店啊……这种福运单成一派，缺乏管理，我们认为这是造成人间混乱的重要原因。"

霜露的心"砰砰"跳起来，她紧张得咽了下口水："所以……"

天帝大手一挥："刚才我说了，我们天庭是一个严谨的团体，有错就改，及时整改！没有福神，我们就设立福神，这个人选……"他笑眯眯地突然伸手指向霜露，眼中精光一闪，"那就是你！一个看似是普通神仙，却拥有神秘远古资历的霜露神尊！"

霜露十分无奈。

天帝施施然收回了手，矜持地清了清嗓子："嗯，总之，你除了要去救回齐玉京，在人间还要平衡不平之事，将福报传递给世界上的每一个人，事不宜迟，你可以走了。"

看着霜露消失在了大殿门外，天帝露出饱含深意的笑容。

天帝毕竟是天帝，超脱于六界之外，总有一些别人没有的能力。

比如……拉红线啊做媒什么的。

印象中还有一个模糊的影子，坐在书堆里，是天帝亲手拽出来的，也如同今日一般让他去往人间，至今还没回来。

没头没尾总是不好的，他家的事，就让他家的人自己去解决吧。

天帝负着手，愉快地哼起小调："缘起缘灭……缘聚缘散……分分合合……生生不息……"

去往人间的路上，霜露仍然有一种不真实的宿命感。

初见时，她还是一条倒霉的土狗，他是高高在上的福神，她在他面前会觉得自卑，连那些高高在上的仙女他都不喜欢，她怎么配得上他？现在他销声匿迹，她却顶替了他的位置，从最倒霉的人变成了福神。

看起来真像一部心机"小三"踩着别人尸体的上位史啊！

霜露自嘲地笑了笑，进入南天门排队。

随着时代的发展，六界之间的来往越发频繁，通行的手续也开始简化。鉴于近年来不少仙人和人类搞起了"跨物种"恋爱，往往在天庭开完会，回家吃饭都要下一次凡。一千年前起，天庭对人间实行了单向免签政策，即经过南天门简单的"仙人护照"检查和安检就可以下凡了。今天是休沐日，下凡的人比较多，即使霜露排的是 VIP 窗口，也要等上好一会儿。

她听到前面的仙人在小声抱怨："回头要向天帝反映一下，多开几个窗口，我在这儿排队的二十分钟，我老婆在人间都吃了十五顿饭了。"

然而检查人员仍然慢慢吞吞毫不放水："危险品不准带往人界，各位对着明细表检查一下自己是否合格——你兜里是什么？拿出来！说了这种会说人话的宠物是危险品，扣了扣了！"

终于轮到霜露，检查人员给她登记："去干什么？旅游？探亲？"

“出差。”

“休沐日还出差啊？”检查人员看了她一眼，“天庭好一阵子没人这么忙了，除了那个玉京神君在我们海关进进出出赶场子似的。啊，交通工具这里选一下，这是我们的新业务，最近老有人反映我们把人从南天门外一脚踹到人间的通关方式不太舒适，现在我们推出了‘腾云驾雾’公交系统，第一个月办卡打折。”

天庭变化真大啊。霜露下凡的时候想。连节奏慢得要命的天庭都有这么多改变，人间变成什么样，她有心理准备了。

末日，她脑海中浮现的是古代金戈铁马、沙场裹尸的战斗场面，或者饿殍遍地、易子而食的场面。

“腾云驾雾”公交带着仙人们穿越灰色的云层，停在了一块充满浓雾的半空中。霜露看着前面的仙人们一个个打着哈欠跳下去，她也跟上，双足落在人间灰色的土地上，眼前是一片折射出金属光芒，看上去无比坚硬且锋利的灰色树林，她忍不住小小地吃惊了一回。

放眼望去全是灰色，深浅不一的灰色……就没有鲜艳一点儿的颜色吗？

下一秒，她的梦想实现了。

“啊啊啊——好大一只螳螂啊——救……救命！”

伴随着凌乱的脚步声，一个衣衫褴褛的人从树林里冲了出来，看到她眼睛一亮，一个冲刺便躲到她的后面：“女侠救我！”

话音未落，树林里响起“唰唰”声，那些看起来和钢铁一样坚硬的树木竟然在不知名的刀光下齐刷刷地被拦腰断裂。霜露瞪大眼睛，屏气凝神，只觉眼前一花，一只五彩斑斓，约莫三层楼高的巨大螳螂出现在她的面前，双足上的刀看起来锋锐无比，在她面前缓缓举了起来。

霜露情不自禁地说道：“天哪。”

出门在外，带上防身武器总不会错。

霜露的剑法好歹是来自远古的，集各时代剑法之所长，虽然在人间玩起来有点儿复古，但实用就好。她回剑入鞘，目送那大螳螂消失在远处，回头一看，那衣衫褴褛的人竟然没有跑，他抹了把脸，眉目青涩，看起来年纪不大，朝她讨好地一笑，露出一口大白牙："太厉害了！"

霜露点点头就想走："不用客气。"却看到少年在她面前一闪，挡住了她的去路。

"还有一点儿事……想麻烦你。"少年笑得更讨好了，手指向树林，"那里面还有一个人。"

寂静的树林里暗藏着无数杀机。少年带着霜露一路往前，据他交代，他是树林里昏迷的那个男人的家仆，末日时家族分崩离析，两人一路逃难，之前都侥幸过关，却没想到在这里差点儿丧命。

霜露有点儿哭笑不得："作为家仆，你把昏迷的主人抛弃了，自己跑真的合适吗？"

少年尴尬地摸摸头，伸手一指："就在那里！"

霜露顺着他手指的方向看去。平整而坚硬的地面上，突兀地出现了一堆灰色的泥土和落叶，仔细看能分辨出里面夹着一只苍白的手。少年上前两步，把趴在地上生死不知的人拖了出来。那人穿着毛衣和牛仔裤，个子挺高，即使背影也能看出气质颇好。霜露那颗沉寂的心不知为什么动了一下，她舔舔嘴唇，蹲下，在少年诧异的目光中抬手把那个男人翻了过来。

相见往往猝不及防。

霜露确定自己在看见男人脸的时候，眼前和脑海同时空白了。等她反应过来的时候，她已经一屁股坐在了地上。少年一脸忧虑地蹲在旁边看着她："女侠，你怎么了？脸色突然这么差，不会得了什么绝症吧？"

"滚蛋。"霜露没心思理他，望着连绶那张精致漂亮的脸蛋愣了一会儿，突然拔出了剑。

少年大惊失色，一下扑过来："女侠你要干什么？饶命啊！我们少爷上有八十岁老母下有三岁小儿，禁不起你砍一刀啊！"

霜露的脸色更加怪异，转头瞅着他："你说什么？他有儿子？"

少年赔笑道："我……我随口一说。"

被他这么一打岔，霜露原来想的什么全都忘记了，瞪着连绶，又过了半晌还是想不起来，索性放弃。

算了，天帝说过，她这次下界是来救死扶伤做好事的。

之前的恩怨你来我往已经算不清楚，如今就一笔勾销，把他当作一个普通的路人好了。霜露镇定地思考着，眼神不受控制地往连绶脸上飘，最终还是强迫自己站起来。

"我……我走了。"她说道，然后转身准备离开。

少年蹲在连绶旁边，欲语还休："你……"

快走快走！霜露在心里催促着自己，终于迈开脚步。

然后背后一股大力袭来。她眼前一花，竟然毫无防备地被原地扑倒了。

少年在旁边尖叫："啊啊啊！少爷你又发病了！你快放开，快放开！"

温热的身体毫无缝隙地贴在她的背后，一瞬间调动起了她所有沉寂的感官。霜露汗毛倒竖，浑身僵硬似铁，竟轻而易举地被男人单手反扣住了双手手腕，然后被粗暴地翻了过来。

于是他们变成了面贴面的姿态。看着那张熟悉的、近在咫尺的脸，霜露觉得自己快要疯掉了。

"哼。"连绶看着她，冷哼一声。他眉头一挑，脸上出现了鄙视的表情。

之前和霜露相处时，连绶大多数时候的表情都是淡漠的，即使是与她斗嘴的时候、开心的时候、谈情说爱的时候，表情都是收在眼神中的，脸上端着仙人的矜持与优雅，很少像现在这样大幅度地表现出来，现在真像一个……初出茅庐的毛头小子。

霜露乍一看觉得十分不习惯，然而又有一种莫名的熟悉感，让她不会将他错认成别人。只不过她冥思苦想也不记得是在什么时候见过连绫如此"青春活力"的样子了。

"喂，女人，你居然当着我的面走神？"脸上一凉然后一痛，连绫居然很不客气地伸手拍了她的脸两下。霜露眼神陡变，冰冷地看着他，他居然一点儿不窝囊，"你把我伤成这样，你不该负责吗？"

"什么？"霜露诧异得都要笑出声了。少年在旁边徒劳地伸着手，看着他家少爷，闻言突然捂住脸："少爷，你又开始了……"

"要不是你弄伤我，你会这么好心救了他又来救我？"连绫理直气壮地说道，然后凶巴巴地瞪眼，"告诉你，在我俩安全之前，你要和我们一起！不然谁知道你走了之后会不会耍阴招！"

霜露目瞪口呆，事情的发展已经超出了她的"三观"范畴，反击的话全都说不出口了。

没想到她有生之年，还能见到如此胡搅蛮缠的连绫……

她这是……被他讹上了？

——算了，我就当学雷锋，做好事。

——自己走也是走，带两个拖油瓶也是走，刚好我初来乍到不认路，就当带了两台 GPS 导航仪了。

霜露快步走在路上，心里不停地说服着自己，背后两台 GPS 导航仪不停地"呱呱呱"。

GPS 导航仪甲说道："女侠你走路好快！女侠你行动如风！对了，我还没跟你自我介绍，我叫小由，今年十七岁了！"

GPS 导航仪乙说道："笑都不会笑，一定没人要。喂，我说了这么久了，你怎么连吭都不吭一声啊？你从哪里来，要到哪里去？喂，你……哎呀！"

惊呼声响起的同时，霜露倏然停下脚步转身，果然看到连绶迎面砸来，她机智地闪避，连绶摔在了地上。

连绶呻吟道："好痛……我的脚要断了。"

小由大惊小怪地喊道："啊，我差点儿都忘记了！是刚才那个螳螂怪伤到了你的右脚啊！这可怎么办……"

连绶一抬头，看向霜露。

霜露和他对视了一会儿，突然反应过来，难以置信地说道："你不会……是想让我背你吧？"

"不不不，你误会了。"连绶客气地说道，"你一个女孩子，我怎么能让你背我呢？"

十分钟后，连绶半个人都挂在霜露身上，霜露揽着他的腰，行进的速度起码减慢了一半。

霜露皱着眉，心里很烦躁。之前三年她一直以为，因为她，他在幻境中尸骨无存，连点儿记忆也不能在现实中留下，时间一长，她难免会有点儿愧疚，或许正是因为如此，她见到他时才没有马上躲开。

但她不记仇，并不代表容许连绶一见面就挂上来！他以为他是考拉吗？

连绶突然说道："咦，你身上的味道，好熟悉。"

霜露心一颤，不由自主地看向他。

这个连绶变化很大，不但没有记忆，性格也不同，若是不熟悉的人，很可能以为他们只是长得相似，但她心里清楚这就是他。不过因为和过去的重合度低，她能勉强和他相处，但要是他想起来什么……

连绶坏笑道:"你身上的味道,像我未来的女朋友。"

霜露觉得自己真是多虑了。

小由在旁边跟着,看自己家少爷单方面和女侠打情骂俏,心里着急得不行,伸手想把少爷扶过来,却被推开。他只好跑到霜露身边,霜露问他:"你们要去哪里?"

"出了树林,顺着高速公路——呃,也不知道现在高速公路还在不在了——一直走,走到底就是沪城,那里秩序尚存,我们去那里。"

哦,很好。霜露想。那要不了多久就能甩开他。她随口又多问了一句:"去沪城干什么?"

小由灵光一闪:"去……抓少爷的未婚妻!"

什么?霜露面色一寒,看向连绶。

连绶居然还配合着点头:"我那没见面的未婚妻居然偷偷跑了,我去把她抓回来。"

霜露点点头,平静地说道:"是吗?"

她突然眼中凶光一闪,狠狠踩在连绶的左脚上,连绶"嗷"了一声,她一下子甩开他。

"既然如此,那就恕我不能奉陪了。"霜露说道,"我此番是要去找造成末日的超级细菌,不想死的话,就别跟着我。"

她一口气说完这句话,缓缓吐出憋在胸口的一股浊气,转身就走。

"女侠别走!"小由在她身后喊,"我们知道你要找的东西在哪里!"

小由扶着他家心情低落的少爷,一边走一边说道:"我们家家主是科学院的教授,末日还没开始时,他就提过超级细菌的事。据说,超级细菌是源于全球气候变暖,北极冰山融化。那细菌十分古老,被冰封几万年都没死,如今解冻,就变本加厉地繁殖,从北极传遍全球。"

霜露闻言，只觉得心累。别告诉她齐玉京会在北极啊！要是这样，这个副本难度也太大了……

　　然后她就听小由自言自语道："虽说是全球变暖，可也不知道是怎么回事，听说沪城上个月突然被水淹了一半，全城气温也骤降了十几度，要是再冷下去，那地方也待不得了。"

　　说者无意，听者有心。霜露心想，虽然超级病菌源于北极，但若那个邪恶女科学家和齐玉京就待在北极大本营，未免"画风"也太奇特了。沪城的变化来得如此突兀，或许是因为女科学家团队迁徙到了沪城，为了继续研究而故意搞出来的。

　　和穷奇认识了千万年，不说心灵相通，默契还是有的。霜露有种预感，在沪城，她一定能找到和齐玉京相关的线索。这样一想，心里的郁结就平息了不少，她安慰自己好歹这也算正事，这样两个拖油瓶的存在就没那么讨厌了。

　　两个拖油瓶，尤其是被她踩了一脚的那个，在后来的路途中很识相。原本距离沪城的路途就不远，三人在天黑时抵达。

　　沪城是全球仅存的几个人类文明痕迹尚且完好的城市之一，今夜无星无月，末日的郊外一片漆黑，远远能看到城那边的灯光，让人觉得振奋了不少。然而秩序是严格的盘查所维持的，三人在门口被警卫好一番折腾，终于入了城。一进城，连绶立刻嚷嚷着要去找未婚妻，霜露一听他说话就烦，立刻表示"你们去就好，咱们分道扬镳，祝你们幸福"。

　　不想她又被小由拉住。小由拜托她："送佛送到西。我们的住处离这里不远，请你去坐坐。"停顿了一下，他又说道，"家里放着一样东西，或许对你找超级细菌很有帮助。"

　　霜露狐疑地打量了小由一番，不知为何，她总觉得小由是故意不让她离开的。然而小由神色恳切，她瞪了半天也没瞧出破绽，只好作罢。

于是两个拖油瓶和一个雷锋侠在城中转啊转，转到了一座挺幽静的别墅。

别墅里面的人竟然还不少，三人进屋之后，发现客厅坐得满满当当，有男有女，有老有少。

他们看到有人进门，都大惊失色，纷纷扑过来，然而目标不是连绶，而是……站在一边看戏的霜露！

"霜露，你跑到哪里去了！让我们好找！"

连绶："啊？"

霜露一脸的莫名其妙。

小由一拍手，激动地说道："哈哈！看样子就和照片很像，没想到果然是！"

霜露一脸呆滞，被几个老人围着摸来摸去，正头昏眼花，突然被人推了一把，塞进了某个人的怀中。

"连绶！你俩真是有缘！"有人笑道，"还不快看看，这就是你的未婚妻霜露，瞧瞧，喜不喜欢？"

霜露默然不语。

连绶竟然点点头："挺喜欢的。"

霜露继续沉默。

末日，夜晚就代表着危机四伏。鲜少有地方深夜也灯火通明，路上的人和白天一样多的。霜露面无表情地快速走在路上，后面的拖油瓶仍然一瘸一拐阴魂不散。

霜露猛地停下脚步，转头凶神恶煞地吼道："你老跟着我干什么！"

周围的人听见她的低喝，纷纷看过来，连绶委屈，倒显得他像个童养媳："我怕你迷路啊，走丢了怎么办？"言下之意就是怕她跑了。

霜露被路人投向她的指责眼神气得磨牙，不由得四处探看，看哪里有适合快速甩掉尾巴的小巷子。她的目光从无数人身上掠过，突然面色一紧，目光往回寻找，定格在一个身材修长、朝气蓬勃的背影上。

齐玉京？！

霜露朝那个背影狠狠地看了几眼，只觉得十分相似，却不能确定。机不可失，她没有多想，匆匆拨开旁边的路人，疾步朝那个方向走去。

连缀见她又要走，郁闷地大声喊道："霜露！你又要去哪里？等等我！"

闻声，霜露就看到那个背影停住了，然后侧转了身子，朝人群深处走去。

霜露急了："齐玉京？！"

那个人丝毫没有反应，脚步似乎加快了一些。

"齐玉京！"霜露大声喊，双手拨开挡路的人，脚步快得几乎是小跑了，"齐玉京！你站住！"

然而两人之间终究隔了不近的距离，那人身形一闪，露露追过去时，他已经失去了踪迹。

她站在人海中，茫然四顾，自我安慰道：这一定不是齐玉京，齐玉京怎么会听不出她的声音？怎么会不搭理她？

然而，她看不到的是，在街对面的二楼，有人把她的一举一动尽收眼底。

染着鲜红蔻丹的手从临街的窗户边收了回来，指尖从红唇擦过，那红唇轻启，声音含着看似天真的笑意："咦？那个女人，刚才喊的好像是我家玉京的名字？"

她周围坐满了人，其中有不少穿白大褂和戴眼镜的，大多数是男人。然而她这句问话，落在了噤若寒蝉的空气中，听不到回音。

她似乎早就习惯了，只是自顾自地笑着。艳丽的指甲尖滑过脸庞，滑过桌面，最终按在了一把精致的弓上。

"长得真漂亮，我不喜欢。还是杀掉好了。"

霜露发觉背后破空声响起时，箭矢已经太近了，她来不及拔剑。

"小心！"

侧面一股大力袭来，意料之中的疼痛没有落在身上。霜露从地上爬起来，目光凌厉地朝箭来的方向扫了一遍，只看到一扇窗缓缓合上。

"嗯……"一声压抑的闷哼声从斜下方传来，霜露突然清醒过来，是连绥把她撞开了，用自己的身体挡住了这一箭。

那么，这一箭……

连绥背对着她，弓着背跪坐在地上，看不到箭头。霜露想起之前自己给他的穿胸一刀，突然无法抑制地发起抖来。

如果……如果之前他被她杀死，现在又因她而亡……

她心中陡然升起要命的恐惧感，竟不敢上前去扶他。

"喂……"连绥倒抽着凉气，声音从牙缝里挤出，"大姐，你还不来扶我一下？"

他按在身上的手垂了下来，霜露看到他一手的血，只觉得自己的理智被炸得粉碎，身体倒是很听指挥，战战兢兢地走过去，扶住他。

看清楚他伤口的一刻，她长出了一口气。

还好伤在肩膀上。

她听到自己的声音，飘飘忽忽，有种刻意的轻柔，十分不真实："你为什么……"

这句没头没尾的话，连绥居然听懂了。

"反正我伤一个地方也是伤，伤两个地方也是伤，无所谓啦！只要你没事就好。"

霜露的心一颤。

　　既然轻伤员变成重伤员，原定的行程也不能继续了。街逛不成了，霜露心情复杂地把连缀送回他家。当她转身要走时，连缀喊住她："你去哪里？"

　　霜露说道："今天太古怪，我要去看看到底是怎么回事。"

　　出乎意料，一直像个大孩子的连缀突然强硬起来："不行。"

　　"什么？"

　　"没有我跟着你，你一个人去？"连缀板着脸的样子很有几分原来"连缀"的感觉。

　　"我应该可以。"

　　"应该？你之前经常这样一个人吗？"

　　霜露语塞。

　　她仔细一想，的确如此。之前有事情发生时，她身边一直有连缀陪着，在连缀消失的那三年，她似乎连生活都失去了方向，整日无所事事地窝在屋子中。现在他又出现了……霜露的目光在连缀脸上流连，不禁有些出神。

　　连缀却以为是她太固执，不想争辩，语气不由得软了些："现在是末日，虽然你身怀绝技，但外面不可思议的事情太多，我不希望你有闪失，半分闪失都不行。"停顿了一会儿，他又说道，"这样吧，如果你一定要去，最多只能去那条街上看看，不能再一个人追下去。"

霜露愣怔地回答："好。"

"那你自己千万小心。"

"连缓！"

连缓的脚步停下，回头："怎么了？"

霜露沉默了半晌，然后低声说道："从前大家都叫我露露。"

"什么？"

"你也可以这样叫我。"

"好。"

如果是从前的她，即使在两人浓情蜜意的那段时间，她会这样听他的话吗？

答案大约是不会吧。没有记忆的露露有着自己任性而天真的小脾气，热恋的时候反而有些骄纵，故意指东打西什么的。

现在的她心境大变，竟然会更听他的话了！

霜露站在那条街的尽头，终究没有迈出一步，良久，不知是自嘲还是嘲讽地轻轻一笑，转头往回走。

就在她转身的瞬间，一个小孩飞跑过来，速度太快，眼看着就要从她身边撞过去。霜露毕竟活了那么久，吃的盐比一般人吃的饭都多，对于这种很可能是为了行窃的伎俩，她一瞧就有所警惕，抬手按住了自己的口袋。

没想到，小孩在她抬手时伸手与她相碰，假装是要行窃的样子，实际却飞快地往她手心塞了个什么东西，没等霜露回神，他就飞奔得没影儿了。

霜露若无其事地放下手，大拇指扣在掌心，轻轻捻了捻，是个纸团。

她镇定地离开街道，在回连绶家的路上，寻了个僻静的地方打开了纸团。

纸团上只草草写了两个字——救琼。

"所以你拿到纸团之后，直接跑回来了？"连绶捏着字条哈哈大笑。

霜露郁闷地说道："我去哪里救他，怎么救，他怎么了，全都没说，有这个字条也没用啊。"

"其实他已经告诉你了，你只是没发现。"

"不可能！"霜露虽然说是这么说的，但好奇心已经被连绶完全吊了起来。

她直勾勾地看着连绶。连绶却坏笑了一下："你亲我一下我就告诉你。"

"你做梦。"

"哦，不行啊。"连绶想了想，慢吞吞地说道，"要不然我亲你一下？"

霜露的眼中凶光乍现。

"好吧好吧，算你厉害。"连绶举手做投降状，"你闻闻，这上面是什么味道？"

霜露接过来嗅了嗅，沉默了半晌，疑惑道："这么香！齐玉京喷香水了吗？"

"香就对了，只不过这可不是香水。"连绶说道，"这种香名叫'和尚愁'，是一种烈性的催情香，传说中连和尚遇到它都只好回归红尘。"

霜露忍不住说道："你很懂嘛。"

眉飞色舞的连绶表情一僵，随即摸摸鼻子，说道："好歹我也是个男人。"

霜露："那么这种催情香你也知道哪里有喽？"

"知道是知道，不就是卖它的地方和用它的地方嘛。一般这种香用在哪种场所……你懂的。"

一小时后。妓院门口。

一个女扮男装的人和一个瘸子，齐齐抬头仰望这个金碧辉煌的会所。

霜露说道："其实我一直有个问题想问。"

连绶说道："你说。"

霜露说道："为什么末日的现代化程度倒退了许多？冷兵器、妓院……这些东西是几百年前才会存在的。"

连绶说道："本来就是退化，弱肉强食，从精神需求降低到了最基本的温饱需求，饱暖思淫欲嘛。不过，我想和古代相比还是有些不同的地方吧。"

话音刚落，从会所的旋转门里出来了一男一女。

准确地说，是一个男人和一个……机器人女郎。

女郎的声音一听就是来自某个知名女演员，十分甜蜜诱人，只是字句停顿间稍显僵硬："先生的技术很好呢，感觉这次是小苍苍享受到了——刚刚的一小时真的非常愉快，希望先生下次来再来找小苍苍哟。"

那男人整整领带，满意地走了。连绶目送机器人女郎的背影消失在会所内，然后突然转头看向霜露。

霜露的面色僵硬起来："我想回家。"

话音未落，刚刚那个进门的机器人女郎又出来了。这次她冲呆滞二人组而来，小碎步走近，然后一把挽住了……霜露的手。

霜露说道："你……"

连绶说道："这个……"

机器女郎甜腻地说道："这位小少爷长得好清秀，正是我最喜欢的类型呢！进去坐坐好吗？我想请你喝一杯咖啡，我们聊一聊吧？"

霜露这才猛然想起自己现在是女扮男装，这下箭在弦上跑不成了，她露出僵硬的笑容，还不忘敬业地把声音压得低沉一点儿："好啊。"

　　连缀震惊地看着霜露被人挽走了，头一次对自己的外貌产生了深深的质疑。他居然连一个女人都比不过？这么没有市场？当年在天庭他好歹也是"九霄十大最帅仙人榜"的第二名，分数只比第一名低一点儿……

　　等等，天庭是什么？九霄是什么？仙人？他脑子里怎么会突然冒出这些莫名其妙的词？他脑子进水了？

　　没等连缀想清楚究竟是怎么回事，他的目光就被前面的机器人女郎夺走了。

　　这个机器人女郎方才是面对着他们的，现在他才有机会看到她的背。她背后贴着一张姓名牌，姓名牌上写着——"怡红院·第二分院·百合部·腹黑组·小花花"。

　　与此同时，小花花若有所觉，趁霜露不注意，转过头来朝连缀鄙视地一笑，无声地做出三个字的口型——臭男人。

　　连缀无语凝噎。

　　"所以说，刚刚我差点儿被一个女人……那个了？"霜露双手捂胸，一脸惊诧地说。

　　连缀"啧啧"轻叹，眼光上下打量了她一番："没想到你在那啥界竟然还是个万人迷，刚才我把你从女人堆里带出来的时候差点儿被她们抓花了脸。"连缀摸摸下巴，若有所思地目光下移，"难道……因为你没有胸？"

　　"浑蛋！"霜露大怒，随手丢了个枕头砸他，"给我滚出去！"

　　连缀接过枕头，抱在怀里，笑嘻嘻道："我不。"

　　霜露气到不行，眼珠子一转，突然说道："其实我觉得小花花挺不

250

错的。"

连缀一愣："你连她名字都知道了？"

霜露一笑："不仅知道名字，我还知道她今年十八岁，喜欢喝柴油，汽油要差一点儿，啊，她其实很博学，什么话题都可以很愉快地谈，这点不比你差哟！"

连缀的脸黑了："喂喂喂。"

"既然你不走，那我走。"火候恰到好处，霜露看着连缀的脸色心里偷笑，哈哈，这下的反击总算成功了，她施施然站起来，朝门口走去，"我去找小花花玩，其实仔细想想，在这个环境下，那啥什么的其实也不错。"

霜露迈着步子往外走，心里打着节拍，"一哒哒，二哒哒，三"……喂，她都要走出门口了，某人为什么还没制止她？难道是被她突如其来的言论吓到崩溃了吗？

这样想着，她放在门把手上的手就停下了，好想转头看一眼……就一眼，一定很好笑……

她轻咳一声，装作不经意地转身。

连缀就贴在她背后，微微弯着腰，面无表情地盯住她，霜露一转身，就和他四目相接，吓得她大叫一声："啊！"

背后力道袭来，连缀面无表情地一把揽住她的腰，将她拉进自己怀中，然后低头吻住了她。

现在的这个连缀真的很霸道，和之前的连缀其实有很多不同之处。之前的连缀总的来说是温柔的，有时候两个人喜欢相拥而坐然后发呆，连缀偶尔会低头亲亲她，很轻柔地碰触，在嘴唇上轻轻一啄，然后微笑着看她，眼中熠熠发光。而这个连缀……他的力气很大，霜露觉得被他箍住的腰和嘴唇都有些发麻，他攻城略地毫不留情，甚至让霜露有些想呻吟，尤其是……他还会轻轻地咬她。

霜露突然睁大眼睛。

她想起来了，面对这个与之前差别很大的连缓，为什么她同样有熟悉的感觉了。

这分明是饕餮年少时的样子！

她还记得当年和饕餮的初吻。那时她还是饕餮捡回家养的小奴隶，最擅长打扫卫生和哭。有一次她贪睡，没有完成每天帮饕餮打扫洞府的任务，那天饕餮心情不好，说话有点儿严厉，表情有点儿冷硬，她本来紧紧绷着，告诉自己绝对不能哭，然而饕餮还是问她："你哭什么？"

原来她的眼泪竟然会自动往下掉，她自己都没察觉。饕餮的神色看起来很坏，霜露以为他要发飙，于是赶紧伸手抹泪，可眼泪竟然不听话，掉得更密集了。

她一辈子都记得，当时饕餮走近她，十分无奈又宠溺地叹了一口气，然后低头吻住了她。

他应该也是初吻，可他天生就不会温柔，横冲直撞地，让她的嘴巴第二天都还肿着，被梼杌看见了，气得几乎想杀人。

然而，那是想想就会微笑的甜蜜回忆……

决裂之后，她以为这永远都只是回忆了，没想到还会再次感觉到。

如海啸般席卷而来的复杂感受瞬间击倒了霜露的理智，那是她怀念了太久的记忆啊，即使之后发生了太多事，都不能被磨灭的最初。霜露下意识地伸手抓住了他的衣襟，这个吻，比起之前蜻蜓点水的温柔，更让她无法抗拒。

不知过了多久，两人才微喘着分开。

连缓下意识地把霜露抱在怀中，不想让她看见自己眼中的欲望，一时间，两人都没有说话。

过了一会儿，连绥觉得自己平静了些。

他握住霜露的肩膀，和她四目相对："怎么样？"

霜露还有点儿晕："嗯……"

连绥突然坏笑："那啥也不错？嗯？"

连绥看着霜露脸上绯红，志得意满，拍拍她的头又故意咂咂嘴，然后表情一僵："等等，刚刚你和小花花一起，你吃了什么？"

她竟然忘了。霜露说道："榴梿。"

霜露连忙换了个话题打破尴尬的气氛："我问你一件事。"

"什么？"

霜露斟酌了一下，直接问似乎不太合适，然而又不得不问，她心中不由得有点儿紧张："你……记得湖姵吗？"

连绥："什么配？对了，我忘了告诉你，如果是很早之前我认识的人，那我都不记得了。"他补充了一句，"因为我失忆了。"

"什么？"

"说来话长。"连绥无所谓地耸耸肩，"总之，我其实是一个很倒霉的人啦，从我有记忆起就倒霉。至于失忆的原因，还是别人告诉我的，说我起床上厕所的时候脚滑了一下，一头撞在马桶上，然后脑子就坏掉了。"

霜露突然百感交集。

这是以福运为标志的，曾经的福神大人吗？

时光流转，两人的身份就像对调了一样。他成了最倒霉的人，而她却成了福神，来到人间遇到他，帮助他，就像过去的对称画。

连绥疑惑地看向她："不是吧……难道你是我从前认识的人？"

"认识的。"霜露喃喃道，"而且……我们很要好。"

"不是吧！"连绥大叫一声，"你不会是我哪个朋友的女朋友吧？

或是老婆？你不要告诉我你是我亲戚啊！"

"不是的。"霜露苦笑道，"本来是可以变成亲人的，我做了一件对不起你的事。"

从未出现过的愧疚感，如今变本加厉。霜露本来觉得，她给连绶一刀和连绶之前对她的残忍是可以抵消的，从此恩怨全无。但其实现在想来，这个逻辑并不通，伤害她的那个人早已死去，连绶不记得一切，只知道爱她，她却报复在了无辜的他身上。

连绶一脸狐疑地看着她："你怎么我了？睡了我又不负责？"

"差不多吧。"

"喂，你……"

"啊，其实我这次是打算告诉你的。"霜露突然下定了决心，她看着他的眼睛说道，"我这次来，就是打算对你负责的，以后……我不会再做伤害你的事。"

"哦……"

突然，敲门声打破屋内略微尴尬的气氛。

外面传来老板娘十分高亢的嗓音："两位，开始了吗？脱衣了吗？上床了吗？可以先暂停一下吗？"

"没有，你进来吧。"

老板娘笑嘻嘻地推门进来，眼睛往两个人身上一扫，看到他们衣服都穿得整齐，有点儿惊讶，然而看到霜露的嘴唇，又露出了"就是嘛，来这里怎么可能什么都没发生"的很懂的表情。

"这样正好呢。这位女……呃，先生，"老板娘对霜露说道，"我们有一个重要的尊贵的客人，指名想要见你呢。"

霜露怪异地看她一眼："我不是……"

"没有那个意思。"老板娘抱歉地笑道，"只是找你有急事，请你务必过去一下，就你一个人，她只是想说两句话。"

"是吗？"霜露疑惑，"那……你带我去吧。"

老板娘高兴地应了一声，带着她往外走，走到门口，突然听到屋里的连缕说道："等等，那个人是男是女？"

老板娘露出一脸"你放心"的表情："女客人！"

连缕脸上的表情瞬间……更不放心了："我不能跟着吗？"

霜露："喂，你几个意思？！"

霜露走在路上的时候心情有点儿激动。

她已经猜到了，现在的世界，认识她、会主动联系她的，除了齐玉京没有别人，如果运气好，待会儿就可以带他离开了。

老板娘带她来到一条狭长的走廊："这里是我们最高级的房间，整条走廊专属于尽头的房间，因为里面是非常尊贵的客人。"

霜露忍不住道："是谁？"

老板娘憧憬地说："一位……非常伟大的人。"

伟大？

当霜露推开门，看到桌边坐着的女人时，她顿时就明白了是谁，连后颈上的汗毛都竖了起来。

是那个邪恶的女科学家！

屋子里只有那邪恶的女科学家一个人，听到门响，她抬起头朝霜露看过来。

既然已经来了，霜露是绝对不会当着她的面跑掉的。两个人刚见面都没有开口，只是互相打量着。

不得不说，这是霜露见过的最不像科学家的人。

齐刘海儿，黑色的长发及腰，皮肤像牛奶一样白，眼睛大大的，嘴唇涂得嫣红，一切细节都精致细腻，看起来"软软萌萌"的，像个洋娃娃。她面前的桌上放着许多红绳，她的手在绳子之间摆弄来摆弄去，就像小孩子玩翻花绳，手指细嫩，显得人也天真。

真是极具欺骗性的外表啊……霜露勾了勾唇。

萝莉科学家放下手中的红绳，微微一笑，声音竟也是"萌萌"的。

"从你出现在这个世界的那一天起，我就知道你这个多余的人很不对劲。玉京的字条递给你时，我就知道我猜对了，你是破坏者。"虽然很可爱，但她说出来的话不怎么好听，"长得还不错的破坏者，不错到我仍然想杀了你。"

仍然？

霜露回忆起那突如其来的冷箭，眼中闪过寒光："是你对我下手的？"

萝莉科学家轻声笑道："是又如何？自我介绍一下，我叫夏洛，"她轻轻抬起双手，非常骄傲，"是这个世界上最伟大的科学家。"

霜露忍不住"吐槽"道："你通常都是这样对别人自我介绍吗？"

夏洛轻蔑地看了她一眼，自顾自地说道："今天让你来，我就是想告诉你，我和玉京的事情，闲杂人等最好不要插手，否则可别怪我不客气。"

霜露问："齐玉京现在人在哪里？！"

"蠢问题。"夏洛的手抵在唇上，"你觉得我会告诉你吗？他不在这里，你看到的那张字条……"她满意地看到霜露的下颌一紧，"也是我今天没能杀掉你，所以特意写给你的。"

两人都沉默了一会儿，夏洛又说道："你和你的同伴真是蠢，我随便挖了一个坑，你们就乖乖跳下来了，这让我觉得我的布置都被浪费了呢，好无趣。"

霜露的大脑飞速运转，突然说道："齐玉京很讨厌你对不对？"

夏洛脸色一寒："你说什么？"

"齐玉京最讨厌两种人，一种是自说自话的人，一种是骄傲自大的人。"霜露说道，"很不幸，两种你都占全了。"

夏洛瞬间脸色黑如锅底，沉默了一会儿，似乎是在认真地思考。

良久，夏洛皱眉："真的吗？"

霜露有种一拳打在棉花上的感觉："真的。"

"好吧，我知道了。"夏洛竟很严肃地点点头，然后再次看向霜露，"你对他很了解嘛。"没等霜露说话，她又接着说道，"我改主意了。看在你还有点儿用的分儿上，今天我还是不杀你了。"

科学家的"脑回路"都这么随便吗？

霜露的神情有些僵硬，看着夏洛站起来，将桌上的红绳一根根梳理好、拿在手上，然后走了过来。

"我今天浪费在你这里的时间够多了，下次再见。"夏洛朝她笑了笑，"虽然今天放过你，可是见面礼不能少，希望你喜欢。"

霜露警惕："什么？"

"待会儿你就知道了。"夏洛和她擦肩而过，在她耳边低声说道。

夏洛突然反手一甩，将红绳扔向对面的墙壁。霜露眼睁睁地看着柔软的红绳在离开夏洛手的瞬间变直变硬，竟变成了一把利箭，"当当当"，全部钉在了墙上。

霜露汗毛倒竖。这些箭，竟是之前要杀她的那些！这种看起来就像是普通冷兵器的东西竟然如此神奇，果然科技没有倒退……不，这简直就是"黑科技"啊！

"现在你说，我有没有资格那样自我介绍？"夏洛大笑着离开。

这种东西就跟夏洛的外表一样善于伪装，更容易取人性命！

霜露的腿一软，连忙去扶墙，竟然没扶住，整个人滑坐在了地上。

不是吧，这样她就被吓得跪倒了？活了几十万年，没想到自己这么没用！

霜露被自己的窝囊吓到了，趁没人注意想赶紧站起来，不料使不上劲。

不对！这种感觉不像是普通的无力啊！

一瞬间，她突然想起了刚才夏洛的话："今天的见面礼……"

是什么东西？

"霜露！"一声呼喊，随即是一阵急速靠近的脚步声。听到连绥声音的瞬间，霜露几乎感激得想流泪了，她努力抬头，只看到一个模糊的虚影——连绥跑过来一把扶住她的肩膀，着急地连声问，"你怎么了？我就知道一定有问题，你快说话啊！"

"我……"声音就像是飘出来的，霜露茫然地摇摇头，"我不知道。"

连绥突然脸色一变："这屋里是什么味道？"

他微微吸了口气，脸色变得更难看了："这么重的香味，你刚才来的时候居然没有察觉？"

霜露已经说不出话来。

连绥愣了一会儿，猛然低头。

怀中的女人原本苍白的脸上不知何时迅速染上绯红，她的手像蛇一样，悄无声息地环在了他的颈上。

和尚愁，和尚愁，和尚见了都发愁。

连缀抱着一个不断扭动，在他身上摸来摸去、闻来闻去，嘻嘻哈哈的女人回到屋里，头发都要愁白了。

首先，绝对不能放她出去。她这个样子，恐怕不仅男女不忌，可能连人机都不分。连缀一想到那个"百合部·腹黑组·小花花"就觉得寒毛倒竖，一个机器人居然还会邪魅一笑，这个世界真的不好了……啊，回归正题。

连缀抱着烫手山芋，在屋里火急火燎地转了一圈，最后心一横，把霜露搁在了地上。霜露人虽迷糊，却不傻，噘着嘴指着床："床……床……"

"床什么床，别闹！"连缀郁闷地说道，"把你抱在床上搁着，我看着？我是一个正常的男人，你要理解我……"

他一边说，一边环视周围，用花瓶砸昏她？太暴力了……用窗帘绑住她？有点儿可怜……有个茶壶……咦，怎么是空的？

竟然没有一样能用的。

连缀无奈，眼光落在了旁边的隔间上。这个房间是个套间，除了卧室还有一个酒水茶饮准备间。连缀不放心地看了在地上哼哼唧唧的霜露一眼，以最快的速度冲到隔间，然后随便拉开了一个抽屉，"哗啦啦"

一声，各种情趣用品如同洪水般泄了一地。其中居然还有一只玩具鸭子，掉在地上的瞬间不知道触碰到了什么按钮，那鸭子居然大声地呻吟起来：

"啊——啊——啊——"

连缓的喉咙简直要冒出火星，他咽了一下口水，眼睛下意识地避开了那些很露骨的玩具，然后……发现了一瓶水！

或者是别的什么玩意儿，他不管了！总之是液体啊！

连缓一把抓起来，心想只要他往霜露身上一泼，降了她的火，一定会有所好转！然后就可以把她弄回家再想办法，这样想想离大功告成只差一步了！

他信心满满地从隔间里冲了出来。

他看到霜露竟然已经自行爬到了床上，她还在床头柜里找出了全套兔女郎情趣睡衣，现在她身上裹着一件紧绷绷的衣服，头上戴着毛茸茸的长耳朵，正趴在床上摆出一个性感的造型。

"啪"的一声，连缓手里的瓶子掉到地上，碎了。

他的目光不由自主地流连在霜露的臀部上，那里有一条毛茸茸的尾巴，在饱满的臀部上一颤一颤的。

霜露察觉出他的目光，更加妖娆地扭了扭屁股，然后噘嘴，朝他抛了一个飞吻。

"啪"的一声，连缓听到自己的理智也碎了。

连缓觉得自己的手轻轻发抖，当他抚上霜露微烫的脸庞时，这感觉既熟悉又快乐。

第二天早上。

霜露一睁眼，脑海中飘过三个大字——完蛋了。

本来已经打定主意做他的好朋友就好，让他平安顺遂地过完一生，然而她居然……又和他……

这就是夏洛的大礼吗？

短暂失忆、记忆断片儿什么的统统没有，霜露记得昨夜的每一分每一秒……实在是太不忍直视了。

她的眼神飘过地上乱七八糟交叠的衣服上，心中默默呕了一口血；眼神飘过床头撕得稀烂的兔女郎紧身上衣，心中默默再呕一口血；眼神飘过枕边沾着不明物体的毛耳朵，她脸色绯红地移开目光；眼神飘过连绶的脸，发现他正睁着眼睛看着自己……

"啊！"霜露吓得大叫一声，条件反射地踢了他一脚，"你神经病啊！清早躺在床上不动弹就盯着我！"

连绶被踹了也不恼，反而露出陶醉的笑容："露露，你真美……"

"你叫我什么？"

"露露啊，你不是说可以这样叫你吗？"

"可是你之前都没……"

"现在我们的关系不一样了嘛……"连绶吃了迷魂药般地说出这句话，一句荡三荡，荡得她心七上八下的，总觉得连绶的反应不太对。

她干笑着说道："不怪你不怪你，是我自己的问题，你就当作昨天晚上被狗……"

果不其然，连绶下一句就是："我要娶你。"

"啊？"

"你现在是我的女人了。"连绶严肃认真地说道，"我要对你负责。"

她就知道！永远逃不脱的要和连绶结婚的命运！

"明天就领证怎么样？"连绶兴致高昂。

霜露皱眉："喂，我其实并没有……"

"咚咚！"

连缀扭头："什么声音？"

等他看了一圈，又回来盯着霜露的时候，接下来拒绝的话霜露竟然说不出口了。

良久，她虚弱地摇摇手："算了，领证什么的以后再说。先起床，啊，先起床……给我找套衣服来！我的衣服什么时候被拧成绳子了！你变态吗！"

连缀尴尬地笑笑，立刻从床上下来。霜露看了他一眼，把被子一拉，闷声说道："你好歹穿点儿什么啊！"

"你又不是没用过……"连缀低声反驳，人已经走到卧室角落的衣柜旁边，"这种地方，一般都会有几套备用的衣服，待会儿我们出去付钱就好了……"

衣柜有点儿紧，他拉了几次都没拉开，就使劲猛地一拽。

一个被五花大绑的人骨碌碌从衣柜里滚了出来。

连缀说道："等等，刚刚那声'咚咚'是他在衣柜里搞出来的声音？那昨天晚上我们听到的……"

霜露说道："我以为是动作太大床在响。"

两个人的目光都移到了这个男人身上。

那个人滚到连缀腿边，下意识地抬头，然后羞愤地移开了目光。

霜露看清了他的脸，失声叫了一声："齐玉京！你怎么会在这里？！"

说完她突然意识到了什么，整个人都僵硬了。

这恐怕才是那个"脑回路清奇"的科学家的大礼吧，她就说嘛，夏洛那家伙，怎么可能无缘无故把他们两人堆在一起？为了离间她和齐玉京的关系恐怕才是真。

可这意味着什么？

昨天晚上，当她和连缀……齐玉京就在衣柜里……直到今天……

天哪……

霜露战战兢兢起来，她脑中一片混乱，甚至冒出了乱七八糟的想法——如果她是一台手机，那么她一定是"尴尬"、"尴尬S"、"尴尬 S PLUS"……

她的目光一寸一寸地移过去，小心翼翼地和齐玉京的目光对上了。

齐玉京呆呆地看着她，过了一分钟都没有一点儿动静。

然后他眼眶一红，竟然滚下了两行清泪。

十分钟后，齐玉京坐在桌边，背挺得笔直，脸上面无表情，只有眼泪像开闸了的水龙头，"哗哗"地往下淌。

霜露拿着纸巾，和连缀面面相觑。

连缀轻咳一声，打破寂静："哈哈，这位先生不会是霜露的男朋友吧？啊，不对，就算是，现在应该也是前男友了。哈哈哈，自我介绍一下，我是霜露的现任男朋友连缀……"

霜露："你给我闭嘴。"

齐玉京猛地拍了下桌子，霍然起身，带着哭腔说道："你太过分了！"

霜露："我？你说我？"

齐玉京哭着跑掉了。

霜露下意识去追，被连缀拦住："你干什么？"

"他一个大男人，"连缀说道，"跑了就跑了，你追他干吗？"

霜露着急地说道："一般电视剧演到这里，这种急着跑出去的人都会被车撞死啊！"

连缀松开她："你说得好有道理，我竟无法反驳。"

妓院位于城市最繁华的大街上，虽然人多，但四面开阔，霜露追出去的时候一眼就看到了齐玉京那鹤立鸡群的背影。

然而直到霜露追出了城也没追上，反而在城外失去了他的踪迹。

　　这座城市的地理环境很特别，面朝森林，背靠沙漠，末日危机四伏，霜露深一脚浅一脚地踩在沙中觉得头皮有点儿发麻。过了半个小时，她越发感觉到自己走得偏了，周围别说人，连只鸟都瞧不见，她有些疑惑，又往前走了两步，然后脚下一空。

　　"啊啊啊！"平整的沙面骤然下陷，霜露翻滚着掉了下去，手一抓却只握到流动的沙粒，瞬间的失重感过后，她整个人呈"大"字重重地拍在了地上。

　　"什么人！？"一声惊呼响起。

　　霜露吐掉嘴里的沙子，晕乎乎地抬起头，觉得这幅画面似曾相识。

　　然而此刻对面的人并不是湖姵，而是……夏洛？！

　　她竟然是从天花板上的洞掉进了一个房间里。屋里有一桌一椅，她一眼就看到一个男人坐在凳子上，夏洛坐在那个男人的怀里，见她看过来，夏洛恼怒地一拍桌子："又是你！"

　　"又是你！"异口同声的话，来自抱着夏洛的男人。

　　"6号，你说什么？"夏洛扫了那个男人一眼，"你认识她吗？"

　　6号谦卑地低下头："Boss（老板），是这样的，前几天我在实验室巡逻，发现有两个不明身份的陌生人在附近来回走动，我上去解决时，碰到了这个女人，她攻击了我，救走了那两个人，还破坏了我的机甲。"

　　霜露听得莫名其妙："等等，我什么时候攻击了你还救走了别人，最近我就只打过一次架，还是和一只螳……螂……呃……"

　　话音未落，夏洛暴怒，桌子都快拍碎了："什么？她居然破坏了我精心打造的螳螂战甲？！该死！"

　　夏洛猛地一扭头，怒火冲天地盯着她。

　　霜露干笑着道："这个……我不知道那是个机甲，做得也太逼真了……

我以为是真的螳螂，太像了……所以下手比较重……"

夏洛立刻得意地扬起下颌："那是，我做的东西，怎能允许不完美！"

6号干咳一声："Boss。"

夏洛被他提醒，愣了一下，之后脸色突变，恢复了生气的样子，从6号怀里跳了下来："你该死！一而再再而三地和我过不去！我早该杀了你，不然后患无穷！"

"你要杀谁？"屋外有脚步声响起，霜露看到齐玉京小跑过来，看到她时一愣。

夏洛反手就给了6号一记耳光："天天杀杀杀，不要当着客人的面胡说八道！还不快去厨房把鸡杀了，中午吃烧鸡！"

霜露哭笑不得。

夏洛早在齐玉京出现之前就离6号一米远，见到齐玉京的那一刻，她的脸马上挂上了天真无邪的笑容，甜蜜蜜地张开双手跑过去："玉京哥哥——抱抱——"

霜露目瞪口呆。

齐玉京下意识一把揽住她，呆了一秒之后又触电般地松开。他脸色不太好看，转过头并不去看夏洛："你都把我绑到这里了，何必还惺惺作态讨好我？"

夏洛就像没听见一样，此时她的一举一动就像一个真"萝莉"，指着霜露说道："玉京哥哥，这位是你的朋友吧？"

齐玉京皱着眉看她一眼，摇头："不是。"

夏洛立刻得意地瞟过来，霜露心里"咯噔"一下。

下一秒齐玉京说道："我想和她成为恋人，可是她不喜欢我。"

闻言，夏洛"萌萌"的表象立刻四分五裂，她尖叫道："你说什么！你敢当着我的面——"

"夏洛。"齐玉京叹了口气。

夏洛立刻安静下来，睁着眼睛瞅着他。

"麻烦你和 6 号先暂时回避一下，我有几句话想跟她单独说。"齐玉京特地在"单独"两个字上加了重音。

静默了一会儿，夏洛怒火中烧尖叫道："做梦！让你们孤男寡女共处一室，你做梦！啊啊啊！我要杀了她！"

"你杀吧。"齐玉京平静地说道，"杀了她之后，我再也不想见到你。"

"你！"夏洛抬手就给了他一耳光。"啪"的一声，很响。她打完就呆住了，眼中闪过明显的惊慌和不知所措。

齐玉京保持着偏头的姿势，舌头顶了顶被打的位置，看向夏洛："够了吗？出去吧。"

齐玉京把门关上，转身看着霜露。

霜露有些紧张地等着他开口，不料他第一句话就是："我想起来了。"

"想起什……"霜露突然明白了，她猛然瞪大眼睛，"你是说……你是……"

"霜露，我们阔别多年。我想起来了，我是穷奇。"齐玉京有点儿伤感地笑了笑，"久别重逢，不拥抱一下吗？"

当齐玉京温热而有力的躯体轻轻拥住她时，霜露的额头抵在他胸膛，感受到他心脏有力的跳动，一时眼眶竟有些发酸："好久不见……我们都还活着。"

"是啊，我们都还活着。"

两个都拥有过那段古老岁月的人终于相遇，看到对方的脸，熟悉的记忆蜂拥而来。

说起来，穷奇其实是霜露的晚辈。虽然穷奇和梼杌、饕餮、混沌并

266

称四大凶兽，但他的年纪其实比另外三位小了足足一轮。在那个时间根本不算时间的年代，一轮就意味着有上千年的代沟，每当他们三位说起年代久远的趣事时，穷奇只能低头捣鼓自己的事情。没人爱理这个小不点，只有霜露对他好，渐渐地，他爱跟着她。

"强行插入话题会很傻吧，我不想顶着一张痴呆脸惹他们笑话。"远古时代，曾经有一次穷奇对霜露说道，"喏，给你玩。"

他摊开手，里面有一块小石头，竟然被他用锋利的指甲一点儿一点儿刻出了人的形状，那个人手上拿了一根棍子，棍子下面是椎形的，隐约可以看到纹路。

"这是扫把吗？你刻的人是我？"霜露惊讶地睁大眼睛。

穷奇愉快地笑起来："哈哈，是啊，扫地时候的你，很像对不对？"

后来霜露有了许多她自己的雕像，有发呆的、吃东西的、出丑的……直到不周之战，她一共集了九十九个。

彼时霜露已经回归祖神阵营，和昔日恋人饕餮几近决裂。然而穷奇是她的朋友，背叛使她心头不安，穷奇却没心没肺地大笑："我打不过你，所以我才不要和你打。等到不周之战结束，我就把第一百个雕像送给你，一直都没有机会雕刻你戎装的样子，这次我的心愿可要满足啦！"

然而，他们没有等到不周之战结束的那一天。最惨烈的战役，天昏地暗，空气里弥漫着血腥味，霜露和饕餮血战十日。虽然最后她大仇得报，手刃饕餮于不周山，代价却很惨烈，两人几乎同归于尽。

她苟延残喘，吊着最后一口气努力睁大眼睛，是穷奇紧紧把她抱在怀中，哭得绝望。

"你死了，我和你一起死，不然去另一个世界，谁还能陪着你？"一直胆小的穷奇，却说出这样的话来。

霜露心里"咯噔"一下，伸手抓住他的衣襟："听说在遥远的东方，有女娲大神的后人繁衍。我早就想去看看男耕女织的人间，如今我没有机会了，你……替我去好吗？"

"我……"

"生老病死，一世之于我们不过是一瞬间。"霜露努力地微笑道，"我以祖神之尊保证，你等我，去人间等我五百世，我一定在五百世的尽头与你相见。"

"没想到……真的相见了。"两人相视而笑，同时说道。

两人停顿了一会儿，又同时开口："我还有话要跟你说。"

齐玉京笑了笑，说道："你先说。"

霜露说道："我此番来到人间就是为了找你，既然你现在连记忆都恢复了，想必天庭有你一席之地，跟我回去吧？"

齐玉京的眼中飘过一丝伤感，看着她没说话。

"怎么了？"

齐玉京低声说道："你还记得我们刚相遇的时候，我对你说，我不断轮回是为了找一个人，然后对她说一句话吗？"

"我记得。你想说什么？"

"我想要对你说的是……"齐玉京有点儿艰难地开口，"我……我没有办法再喜欢你了。"

霜露微微睁大了眼睛。

齐玉京长出了一口气，故作轻松地说道："这是我在轮回之前就想告诉你的。我对你的感情不是喜欢，但是如果就这样相处下去，我会觉得有负担。"

"啊……"

"我不会跟你回去。"齐玉京垂下眼帘，"我想要有我自己独立的生活，不要一切都依附于你了。出门之后有一条长长的走廊，你沿着它走到尽头就可以离开了，你……回天庭去吧。"

齐玉京想，他大概一辈子都不会忘记霜露离开时脸上既失落又释然的表情。他反复回忆究竟是失落多些，还是释然多些，然而越想，心脏就越痛，不堪负荷。

他难受地弯下腰，慢慢扶着桌边坐下，背后传来夏洛冰凉的声音："喜欢了这么久的人，就这样放她离开吗？"

"不然如何？"齐玉京没有回头，"她和饕餮之间是死结，她永远不会爱上我。"

夏洛在背后咬了咬唇："你对我……是不是也是这样？"

她等了许久。齐玉京背对着她，没有动，也没有回答。

夏洛一路狂奔，终于在快到出口的地方追上了霜露。

她气喘吁吁地一下闪到霜露的前面，挡住霜露："不许走！"

"你干什么？"

"你和齐玉京说了什么？他为什么会突然改变主意？"

"突然？"霜露抿唇，"他告诉我，这是他最初的决定，直到现在，也没有改变。"

"他撒谎！"夏洛爆发，只见她的眼睛变成红色，她冷笑道，"霜露，你究竟知不知道，你为什么会出现在这里？"

不等霜露开口，她又用力地点点自己的胸口："因为我！你来人间，都是因为我！"

"人间？你怎么会用这个词？"霜露渐渐眯起眼睛，"你想说什么？"

"我知道你要干什么。什么福运、末日提前，这一切都是我为了引你来，一手造成的！"夏洛大笑，笑得凄凉，"你有什么好？五百世啊，整整五百世！我每一世都跟着齐玉京，然而到了最后，他心里惦记的仍然只有你！"

霜露震惊地睁大眼："你说什么？你到底是谁？"

"我早就告诉过你，我是世界上最伟大的科学家。"夏洛愤恨地盯着她，"来自三千年前的……最伟大的科学家！

"最初与他相遇，我就察觉了他的不同寻常。之后得知他需要在时空中不断轮回、不断和人相爱，我不能忍受，于是倾我一生发明出了时空跳跃机，为的就是他到了每一个新的世界都只能与我相遇。"夏洛冷冷地说道，"五百世的轮回，五百世的爱情。他以为他遇到的是不同的人，其实只有我！所有的人都是我！他爱过的，只有我一个人！"

夏洛几近癫狂，霜露有不祥的预感，下意识地往别处退去。夏洛哈哈大笑起来："你知道吗？我已经厌倦了他和我在一起却在等待另一个人的生活。我想要结束这一切，以我的血肉来赌他的感情。为了让你来，我加快末日到来的脚步，可推动时间非普通人能够做到的，于是，我把自己变成了不普通的人。

"螳螂机甲——有机械大脑，运行速度是普通人类的两千亿倍。"夏洛的眼睛红得几乎渗血，"我将机甲种植在我的体内，我和机甲从此合为一体……我连个人都不算。"夏洛惨笑着，"机械的生命无法延续，我的时空跳跃到此为止，我用了五百世的爱情和性命来赌……竟然输给了什么都不做就离开的你！"

这一切是霜露万万没有想到的，她极震撼地看着夏洛，看着夏洛在她面前如同无力一般慢慢屈膝，然后跪在了她的面前。

夏洛垂着头，声音颤抖："我输了。所以求求你，不要放弃齐玉京。以后……我不能再陪着他了。"

——不能再陪着你了。

相似的话语，让霜露有一瞬间的恍惚。

她毕竟拥有远古的灵魂，心智不是普通人能够撼动的。

霜露定了定神："不。我要离开，外面还有人等我。"

"饕餮吗？"夏洛低声说道，"可惜，你如果不回去，那就只剩一条路。"

她猛然从腰间抽出一根红绳，手腕一抖，红绳变成了利箭。

霜露的瞳孔骤然紧缩，夏洛的身影在她眼中急速靠近，她竟一时僵住了，一动不动。

夏洛的厉喝扑面而来："那就是让你死！"

她为什么又不能动了？是了，以夏洛缜密的心思，必定在和她说出第一句话时就做好了一切准备……是香味？还是别的什么？

霜露心中一片冰凉，下意识闭上了眼睛。

"当当"两声贴面而来，霜露眼前一暗，惊讶地睁眼，一个熟悉的身影挡在了她的前面，与夏洛极快地交手了几个回合。一逼退夏洛，他就揽着霜露飞快倒退。

"连缀……你怎么会来？"霜露被连缀抱在怀中，失声问道。

"开玩笑，你以为我真会让你一个人追出来？"连缀说道，"电视剧里面还演了，一个人跑出去，被车撞死的往往是那个追出去的人！"

霜露哭笑不得。

"你是从沙堆掉下来的对吧？"连缀鄙视地看了她一眼，"沙漠里突然出现了那么大一个洞，大家以为是天坑，都在围观，快要开始祭拜了，你觉得我会蠢到找不到你吗？"

"小心！"霜露大叫，"你别废话了！"

只见夏洛手上那根变成了箭的红绳，在遭受连缀攻击时瞬间拉宽变大，成了极薄且坚硬的金属护盾。两人一退开，那护盾又迅速收缩成了箭。

夏洛红着眼朝霜露攻击。这种不要命的打法极大地掣肘了连绥，终于被夏洛得到机会，一箭扎穿了霜露的肩膀，霜露痛得惨叫一声。夏洛冷笑着抽箭意欲再扎，一声疾喝传来："夏洛，你干什么！"

夏洛的身体猛地一抖，回头看去。

齐玉京看到这性命攸关的一幕，他手里握着一把枪，想都没想，抬手就朝夏洛射击。

夏洛下意识收箭，想要张开护盾，然而护盾张开到一半，她却咬牙猛然收回，手中箭继续朝霜露刺去。没等她碰到霜露，她就被子弹击穿胸口，整个人摔倒在地上。

她不甘心地望着霜露，喃喃地说了句话，听在霜露的耳朵里，却不知道她是在说现在还是过去。

"我迟了一步……终究是输了。"

齐玉京已经快步跑过来，在看到连绥的瞬间停下脚步，投向霜露的眼神掩饰不住焦灼："霜露，你怎么样？有没有事？"

霜露的心情复杂极了，张了张嘴，看向躺在地上的夏洛，竟不知怎么开口。

齐玉京顺着她的目光，看到夏洛的瞬间眼中闪过了一丝不明的情绪，然后他说道："我没想到她执意杀你。这是个恶魔，做了不少坏事，死不足惜。"

霜露忍不住说道："你知不知道夏洛她……过去和你……"

"霜露！"夏洛本闻言拼尽全力出声。

霜露看向她，她露出恶劣的笑容："你……不得好死。"

霜露抿了抿唇。

"我们该走了。"连绥说道，"你的伤需要抓紧治疗。"

霜露点点头，看向齐玉京。齐玉京下意识地跟了一步，然后又停下：

"你……你回天庭去吧。我就不和你们一起了。"

连缓点点头，看向霜露。

"齐玉京，听我说。你要救夏洛，她还有事情没告诉你。"霜露急切地说道。

"来日我们还会再见的。或许到时候，我们能像朋友一样一醉方休。"

第二十二章
终章

连宅。

两个"独臂杨过",坐成一排面面相觑。

他们对面有一个老医生,头发胡子都花白了,摇头晃脑时更是一片雪白,让人一看就晕。

"一个伤在左边,一个伤在右边;伤口形状一致,是同一支利器所为,但居然都是从前往后造成伤害的……奇怪啊奇怪。"老医生又摇了一会儿脑袋,突然拍手,恍然大悟道,"只有一个姿势能解释你们的伤口……说,当时你们两个人是不是面对面站立,凶器从侧面袭来,刺伤一个人之后没有停止,从此人身上反弹,又刺伤了另一个人!?"

霜露说道:"脑洞清奇。"

连绫说道:"怎么可能反弹?"

老医生猜测道:"大概是因为肌肉紧实有弹性?"

说得好有道理。霜露和连绫不再反驳,联手把老医生赶了出去。

然后两人继续面面相觑。两个人都伤在肩膀上,为了上药,只能一条手臂露在外面,乍一看就像两个僵硬的少数民族同胞。

"扑哧!"霜露的嘴角抽搐,笑出声,"事情总算告一段落了。虽然我们落得这样的造型。"

"你不觉得造型很般配吗？"连绥学她嘴角抽搐，"说明我们是天造地设的一对，那么接下来就应该进入下一个环节……"

"哎，我……"

"我们结婚吧！"连绥抢在霜露开口之前，底气十足地说道。

"我不。"霜露慢吞吞地说完刚才的话，在连绥"恶意卖可怜"的眼神里耸耸肩，"不能结婚，否则以后当你记忆恢复，你说不定会一刀砍死我。我才不要每天睡在一个有可能跳起来一刀砍死我的人身边。"

"喂喂，我是那样的人吗？"连绥抬起完好的那只手，"苍天在上，我敢保证，就算我想起了过去的一切，我也不会嫌弃你、抛弃你、伤害你，生老病死，我都要和你在一起。"

"呵呵，好感人。"霜露不解风情地翻了个白眼，"你拿什么保证？过去的你表示不服。"她就是一个活生生的案例，她才不信。

连绥笃定地说道："我能保证。"他信誓旦旦地说，"你不嫁给我，我就大闹天庭，搅得鸡犬不宁。"

"好好好，你有种……等等，"霜露的瞳仁骤然紧缩，"你刚刚说什么？闹哪里？你什么时候……"

"真是迟钝的女人啊。"连绥在霜露难以置信的眼神中慢悠悠地说道。

"你是刚刚才……不对，之前齐玉京和我道别，说让我回天庭去，你为什么不惊讶？你什么时候……"

"过去的事情就过去了，那么复杂，都互相捅了那么多次，哪能算得清楚，不如随风逝去，一笔勾销。"连绥惬意地说道，"看啊，今天的天空也有星星。虽然有些时候看不见它们，但它们是一直存在的，和之前的每一天都一样呢。"

露露突然发现，过去曾让她自卑不已的蝙蝠血统，其实挺好用的。

当今天庭跟远古时期相比是沧海桑田，除了她和她相公连绥神君，知道她能化身为蝙蝠的仙人寥寥无几了。于是露露热爱上了这项伪装运动，经常饭前便后化身为蝙蝠到处飞，听听各宫八卦，再回来喜滋滋地分享给连绥。

——诸如天帝打麻将输了钱被老婆罚跪榴莲之类。

然而夜路走多了，总会撞到鬼。

那是一个阳光明媚的早上，露露一不小心又吃多了，懒得走路，就化身为蝙蝠飞到蟠桃园。此时蟠桃园正处在三千年开花的阶段，灼灼桃花如同霞光之海，连绵的粉色一眼望不到边，让女人的芳心萌动不已。露露身为一个出生在开天辟地之时的"老不死少女"，自然经常造访此地，顺带调戏流连此处的蝴蝶仙子们。她眼尖远远瞧见有两个仙子化作人形站在树下窃窃私语，是平常最爱八卦的紫衣和黄衣，露露蹑手蹑脚地凑了过去。

只听紫衣说道："由此看来，结婚后的七年之痒岂不是真的？"

露露一愣，她有不祥的预感。原因在于如今天庭成亲恰好七年的仙人不多，她和连绥就算一对。

她的不祥预感在下一秒就成了真。黄衣一脸惋惜说道："可不是。你瞧那霜露神尊和连绥神君过去多么恩爱，如今怕是不比往日了。"

两个人齐齐叹息了一遍，紫衣说道："霜露神尊还不知内情？"

黄衣摇头说道："如今天庭谁人不知，只有她还蒙在鼓里。"

两个人八卦完后心满意足地走了，只留露露倒挂在树上发愣，一不留神爪子一松，"扑通"栽进树下的枯叶里。

露露不知自己是怎么飘回寝宫的，坐在宫殿门口抱着膝盖，在寒风中发了一天呆。

夜色四合，连绥却还没有回来。

她与连绥成亲七年，老夫老妻，之前她从未顺着紫衣和黄衣的话去想过什么，如今想了一天，被她忽略的蛛丝马迹逐渐浮了上来。

譬如此时天庭人员正休年假，连最闲不住的哪吒都躲在家里嗑瓜子打牌，连绥却已经连着一周都早出晚归。

莫不是在外面养了"小三"？两人正浓情蜜意？

想一想就让人火冒三丈！露露的脑海中不禁自动跳出她前几天看的八卦杂志大标题——

《如何应对七年之痒？收拾相公的一百套家法一览》。

第二天连绥出门前，露露贴心地提了一个便当盒出来。

"我从夏洛那里学来的倭族厨艺，你中午尝尝好不好吃。"她微笑着说道，揭开盒子给连绥看，形状漂亮色泽鲜艳的寿司铺满了整个盒子。

连绥却只看了一眼，心不在焉道："放那儿吧，我待会儿来拿。"

露露的笑容不变，看着他眼底青黑暗自磨牙——混蛋，一定是纵欲过度！

俗话说得好，女人不狠，男人不稳。

露露没说谎，她的确是去末日机器人大本营拜访了著名的邪恶的女科学家夏洛，但不是去找她学做寿司。

——而是去要了一瓶药。

她第一次和夏洛见面就被这药放倒，然后神智不清毫无羞耻地和连绶大战三百回合——这药名为"和尚愁"，和尚见了也发愁。

无论今天连绶是不是去找小三，她都要保证他今天中招之后做出选择。

若是不选她——她就先打爆小三的头，再把他绑在床上，活活憋死他！哼！

一个时辰后，露露化身为蝙蝠，躺在便当盒的底层，被连绶提着出了门。

走啊走，然后上了马车，晃啊晃，下车又接着走。

不知过了多久，露露猛地惊醒。

天哪，她居然睡着了！

露露抬起翅膀擦了擦那并不存在的口水，然后小心翼翼地抬起头，把便当盒顶出一条缝。

连绶就站在旁边，似乎正和人说话。

连绶说道："能有如今的成果，辛苦你了。"

那人说道："不辛苦不辛苦，您和夫人开心就好。"

哪个夫人？

露露捂住嘴巴，听连绶又说道："能给内子一个惊喜，是我期待已久的事情。这里就不麻烦你了。"

两人说着话，脚步声渐渐远去。外面安静了，露露才心惊胆战地把自己从盒子里挪出来。

出来之后，视野骤然开阔。她的蝙蝠小眼睛看清楚周围的环境之后，猛地紧缩——在盒子里只看到白茫茫一片，并不知其意。出来才发现，这儿竟然是一处布置精美的西式婚礼场所。

洁白的白纱、洁白的花瓣。

露露的眼睛一阵刺痛。这儿是她喜欢的样子，她还没和连绥离婚呢，连绥就等不及想娶别人了？

她愤怒地一拍桌。

桌子一跳，便当盒的盖子翻到了一边。

露露一看，里面的寿司少了一半。

——很好！

她刚想为自己鼓掌，不料背后一阵劲风袭来。露露身为蝙蝠时五感要比平常迟钝很多，一不小心，被一个铁锅罩住了。

露露吓坏了

那铁锅还有条缝，露露从缝里费劲地看出去，这破锅居然还能落锁，有人拿了个亮晶晶的东西，将锅盖固定在桌子上。

然后是一个女人娇媚的声音，笑嘻嘻说道："今日的好事，可不能被你坏了。"

露露鼻子一酸，一行蝙蝠泪流了下来。

露露发誓，这七年来，她从没有哪一天如现在一般难熬。

黑暗之中，她听见连绥走了进来。她很熟悉他的脚步，平时是稳重而端方的，只有在十分紧张的时候才会有一点点踟蹰。

他很紧张那个女人啊。露露心酸地想。

只听他走到离她极近的地方，停住了。

露露屏息。听见他身上的衣料窸窣作响，开口说话时，声音从很低的地方传来。

大概是单膝跪下了，露露"脑补"道。

外面安静了一小会儿，似乎是他在斟酌。

然后他开口了。

"喜欢你很久了。"他声音低沉，语气竟然很郑重，"随着时间流逝，我越来越喜欢你，没有一天想和你分开。

"尤其是在今天，一个双喜临门的日子，我筹备已久，想告诉你我一直以来的心意。

"你曾经说想要一场纯白的婚礼，可我没有机会给你。今天，这一切是我给你的表白礼物。"

露露的眼泪还挂在脸上，心里冒出一个字："咦？"

纯白婚礼什么的……感觉有点耳熟。

下一秒，锅盖被掀开，连绥拿着一捧花，竟然单膝跪在她面前。

他笑道："我爱你，露露。"

露露蒙了。

她第一反应是："刚才那个女人是谁？"

"我。"怡红院机器人小花花从一旁转了出来。

"你你你，你怎么知道我在这儿？"露露还是有点蒙。

连绥叹了口气："我看你一天到晚闲得很，就给了紫衣仙子和黄衣仙子一人十金，请她们帮忙。但你居然在便当盒里睡着了，我推你你都不醒，真是心大到可怕啊，老婆。"

"呃……"抓奸不成反被抓包，露露尴尬地转移话题，"你你你……你这么多天就在搞这个？"

"今天是我们七周年结婚纪念日啊，老婆。"

"那那那……那这些都是为我准备的？"

"喜欢吗，老婆？"

不知道何时，露露不自觉现了人形。闻言，她的脸渐渐红透了。

她捧着脸羞涩地说道："礼物呢？"

"嗯？"

"喂，刚才你可是说了有礼物，礼物呢？"她瞪眼。

连绶微笑着说道："你往后看。"

露露听话地扭头。

背后只有一个锅盖。

嗯？

锅盖上那把锁是亮晶晶的……大钻戒？

"我一早就把戒指送到你面前了。"连绶叹息道，"是你自己在那边瞎生气，看都不看一眼。"

不怪露露太急切，她看遍天庭已婚妇女，还没有见过这么大的钻戒！

她一边拿起戒指端详，一边惊喜地说道："怎么会突然想到送我戒指？真是……咦？嗯嗯？"

露露尴尬地把挤压在关节上的戒指拔下来，仔细一看——这枚戒指怎么那么小！

连小指都套不上！

连绶故作淡定："哦，戒指不是给你的。"

露露一脸被雷劈了的表情。

连绶忍住不笑："你忘了，刚才我可是说双喜临门。"

双喜……

姑且结婚七周年算一喜吧，还有一喜……

露露目瞪口呆，说道："你要是说你想违反一夫一妻制，干点别的什么喜事，我就咬死你。"

连绥说道："差不多吧，我确实爱上了另一个人。"

露露的眼泪来得毫无征兆，"唰"地一下就下来了。

连绥终于忍不住笑出声。他顶着露露杀人一样的目光走上前，一手环住她的腰，一手抚在她的肚子上，柔情似水地说道："你是能有多粗心，三个多月了，丝毫感觉不到这里已经有了一个宝宝？"

露露的眼泪戛然而止，一脸疑问。

"月事没来，不觉得奇怪？"

"我以为我是吃冰棍吃多了……"

"腰身变粗，不觉得奇怪？"

"冰棍吃多了就会胖啊……"

连绥微微一笑，盯着露露不说话了。露露被他这高深莫测的眼神一看就知道没好事，没来由地，从脚底到头顶强烈地心虚。

露露说："我真不知道……这不是第一次吗……下次一定注意……"

连绥笑容一收："从今天开始，禁止吃冰棍，禁止变成蝙蝠形态，禁止飞行，禁止听八卦。"他咬牙切齿地狠狠咬了一口她的耳朵，"还想给你夫君下药？嗯？幸好我早有准备，不然会发生什么，你想过没有？"

露露心里一跳，一副可怜巴巴的样子，却反驳不了。

"那……"她嗫嚅道，"药呢？"

连绥回头一指那机器人。

怡红院小花花如今矜持全无，正在那儿上蹿下跳："喔！好热！好辣！好难耐！么么哒！么么哒！嗝——"